U0148174

# 流年未央

舒文 著

远方出版社

图书在版编目（CIP）数据

流年未央 / 舒文著 . -- 呼和浩特： 远方出版社，
2019.10

ISBN 978-7-5555-1367-4

Ⅰ . ①流⋯ Ⅱ . ①舒⋯ Ⅲ . ①散文集 – 中国 – 当代
Ⅳ . ① I267

中国版本图书馆 CIP 数据核字（2019）第 217052 号

# 流年未央
## LIUNIANWEIYANG

| | | |
|---|---|---|
| 作　者 | 舒　文 | |
| 责任编辑 | 董美鲜　王洪宇 | |
| 责任校对 | 奥丽雅 | |
| 封面设计 | 高　博 | |
| 版式设计 | 韩　芳 | |
| 出版发行 | 远方出版社 | |
| 社　址 | 呼和浩特市乌兰察布东路 666 号　邮编 010010 | |
| 电　话 | （0471）2236473 总编室　2236460 发行部 | |
| 经　销 | 新华书店 | |
| 印　刷 | 内蒙古爱信达教育印务有限责任公司 | |
| 开　本 | 170mm×240mm　1/16 | |
| 字　数 | 300 千 | |
| 印　张 | 20 | |
| 版　次 | 2019 年 10 月第 1 版 | |
| 印　次 | 2019 年 10 月第 1 次印刷 | |
| 印　数 | 1—3 000 册 | |
| 标准书号 | ISBN 978-7-5555-1367-4 | |
| 定　价 | 48.00 元 | |

如发现印装质量问题，请与出版社联系调换

# 序　言

　　"流年未央"，这是一个关乎时间和岁月的词语。凝望沉思时，仿佛看到一位歌者面向大海，以心为琴，以情做弦，奏出心底最美的乐音。蓦然回首，脑海中呈现另一幅画面：在一望无际的时间原野上，我幻化成一辆负重的勒勒车，满载着梦想、追求和执着，在读书和写作两个轮子的支撑下，倍道兼行，从人生的早春走向暮秋。春者，天之本怀；秋者，天之别调。在路上，不断遇见一些人、一些事，不断有妙曼的风景擦肩而过，不断有诗情画意涌上心头。黄天焦日，风雨兼程；夜色阑珊，孤灯伴坐。内心安稳时，享受生命的福祉与诗意，捕捉点滴感受、感悟，不经意间注入笔端。每篇文章都是我这辆老车的润滑剂，聚集着走下去的力量、信念和勇气。时光轮回，曾经过往，纠结成一个心愿：把流年时光剪成一个个片断，装帧成一册书，让它从灵魂的深处淡出，散发出芬芳与光芒。于是，这部以《流年未央》为书名的散文集便酝酿成了。

本书收录了十多年来创作的散文80余篇，内容包括诗意·远方、灵魂·栖息和钩沉·岁月。**诗意·远方**：有时候，我们走向远方，不为旅行的意义，不为风景的美好，只为将寸寸闲情，落在城市、古镇、景致……在纵横交错中，敞开心扉，放慢脚步，阅览气象万千，感受每一处不一样的惊奇、不一样的生活模样。旅行，犹如小诗般短暂，却大气磅礴，美不胜收。**灵魂·栖息**：家乡，像小时候含在嘴里的一块糖，无论时隔多久，仍甘甜如初，甜到心底，萦绕心头。家乡，虽生于斯、长于斯，但对她的理解总觉肤浅，她的厚重、她的质朴、她的美丽、她的温情，丰盈了我的人生岁月，幻化成心灵深处一道道隽永的风景。**钩沉·岁月**：在无涯的学海中，汲取养分，寻觅生命中真善美的力量，寻找活着的本真和姿态，保持抒写美好事物的天真和爱心，采撷生活和记忆的絮语，以心为笔，以文为友，孤独清欢，情怀永续。如果说远方是打开我美丽心情的"瞭望塔"，那么家乡就是我灵魂的"栖息地"，而尘封于心底的往事，就是真善美"生命之水"的源头，它们都是构筑起"精神家园"的材料。只要用构思、想象和记忆筑牢了篱笆，即使狂风暴雨也无法将其摧毁。其形式当归属于散文，就是将外物与内情融合起来，把自己对生活、生命的感悟、激情、意愿和至深的体验，通过状物、记人、抒情、议论等方式表达出来，从细微处落笔，细小处见大，达到思想的升华。

出版这部散文集的目的有二：一是以情感人、以真取胜，用以见证生命中的过往，为工作旅程画上一个感叹号；二是寓情于理、寄情于思，给有幸读到这本书的朋友一种反思、一份感悟、一个启迪，引起共鸣，与时代共振。

心清自得诗书味。在渐行渐远的流年里，回望是更好的开始。感谢文学这个领域，它丰盈了我的心灵，在浮躁的世俗困扰中保留一方净土，滋养着文学初心，焕发出旺盛的生命力。或许，生命的成长就是一个不断创伤、不断愈合的过程，只有经历了骚动、困惑和忧伤之后，才能品出"平平淡淡才是真"。写作不仅是孤独的、有创意的工作，更是神奇的、神圣的工作，每一位作者都会面对一片荒芜，创造出一个有色彩、有温度、充满喜怒哀乐的世界，积攒起生命的能量。生命中真正的乐趣，是当我潜心于写作时完全忘我的一刹那，那种内心的平静已超越了任何物质上的满足。这种鲜活的、滚烫的、激情四溢的、自我满足的写作状态，就是我对文学不离不弃、一生坚守的理由。

"笔乃心灵之舌。"在这部散文集里，我用心灵的触角记录了生活中的点点滴滴，如果你能从字里行间窥见一段生活、一段历史、一个社会、一个时代，就是我所要收到的效果——耕耘心灵，收获人生。

舒文

2019年10月

# 目录

## 诗意·远方

有时候，我们走向远方，不为旅行的意义，不为风景的美好，只为将寸寸闲情，落在城市、古镇、景致……在纵横交错中，敞开心扉，放慢脚步，阅览气象万千，感受每一处不一样的惊奇、不一样的生活模样。旅行，犹如小诗般短暂，却大气磅礴，美不胜收。

# 灵魂·栖息

家乡，像小时候含在嘴里的一块糖，无论时隔多久，仍甘甜如初，甜到心底，萦绕心头。家乡，虽生于斯、长于斯，但对她的理解总觉肤浅，她的厚重、她的质朴、她的美丽、她的温情，丰盈了我的人生岁月，幻化成心灵深处一道道隽永的风景。

# 钧沉·岁月

在无涯的学海中，汲取养分，寻觅生命中真善美的力量，寻找活着的本真和姿态，保持抒写美好事物的天真和爱心，采撷生活和记忆的絮语，以心为笔，以文为友，孤独清欢，情怀永续。

# 诗意 · 远方

# 心中的圣地

随着年龄的增长，许多孩童时的梦想渐渐淡去，但总有一幅画面，那座"凹"字形的民房存于脑海，黄墙青瓦永不褪色；总有一首歌"东方红，太阳升，中国出了个毛泽东"萦绕耳边，荡气回肠的旋律永不消散；总有一首诗"为有牺牲多壮志，敢教日月换新天"泛于心底，"到韶山"的愿望永不消失……

多年来，诗情画意的韶山，以它质朴的气质、美丽的神韵和超凡的魅力，吸引着来自五湖四海的人们，引发无尽的情思，幻化成一场永恒的梦。

癸巳年仲夏的一天，我们满怀无比崇敬和绝对虔诚的心情，拜谒心中的圣地——韶山。沿着古老的韶河，和着古老的韶乐，追溯它的过去，探寻它的神秘和神奇，再现它纯真壮美的景观和如火如荼的革命岁月，尽情品味它宽广的胸怀和无私的情感，感受它博大的精神，接受红色文化的洗礼。

我知道，韶山是一片古老的土地。相传五千年前，舜帝南巡到此，见风景优美，遂奏韶乐，引凤来仪，百鸟和鸣。又传"韶氏三女得道于此，有凤鸟衔天书到，女皆仙去"，韶山故此得名。韶山有"南岳七十二峰"之一的韶峰，有慈悦庵的六朝松，以及神秘的"西方山洞"滴水洞等著名景观点缀灵秀山川。

我知道，韶山是一块红色土地。跨越一个多世纪，它不仅用自己灵秀的山水哺育了一代伟人毛泽东，还孕育了"为有牺牲多壮志，敢教日月换新天"的韶山精神。毛泽东故居、滴水洞一号楼、铜像广场、诗词碑林、纪念馆、烈士陵园等给韶山增光添彩，为亿万人所敬仰。

我知道，韶山是一处旅游圣地。城市虽小，仅有10余万人口，但名气很大。因为这里是伟大领袖毛泽东同志的故乡，是红太阳升起的地方。它因此而名扬天下，成为中国优秀旅游城市、全国著名革命纪念地、全国爱国主义教育基地、国家重点风景名胜区和AAAAA级景区，吸引世人的眼球。

忘不了，韶山冲上屋场毛泽东同志故居前排起的长队，从父母怀中的孩子到子女相拥坐着轮椅的老人，漫长的等待、似火的骄阳，考验着人们的意志、耐力和虔诚。或许是因为祈盼太久，或许是因为等待太久，这里依然是一个不醒的梦，这里依然存有一份由衷的痴恋。流连于故居南岸荷花塘边，绿水滢滢，微波漾漾，荷花迎着骄阳，绽放在荷塘之中。放眼望去，青山、绿水、苍松和翠竹把这栋普通农舍映衬得生机盎然。走进那座建于中华民国初年、"一担柴"式、坐南偏东、黄墙青瓦、只有13间半的普通农舍，找寻伟人的生活印迹，聆听动人心弦的故事。在这里，毛泽东于1893年12月26日诞生，并度过他的少年时代，他胸怀救国救民的伟大志向，立下"孩儿立志出乡关，学不成名誓不还。埋骨何须桑梓地，人生无处不青山"的誓言。在这里，与邻居共用的堂屋见证了邻里间的团结互助。暴雨中，毛泽东不顾自家禾场里晒的稻谷，帮助邻居毛四阿婆收谷；危急时，邻居毛伏胜冒着生命危险护送毛泽东出韶山。在这里，毛泽东携夫人杨开慧教育亲人投身革命、创办农民夜校、领导农民运动，点燃了革命的圣火。在这里，召开秘密会议，建立中国农村最早的党支部之一的中共韶山支部。在这里，伟人于1959年6月回乡视察时，写下光辉诗篇《七律·到韶山》。这里几经破坏，多次修葺，四次易名。

忘不了，毛泽东诞辰100周年时，韶山人民用隆重而简朴的形式来纪念这位生长于斯的伟人。那一年，在毛泽东纪念馆和毛氏宗祠前的开阔地带，兴建了毛主席铜像广场。铜像以巍巍韶峰为背景，三面环绕56株雪松，象征我国56个民族团结在党中央周围，形成厚实壮观的背景林效果。铜像重3.7吨，通高10.1米，象征着国庆日，成功地塑造了领袖在开国大典时的伟人风采。褐红色大理石基座上，镌刻着江泽民同志题写的"毛泽东同志"5个贴金大字。那一年，在韶峰半山腰，建起了别致典雅的毛泽东诗词碑林，整个景园由100块汉白玉、大理石、花岗岩和天然石组成，收录了毛泽东的50首诗词。园中的诗碑，造型各异，变化无穷，既突出古朴、单纯的传统特色，又追求新颖别致、大胆变化，使诗碑与韶峰的自然美景浑然一体，令人流连忘返。那一年，在章旭冲口山坡，兴建了毛泽东图书馆，江泽民同志亲自题写馆名，成为国内外人士学习研究毛泽东思想的佳所。那一年，在韶山天鹅山上，兴建了肃穆而又壮观的韶山烈士陵园，牺牲后天各一方的毛主席一家六位亲人，在此得以"团聚"。那一年，在崇山峻岭之上，兴建了毛泽东纪念园。它集纪念、教育、游览等多种功能于一体，让人们于游园之中感受历史进程。纪念园有两大入口——南门与东门，南门由毛泽东故居前的通道自然延伸，过关公桥，跨韶河，绕韶山嘴，在桥与嘴之间砌有一座仿古牌坊，引导游人北去，这非常符合当年毛泽东由南北上的征程。

忘不了，那神秘的西方山洞——滴水洞。这是韶山风景中一个著名的景点群，由滴水幽壑、虎歇坪、龙头山等自然风光与滴水洞一号楼等建筑组成，洞长约2.8公里，洞内有小溪，曲曲弯弯，幽壑口朝东北而开。这里境幽景优，人在景中如置身仙境。置身于青砖青瓦的平房别墅中，睹物思人。1966年6月，毛主席曾在此隐居11天，是伟人劳累太多需要一份宁静，还是漂泊太久需要家乡甘泉的滋润？毛主席当年使用过的办公室、卧室、会客厅、会议室里，依稀可见他忙碌的身影和亲切的谈话声，像一股暖流注入心田，净化着我们的思想和灵魂。

忘不了，毛泽东同志纪念馆。馆室内陈列着毛泽东革命实践活动的部分文物和照片，这些都是红色圣地爱国主义教育最生动的教材。望着书籍、党费证和那缀满73个补丁的睡衣等毛主席的遗物，我们感受到主席艰苦奋斗的崇高境界和伟大的人格魅力。他把一生都献给了党，献给了祖国和人民。在这里，我们回首的不仅仅是那些文字和消失的过去，更多的是一种精神的寄托和一种对繁荣昌盛的未来的展望。

忘不了，铜像广场上的动人景象。广场雄伟宽阔，庄严肃穆，周围青松翠竹掩映，群山拱护。宽阔的广场上人山人海，沿着长1.83米、宽12.26米（寓意毛主席的身高和生日）的瞻仰大道前行，在崇敬与怀念、热爱与感激之中，又增添了几分凝重。人们用传统的方式祝福、致敬和缅怀，别致的花篮、虔诚的鞠躬、深情的仰望……毛泽东铜像身躯高大，体态稳健，面带微笑而又有沉思状，手执文稿，巍然挺立着，庇护着中华儿女，守护着祖国的疆土。瞻仰毛泽东铜像，重温的是实事求是、群众路线、独立自主的毛泽东思想活的灵魂，传承的是"为有牺牲多壮志，敢教日月换新天"的韶山精神。

"韶山冲，冲连冲，十户人家九户穷。"这是中华人民共和国成立前韶山人民生活的真实写照。如今，在"惊天地、泣鬼神、感日月"的韶山精神的感召下，经过韶山人民半个多世纪的艰苦创业，已由一个偏僻落后的山村，变为工农业迅速发展的地区和纪念景点众多、服务设施完备的国家级风景名胜区。它承载着国人的梦想与希冀，承载着重托与厚望，在传承与发展中，韶山成为中国现代化建设进程中一面高高飘扬的旗帜。

# 鼎湖山神韵

鼎湖山位于广东省肇庆境内，以奇峰、丛林、飞瀑、烟云、古刹而著称于岭南。传说黄帝曾铸鼎于此，故名"鼎湖山"。早在1956年，鼎湖山已成为我国第一个自然保护区，被中外科学家誉为"北回归线上的绿宝石"。

2010年深秋，我终于有了领略鼎湖山神韵的机会。鼎湖山层峦叠嶂、飞瀑流泉、鸟语花香，人在画中赏绿、观泉、品氧，那情、那景交织着快乐、温馨镌刻于记忆中。

## 赏　绿

第一次到鼎湖山，便折服于这"鼎湖幽胜"之地的绿了。

这是一个秋季的薄阴天气，轻轻的云在头顶流动。一路拾级而上，山路宛转，流水潺潺。古树参天、草林峥嵘、灌木丛丛，层层叠叠，连绵起伏，铺缀出一派厚积着的、漫山遍野的绵绵绿意。绿色的树、绿色的草、绿色的水、绿色的石，招引着我们追逐那扑朔迷离的神韵。身心被绿色的风儿、绿色的空气包围着、浸染着，仿佛每一根神经、每一滴血液都慢慢地变成了绿色。面对如此绿野茫茫、仙踪苍苍，忘却了红尘闹市的纷纷扰扰。

鼎湖山，现有高等植物1843种、栽培植物535种，其中在鼎湖发现并用鼎湖命名的植物有30多种，还有鸟类178种，兽类38种。由于受季风等多重因素影响，无论山脚、山顶，终年飞瀑流泉、林木繁茂、花红草绿，依次分布着河岸林、沟谷雨林、季风常绿阔叶林和山地常绿阔叶林等多种森林类型。常绿阔叶林和沟谷雨林中，板根、藤本、绞杀、附生和茎花都给人以生命的启示，每一种珍稀动植物都在昭示着一段久远而沧桑的生命进化历程。

驻足向前望去，满眼皆是浓碧鲜绿，就连脚下盘桓曲折的石径也印满苔绿，久负盛名的宝鼎园掩隐其中。宝鼎园以"鼎"为主题，汇集了历代各式宝鼎的复制品，从商代中期、晚期到西周、春秋、战国，最有代表意义的是近代的世纪宝鼎、香港宝鼎、澳门宝鼎，可谓无奇不有。随着时间的推移、历史的变迁，宝鼎不仅仅是一种煮食、祭祀用的器具，被历代统治者视为富贵、荣耀的象征，代表着团结、统一和权威，近代更是和平、发展、昌盛的吉祥物。宝鼎园有两大宝物：端砚和九龙宝鼎，兼为世界之最。端砚高达3米有余，据说此砚为天然之物。九龙宝鼎高6.68米，被虔诚的游客投掷了许多红色的许愿筒，为古铜色的宝鼎平添了不少色彩。

# 观　泉

鼎湖山雨量充沛，气旋雨、对流雨、台风雨及地形雨等降水形式，造就了非常丰富的天然地表水资源，一年四季长流不息。从寒翠桥起步，顺小溪而上，泠泠淙淙的泉声扑面而来，闻泉声，如见山泉活脱跳跃的姿影，顿生雀跃之心，身不由己，循声而去，不觉渐高渐幽。

山间林密，泉隐其中。行至半山，有一补山亭。亭内有一楹联："到此已无尘半点，上来更有碧千寻。"在淙淙流水声中，踩着潮润柔滑的石阶，小心翼翼，拾级而上。越向高处，树越密，绿意越浓，泉影越不可寻，而泉声越发悦耳动听。

俯视山涧溪水，细细地流淌着，流向远方。静听蝉声的嘶鸣和风流过树梢的萧然，自然地感觉到眼清目明、荡涤心灵之清静，有了"空山不见人，但闻人语响"的意境。

泉水绕过树根，拍打着卵石，轻重缓急，远近高低，发出各不相同的声响。这万般泉声，被交汇成一曲奇妙的交响乐：那草丛中淌过的小溪，似提琴般柔曼；那石缝间漏下的滴泉，如琵琶般清脆；那万道细流汇于空谷，如贝斯般厚重；那飞瀑落入深潭，如萨克斯般雄浑。在这泉水弹奏出的交响乐中，生命在成长繁衍，新陈代谢的声部，由弱到强，渐渐展开，参透岁月的沧桑、历史的变迁，升腾为和谐的主旋律。心神犹如融于水中，冲走污垢，留下深情，令人品味、遥想"山不在名，有泉则灵"。泉水孕育生机，滋润万木，可谓"鼎湖山的灵魂"。

怅惘间，忽闻云中传来钟声，山鸣谷应，悠悠扬扬。这股清新的气息，令我忘记都市的喧哗与热闹，便觉身处世外、回归自然、返璞归真。钟声来自半山上的庆云寺。寺院依山而造，嵌于千峰碧翠之中。庆云寺是岭南著名的佛教第十七福地，始建于明崇祯年间，已有300多年历史。寺内现存一口"千人锅"，直径近2米，可容1100升，古刹当年盛况可见一斑。

## 品 氧

出庆云寺，穿姻缘树前行，被一阵清脆悠扬的琴声所吸引，循音而去，鼎湖山最大的瀑布——飞水潭近在眼前。《鼎湖山志》曰："鼎湖中峰圆秀，两山角立，左右山麓诸峰三歧，若鼎峙焉。""山如倒鼎，一副海枯石烂之势，那水性杨花的湖泊却决意出逃，像一锅溢满的沸水，跌跌撞撞披头散发，失足坠下悬崖，是为飞水潭。"真可谓：幽蓝之水天上来。

一缕缕飞流从40多米高的崖顶倾泻而下，千尺悬空，飞溅满空，如雨如雾，极为壮观，使人感叹"飞流直下三千尺，疑是银河落九天"。飞瀑直下汇成一泓池水，池中有"枕流"巨石。辛亥革命后，孙中山携夫人宋庆龄游览鼎湖山时，曾在此游泳，故左方崖壁上有宋庆龄手书的"孙中山游泳处"6个大字。潭水流经几个石墩，向下倾注，汇成另一个深潭——浴龙池。再向下，那道巨长的峡谷，便是鼎湖山最著名的天然氧吧——品氧谷了。石溪涧流在谷中延绵，两岸树木不再密不可分，而呈疏落有致、高壮俊朗之势。谷底空气清新，闭上眼睛，深吸一口，犹如畅饮甘霖；沐浴着森林浴，放飞心情……在任何城市你都不会有与大自然如此充分、如此神合的融合与渗透的感觉：这里的空气使人陶醉、沁人心脾。据专家测定，鼎湖山由于森林茂密，再加上山中的瀑布、湍急的溪流、跌水的滚筒效应，每立方厘米负离子最高含量达到105600个，对人体降尘灭菌、预防疾病有奇效，世上绝无仅有。

　　置身鼎湖山上，如入清澈透明的境界，受绿色的感染、泉水的荡涤和空气的陶醉，倍感大自然在人类意识里的精神暗示。其吸引我躲进记忆深处，回味旅途中的快乐、温馨……

# 庐山云雾情

初夏时节,我和先生开始第一次自由行。幸亏有两位亲友小美和小君的一路陪同,使我们对庐山的奇峰峻岭、怪石异洞、深峡幽谷、飞瀑流泉、古树名木进行了一次印象深刻的游览。之后,萦绕心头、感受颇多、挥之不去的还是那些"白如雪、软如锦、光如银、阔如海"的云雾景观。

一

与庐山云雾的结识,要从上山的那一刻说起。

那日,从庐山的门户九江市区赶到庐山脚下时,天色已近黄昏。雨,淅淅沥沥地下个不停。幸运的是,我们搭乘上了抵达牯岭镇的末班车。传说,上庐山的路有400多道弯,果然名不虚传。车在雨雾中穿行,看不清前方的路。每一次急转弯我们总感觉车子悬在了半空中,幸亏有司机师傅那娴熟的驾驶技术,才给我们吃下一颗定心丸。车被浓雾包裹着,潮湿的空气浸润在肌肤上,像生出一层软软的壳。对于我们这些生活在多风少雨环境中的北方人来说,有一种说不出的不舒服。倚窗望去，云雾缭绕，山天相拥，还真是"不识庐山真面目"。车在蛇形山路上行驶了一个多小时，终于顺利抵达神往已久的"天上街市"——牯岭镇。

下车时，已是大雨滂沱。打着雨伞，站在路边，抬眼望去，街市披上了一道流动的纱帐，道路、楼宇、树木……这里的一切，都透出一种朦朦胧胧的神秘感。仅仅一个多小时，山下山上，我们从烈日炎炎的夏天，穿越到了乍暖还寒的春季，庐山不愧是一个"清凉世界"。

## 二

游览中，我们与庐山云雾有了更为频繁的接触。

早餐后，走出宾馆，滂沱大雨还在下着，试问苍天：昨日的雨是否停过？万般无奈，只好回到房间，将早已准备好的鞋套套上，雨衣披上。同伴们望着红红绿绿的装束，戏称是"装在套子里的人"。

雨中的游览体验是从如琴湖开始的。如琴湖坐落于西谷，峰岭围抱，森林翁郁。雨水敲击着湖面，扰乱了那份宁静与幽雅。雨雾笼罩的湖心岛、水榭、曲桥，宛若仙境。身着宽大的雨衣，入镜虽欠几分优雅，小美还是举着自拍杆，为我们变换着姿势、角度，不停地拍照；小君百灵鸟般的笑声，穿过浓密的雨雾，飘荡在空中。我们的出游宣言是：看什么不重要，开心就好！虽已错过游走花径的最好时节，不见"人间四月芳菲尽，山寺桃花始盛开"，却也是葱葱郁郁的。漫步在花径，缥缈的雨雾缠绕在身边，遥望崇山峻岭，仿佛陶醉在巨幅泼墨写意山水画中，好不惬意。见小美、小君一路低头弯腰走过来，才知自拍杆上的一枚螺丝遗失在迷雾中。看小美不开心的样子，我拉着她，一路找寻到入花径处，领略到雾中觅物的难处，只好无功而返。幸好在"白居易草堂"的售货点，小君又买到了自拍杆，笑容才回到她们的脸上，快乐才回到我们中间。

乘观光车来到仙人洞时，雨还在下着。仙人洞处在陡斜山坡苍崖翠壁下，洞顶上缘之石，向外参差，如一只巨大佛手覆盖，故称佛手岩。洞内云雾缭绕，仙气飘浮。吕洞宾执拂尘端然静坐，传说这里是他修炼成仙的地方。洞顶有两处滴泉，终年不竭，名为"一滴泉"。

从仙人洞出来，天遂人愿，雨霁雾起，让我们拥有了感受毛主席诗中提到的"劲松"和"乱云飞渡"的绝好时机。小时候，我就会背诵毛主席写的那首诗："暮色苍茫看劲松，乱云飞渡仍从容。天生一个仙人洞，无限风光在险峰。"如今站在伟人成诗之地，感受颇深。一块峭壁巨石凌空而卧，犹如一把剑直插锦绣谷；又如一只大蟾蜍，伸脚欲跃，石上书大红字"蟾蜍石"。石上那棵石松凌空展开双臂，做拥抱状，虽根须裸露，仍枝叶茂密，生机盎然，被咏为"劲松"恰如其分。庐山之雾，微妙难测。来时铺天盖地，弥漫四塞；去时无影无踪，豁然四开。云雾先是形如轻纱，既稀薄又飘逸，绕着山谷飘浮，继而一片片、一团团随风飘移运转。时而飞于山顶，时而降于谷间；时而飘散游离，时而聚成朵朵云团，皎如凝脂，皓若堆絮。庐山之上雾锁之时，那种朦胧和诡秘，给人一种居凌霄之感。

告别仙人洞，我们前往大天池观景台，据说这里是观庐山云雾的绝佳之处。初登观景台，云雾铺天盖地，人迹淹没其中。稍停片刻，眼前云消雾散。远望雾萦峰巅，云雾环绕的铁船峰，呈现海市蜃楼般的胜景，令人赏心悦目；俯瞰石门涧云腾雾漫，翻来卷去，飘飘荡荡，犹入仙境。难怪清代学者舒天香曾寄居天池寺做"百日云游"，在此"有云必看，见云必录"，爱云成痴，写下七绝诗，寄给在南昌的妻子：云来幻境隐苍烟，自此山人不作仙。借得浓纱裁锦被，回同内子共长眠。

从观景台下来，满怀好奇心奔向大天池。脑海中浮现的是见过的长白山天池和阿尔山天池的模样。映入眼帘的"大天池"，实为两方天井，令人大失所望，吸引人的唯有那个传说故事。相传两千多年前，文殊菩萨骑着青狮，从五台山而来。见岭峻美，唯缺秀水，施展法力，双手插石成池，名天池。池水经年不溢不满，若池中有珍珠般水泡冒出，便知山涧云升雾起，古人常以此现象来识别天气。唐代"茶圣"陆羽，称此为"天下第十泉"，又名心愿池。小美和小君寻美景拍照去了，我拉着先生向池中望去。清澈的池底，一块铁板上并排放着3个很小的香炉，依次放着3块小匾：心想事成、平平安安和财源滚滚。我们拿出几枚硬币，投入水中的香炉，先生投中了"平平安安"，我投中了"心想事成"，感觉都很幸运。

  我们准备从龙首崖沿石阶下行，经狮子崖、文殊洞、百丈梯至石门涧悬索桥。这段路程对不常运动的先生、小美和小君来说实属艰难。我忍受不了他们的走走停停，一个人轻轻松松地先行抵达悬索桥。站在桥上，先是石门涧瀑的峻激怒湍声溃耳；再观石门涧，天池、铁船两座山峰兀立对峙，形状如门。俯视桥下，溪水破门飞流而下，深窟成涧。待他们赶到，听说还有成百上千的石阶要上下，全都打起了退堂鼓。我有些急，"欲识庐山面，先游石门涧"，来得不易，怎么能不看这"庐山第一景"？我一意孤行，买了一张景区的门票，沿着石阶下行。石门峡峰峦对峙、峭壁倾崖，势若危楼险阙，难怪有"万仞石城"之誉。云雾弥漫中，我看到了石门涧一道最为奇特的风景——喷雪奔雷。瀑布落差百余米，势若破门而泻，状似白龙发怒，怒吼飞腾、白沫纵横。石门峡谷变成了"云雾窟"藏起了许多风景，只能一鼓作气沿着石阶下行，不觉已至谷底。我孤零零地站在那个亭子里，与缭绕的云雾相拥，似乎远离了喧嚣的尘世，身心如云雾般轻盈。想到等候着我的亲友们，没去看更多的景点，稍作休息，原路返回。途中发现一个"一线天观景台"，经过时，一位中年女性招呼我："快看对面。"透过薄雾，那绿绿葱葱的峭壁像一只向下俯冲的开屏孔雀。两侧两股清流，像系在悬崖之上的两串珍珠。她说："你很幸运，居然看到了难得一见的一线天瀑布。"我谢过了她，继续向上行，边走边想：如果没有人指引，不知会错过多少美景。看景如此，生活也不例外。

三

  我们真正与云雾相携，是去"庐山博物馆"的游览途中。

  那天早晨，我们乘坐观光车到芦林湖站下车。大雾茫茫，对面只闻其声，不见其人。朦胧中，见有人举着小旗，上前询问，才找到了通往庐山博物馆的路。四人相伴，沿着芦林湖边的路缓慢前行，路虽不宽，但很幽静。路边挺拔的大树，像一个个忠于职守的卫士，给雾中行走的我们壮了胆。我生怕迷了路，小美和小君不管这些，她们拿着自拍杆，在雾中、在林间、在湖边、在树下，搔首弄姿地拍个不停。我和先生一路前行，起初还能听到小君百灵鸟般的笑声，渐渐地悄无声息了。我停下脚步，回头望望，只有雾气纠结着，性急的先生已不见踪影。在沉寂的湖边，好似与世隔绝，有点害怕，又有点担心。我停下脚步耐心等待了一会儿，仍不见小美、小君过来，只好去寻。走出好远，才听见她俩的笑声。我想发火，但又不想破坏这难得的、有雾相随的快乐旅行，就和她们在雾中拍了张合影，拉着她们继续前行。

庐山博物馆三周环峰，一面芦林湖绕，依山傍水，幽绮胜绝。毛泽东在庐山期间曾住在这里，人称"芦林一号"别墅。透过雾帘，可见院子就是一个大花园，草坪如茵，花木争奇斗艳，环境优美，空气清新。馆内按原貌陈列着毛泽东同志的办公室、卧室和浴室等，还陈列有庐山的镇山之宝——清朝著名画家许从龙画的五百罗汉图。

# 四

真正见识庐山的云海是在含鄱口。因为脚力不行，我们只能与代表庐山客的"三叠泉"失之交臂，一致同意去含鄱口眺望汉阳峰、五老峰和鄱阳湖。

那天，同样是在雨雾中下了观光车。因为天下雨，错过了观日出的最佳时间，却看到了庐山最美、最壮观的云海。云雾从鄱阳湖上升，像帷幕笼罩峰谷，频繁涌现，变幻莫测。那云海簇拥着汉阳峰，只露出峰顶，看上去像大海上的一片孤岛；远处的五老峰，居蓝天之下、云海之上，看上去更像一位伟人的头像。回望时，山间的云海仿佛已升到了天上去，汉阳峰上已生出朵朵白云，如万朵芙蓉盛开，真不愧为"一峰千姿匡庐云"。

与庐山云雾最后的相望，是在离开庐山前的那天傍晚。

雨后，漫步在牯岭镇的街心公园。在这里，我们不光看到了橘红色的屋顶散落山间，点缀着绿绿的山川，以及庐山人与自然和谐相处的景象，而且看到了云瀑。伫立"云窗"眺望，只见一股汹涌澎湃、匆匆不息的云流窜来，犹如一条湍流不息的江河，翻过小天池山顶，朝着剪刀峡深涧一落千丈，胜似"银河落九天"的庐山瀑布。望着"云瀑"，我的心也随之起伏，如能像今天这样，远离尘嚣、远离世俗，栖身于云景雾趣之中，栖身于美妙的风景之中，那是何等的惬意与快活！

离开庐山之前，我们到一位茶农家里，品尝茶中极品——庐山云雾茶。因受庐山清爽多雾的气候影响，茶叶条索粗壮、青翠多毫、汤色明亮、叶嫩匀齐、香凛持久、醇厚味甘，想必是庐山云雾留给人间的唯一印记吧！

离开庐山时，天气晴好。没有了云雾相送，我们感觉十分落寞。雨雾中的庐山别有一番韵味，透出一种梦幻般的美。几日的游览，常常雨雾弥漫缭绕，时隐时现，流连忘返。我幡然醒悟：原来我们恋恋不舍的是那玄妙莫测和美丽壮观的庐山"云雾世界"。

# 神山圣水间

在神奇的、令人神往的西藏旅行，领略着神山圣水间别具一格的风情，一幅幅自然的、历史的画卷舒展着。拉萨、林芝、日喀则，无论身在何处，都让人感叹绝无仅有的殊荣，释放原生态的情绪，生命为之欢愉，蒙尘的心灵得以净化而清纯。

## 神圣的拉萨

闻名于世的布达拉宫，雄踞拉萨的红山之巅，1300年来以波澜不惊的目光，注视着世事的沉浮；以观音菩萨的心肠，恩泽着子民的安康。

登上这座集宫殿、城堡和寺院于一体的宏伟建筑，苍凉空远的高原气息，令人忘却繁杂的都市生活，抛弃了所有的束缚，身心得到一次前所未有的放逐。

布达拉宫依山而筑，宫宇叠砌，巍峨耸峙，气势磅礴，其建筑艺术体现了藏族传统的石木结构碉楼形式和汉族传统的梁架、金顶、藻井的特点，在空间组合上，院落重叠，回廊曲槛，因地制宜，主次分明，既突出了主体建筑，又协调了附属的各组建筑，上下错落，前后参差，形成较多空间层次，富有节奏和美感，又在视觉上加强了高耸向上的感觉，是世界建筑史上的奇迹。由于西藏长期以来的政教合一，因此布达拉宫又是一座除佛事活动外的行政办公地。布达拉宫按外墙的颜色分为红宫、白宫，有13层，高115.7米。殿内陈设豪华、金盆玉碗、珠光宝气，显示出主人高贵的地位。宫殿外，有一个宽大的阳台，从这里可以俯视整个拉萨城。远处是连绵起伏的群山，美丽的拉萨河宛如一条缎带，从天边飘来。近处是片片田垄阡陌，绿树村舍，还有古老的大昭寺那金碧辉煌的金顶。

在拉萨倍受信徒推崇的还有大昭寺，里面供奉着佛教各个教派的佛像、法器和经书，墙上色彩鲜艳的壁画讲述着佛教故事。最引人注目的是供奉着的释迦牟尼12岁等身像。据说是佛祖亲手开光的三尊传世佛像之一，由文成公主入藏时带入。给人留下深刻印象的还有那根"牙柱"，人们把在朝圣途中而殒的亲友的牙齿敲下来，带到大昭寺，楔于柱中，以遂死者生前的愿望。

朝圣的人们在寺外成群结队地叩拜着，用叩拜亲历着八角街转经之路。他们的执着、虔诚承载着对来世的追求和向往。

傍晚，漫步在拉萨广场，所有的高原反应、所有的疲惫一扫而光，生发出一种了结心愿的解脱、一种如释重负的心境、一种祥和平静的心情。望着与蓝天辉映的布达拉宫，一种崇敬之情再度升起。

## 美不胜收的林芝

在西藏的旅游是以拉萨为中心向四周延伸的。西藏的美不在于某个景点，而是贯穿于游览的全过程，苦中有乐，回味无穷。

尼洋河静静流淌，清澈见底。远处的雪山晶莹剔透，如一块巨大的蓝宝石，两边的原始森林在秋风的轻抚下层林尽染。蓝天白云下，被阳光点燃的旷野，牛羊点缀其间，恍若世外桃源。

尼洋河中那块巨石在潺潺流水的簇拥下，凸显"中流砥柱"之势。静卧在雪山怀抱里的巴松措，藏语意为"绿色的水"。翠林蓊郁、繁花争艳，那独特华丽的景致，颇有瑞士的湖光山色之美。湖心的札西岛上有座千年古刹——错宗寺。岛上奇岩怪石与壮丽雪山遥相呼应，被称为"字母树"的千年奇树"桃抱松"，一树两质，每片树叶上都有藏文字母，堪称一绝。初见米拉山上皑皑白雪，干纯得让人心动，山下九曲河水，清澈得令人着迷。

在西藏，感觉最舒适的地方要数林芝，藏语意为"太阳宝座"。这个城市简直就是一座开放式的园林景地，森林面积约264万公顷，森林覆盖率为46.1%，为中国第三大林区，西藏森林的80%都集中在这里。走到每一个角落都置身于风景之中，满眼尽是葱郁叠翠，即使坐在奔驰的汽车里，也能感觉到它脉搏跳动的力量，嗅吸到花草树木的清爽。

在这片沉寂的、毫无雕砌的天地间，每个人都会敞开胸怀感受大自然散发出的无尽魅力，所有的感受都会化作如蓝、如绿、如白的单色的、最真实的情愫，如卡定神山的瀑布一倾而泻，快乐、忧伤、平静和激荡，不需要用任何语言来注释。那刀削斧劈、高耸入云的山势，为天然的"佛地"形成了不可逾越的屏障。岩石上随处可见的大佛、女神、观音、护法、神鹰、神灯……展现着无法解释的神奇。

林芝恰似神鹰划破雪域高原的长空，飘落人间，博大而让人沉溺，美丽而令人沉醉。


## 神奇的日喀则


当歌曲《家乡》里的情景真实地再现：漫山的牛羊、美丽的连赞河……令想象变幻成现实，我们的心也像那条盘山路一样高高悬起，使人对"提心吊胆"有了新的感悟。

天上圣湖羊卓雍措宛如一条飘带悬挂于天地间。碧绿的湖水、巍峨的雪山、蔚蓝的天空，遥相呼应，俨然一幅山水画。思绪在淡定与激昂中流转，清澈的河水浸润着渐渐蒙尘的心灵，置身水边，置身雪山脚下，栩栩如生的画面有了画中游的仙境异幻，把人带到遥远的天边，能把天涯望穿，能把思念饮尽，能把岁月留住。

扎什伦布寺，意为"吉祥的须弥山"，是历代班禅的驻锡地。寺院依山而建，背负高山、殿宇毗连、群楼层叠、金碧辉煌、雄伟壮观。寺内香炉紫烟升腾，供台灯光闪烁，众佛尊容各异。大殿内，僧侣诵经井然；佛像前，信徒顶礼膜拜，游人朝拜、观瞻。

远山僻野的辽远容纳着藏族牧民一生的风雨，寂寞的蒙古包增添了牧人灵魂的厚重，填充着质朴的情怀，羊群、牛群、马群维系着牧人的生活，远离闹市、远离繁华，只求心灵的充实与安宁。

漫步在神山圣水间，升腾着藏民族的勇猛与胆魄，突显着神气与威武，古老部族的亘古传奇在历史的长河中波澜起伏。

西藏之旅，神游天境，梦回现实。浪迹天涯的真实感受，与高原反应的抗争，平添了生命的底蕴，心灵变得安宁、执着而真诚。

# 挂在瀑布上的千年古镇

芙蓉镇这颗镶嵌在湘西大地上的明珠，因其独特而存在，因其名气而开放，虽没有凤凰古城清丽奇险的气势，也没有江南小镇柔美旖旎的风光，但它以古朴神奇的自然风貌和亘古不变的姿容，令人神往倾心。

与芙蓉镇相识是在仲夏时节，淅淅沥沥的小雨，给这个千年古镇蒙上了神秘的面纱，它执着地让每一位寻幽访古者用艰辛的奔波来换取补偿。

芙蓉镇很小，很古老，也很有名气。它原为湘西永顺县王村古镇，是西汉时期酉阳城旧址，也是土家族人聚居之地，距今已有两千多年的历史，享有酉阳雄镇、湘西"四大名镇"、"小南京"之美誉。又因电影《芙蓉镇》在此拍摄而易名。这里有一个个历史与现代、自然与人文的标志性符号：鳞次栉比的土司王行宫、错落有致的镇中瀑布、临水依山的吊脚楼、曲径幽深的大街小巷、远近闻名的米豆腐店……处处透着淳厚古朴的土家民俗民风与现代气息的和谐相融。

给人印象最深的当数土司王行宫。宫阙依水而建，檐角高翘，吊脚长垂，青瓦白墙，桐油门窗，清幽庄严。远观如群鹰翘首，近看似虎踞龙盘，彰显王者之气，是芙蓉镇的魂魄所在。910年，土司王彭仕愁在瀑布湾建造了"酉阳宫"，作为避暑休闲的行宫，1728年"改土归流"，统治湘西818年的土司王朝宣告结束。在随后的乱世中，被土匪占据了两百多年。因电影《乌龙山剿匪记》中土匪头子的老巢在此拍摄而闻名。行宫内的陈设和装饰，简洁朴素、古拙浑厚。公主楼上传来的琵琶声，和着情不自禁的雨声，像黄莺的鸣叫声在绿水碧树间滑过，婉转自如。庭院里有一亭，凭栏望去，左侧是山，右侧是高80米、落差百米的瀑布分两级而下，陡峭的山崖上土家特色吊脚楼挺拔瑰丽。水声哗哗，震惊四野而不失恬静；玉帘丝丝，烟雨朦胧而不失温润；水潭清澈，三面环山而不失葱郁，得天独厚的酉水风光尽收眼底。

走出行宫，我们穿过瀑布下、峭壁上的羊肠山洞，如入花果山孙大圣的水帘洞，飞溅的水珠、湿滑的路面，着实捏着一把汗，再穿过一条长廊，豁然开朗处，便是芙蓉镇的母亲河——酉水河码头。雨丝或疏或密，打在宽阔的河面上，荡起粼粼波纹，偶有小船驶过，犹入世外桃源。

沿着码头那条细长的青石板路向上走，就到了一条有地域特色的古街了。街道两旁商铺林立，各种小商品、小吃种类繁多。黑洞洞的小屋里摆着陈旧的家具，在昏暗的光线下显示离去的时间，使人感觉穿越到了远古。走在磨得光滑的青石板路上，如同踩在岁月的碎片上，似乎每一块光洁的青石板下都压着一段如烟往事；似乎每一扇厚重的门板后面都隐藏着一个浪漫传奇的故事。漫步在蜿蜒的石板街，体味着历史与现代的交错融合。

顺着青石板一路而上，迎面可见一石牌坊，据说立于清末民初，历经百年风云变幻，上面刻着"贞节"二字，见证着古镇的古今变迁。牌坊内侧的113号"刘晓庆米豆腐店"，便是电影《芙蓉镇》拍摄胡玉音卖豆腐的一个外景地。因为这个镜头，使这里的湘西著名小吃米豆腐更加出名，慕名前来品尝的人络绎不绝。走进店里，看着墙上贴着的电影《芙蓉镇》里刘晓庆、姜文的剧照，当年刘晓庆扮演的芙蓉姐胡玉音的形象又历历在目了，我们仿佛穿越到了那个年代。老板娘用蓝边的大白瓷碗，盛来蚕状、白嫩的米豆腐，浇上一勺土家族特制的汤料，再加点葱花、辣椒等佐料，香辣可口，白嫩爽清，再咬上一口蒿草粑，真的好吃，仿佛此行就是冲这个米豆腐而来的。

古朴典雅的芙蓉镇，经过两千多年的风雨浸润，像一颗"养在深闺人将识"的明珠，以耀眼的光芒和无穷的魅力，引发我们思绪的穿越。在弥香的历史回味中，我们惜别了这个悬挂在瀑布上的千年古镇。

# 崆峒山色天下秀

刘禹锡的《陋室铭》有言："山不在高，有仙则名。"印象中，崆峒山这颗黄土高原上的璀璨明珠，就是这样的神秘仙山。寻觅着广成子的脚印，争论着道的本真，回眸崆峒山。它因仙人广成子修炼得道和轩辕黄帝问道于此，而被尊为"道源圣地"和"中华道教第一山"。它历经数千载，仍令世人魂牵梦萦。我对崆峒圣地久怀虔诚之心和向往之情，2018年6月，终于有缘造访这座集奇险灵秀的自然景观和古朴精湛的人文景观于一身、久负盛名的仙山！

关于崆峒山的由来，还有一个美丽的传说。18000年前，女娲娘娘选平凉之地，炼五色石补天。补好天后，正为剩下的五色石发愁，忽闻泾水潺潺，便灵机一动："有水无山，岂非美中不足！"于是用五色石点化成了崆峒山。崆峒山之名含义深奥，究其缘由有三：一是古为空同氏族居住之地。《淮南子》有："丹穴、太蒙、反踵、空同、大夏、北户、奇肱、修股之民，是非各异，习俗相反"；二是崆峒山为道教圣地之一，取道教空空洞洞、清静自然之意；三是崆峒山洞穴较多，取空洞之意。

崆峒山雄踞甘肃省平凉市城西12公里处，西接六盘山，东望八百里秦川，南依关山，北峙萧关，是古丝绸之路西出关中之要塞。它得天独厚，海拔2123米，景区面积84平方公里，前峡泾河萦回，后峡胭脂河湍流，环抱于前山屏障——望驾山脚下，形成虎踞龙盘之势。它危崖险峻，东西南北中5座山台，以中台为中心四面展开，形若莲花，凝重典雅的9宫12院42座建筑群和72处石府洞天就分布于五台之上，夺天地之造化，蒙鬼斧之神工，自古就有"西来第一山""西镇奇观""崆峒山色天下秀""崆峒仙境"之美誉。

崆峒山共分为胭脂峡、五台、香山、弹筝峡和十万沟五大景区，有东、南、西三个入口，我们选择从崆峒古镇北门坐汽车去中台。崆峒山顶有两级平面：2100米的香山顶，上覆第三纪红层；1900米左右的一级经分割成为东、西、南、北、中"五台"。中台突起，诸台环列，各有奇势胜景，合天台、插香台与灵龟台，号称"八台"，与"四岭"（凤凰岭、狮子岭、苍松岭与棋盘岭）、"二峰"（蜡烛峰与雷声峰），同为崆峒山地貌的自然奇观。

汽车在蜿蜒、狭窄的山路上行驶了十几分钟，我们到达崆峒山景区的中心——中台。"崆峒山"碑文为当代著名书法家启功先生所题写。此处地势平坦宽广，视野开阔，是观日出、云海及平凉夜景的最佳之地，也是游客休息、餐饮、住宿、上下山的交通中枢。中台最高处海拔1927米，6000多平方米，分二阶，古为庞大宏伟的建筑群落，其间遍植树木花草，最为繁华。下阶古时建有真乘寺、飞升宫、紫霄宫、十方院、藏经楼、五龙宫、七真观、三皇楼，今存紫霄宫和始建于清宣统三年（1911年）的三皇楼；上阶有法轮寺、舒花寺、凌空塔，初建于唐代，历经各代，几经兴废。北宋建中靖国元年所刻陀罗尼经幢就立于该寺中，现被列为省级文物保护单位。塔院内的主要建筑凌空塔，为八角七级楼阁式空心砖塔，始建于北宋天圣七年（1029年）。

居中台仰望天台，隍城建筑大多依山而建，巧夺天工，平添灵动之禅意。俗话说："王灵官，保平安。"朝天门始建于明代，门楣上书"朝天门"，两边的楹联"云山拾级通天阙，雾海浮槎诣道门"。这里供奉的是道家的护法王灵官。王灵官，原名王恶，因西河的第三十代天师虚靖真人的弟子萨守坚，飞符火焚，将王恶烧成火眼金睛。王恶不服，奏告于天庭。玉皇大帝即赐慧眼与金鞭，成为镇山神将。

穿过朝天门，是遇真宫至飞仙阁的阶路，呈42度坡，高百余米。从这里开始，我们用自己的步履来体会崆峒山的神奇与险峻。其下路右幽径穿林通西台，有药王洞、遇真宫、南崖宫等古建筑，经南崖宫后"一线天"，可过仙桥通龙君殿、棋盘岭、雷声峰。

那座两层三楹式的石窟建筑就是药王洞，它始建于明代，里面供奉的是药王孙思邈（中）、扁鹊（左）、华佗（右）。孙思邈是古今医德医术一流的名家，被尊为"药王"。其名著《千金要方》和《千金翼方》，是我国最早的医学百科全书。这里供奉的孙思邈像是依据"坐虎针龙"这个传说故事塑造的，相传他为老虎取出卡在喉咙里的碎骨，老虎甘愿充当他的坐骑。华佗是最早发明和使用麻沸散施行全身麻醉进行手术的医学家，著有《青囊经》。扁鹊是中国传统医学的鼻祖，创造总结出望、闻、问、切的诊断疾病的方法，他切脉技术高超，名扬天下。

遇真宫，是明代仿武当山的格局修建的，里面正中供奉的是无量祖师，即真武大帝，两侧分别供奉的是太乙真人、妙乐救苦天尊。相传，无量祖师是净乐国的王子，自幼信道教，17岁放弃了王位，便去武当山修行了42季，后来到崆峒山修炼，刚好在这里遇上了点化他成仙的太乙真人和秒乐救苦天尊，后来人们为了纪念这个故事而修建了遇真宫。

沿石阶蜿蜒而上，只见一架石梯凌空而立，仰首望去，高不可测，这就是登临绝顶隍城的通道——上天梯。它始凿于唐贞观元年（627年），有669级台阶，坡度分别是45度、60度和75度。民间流传着这样一首诗："一寸仅一步，天门攀铁柱，自向此间行，才得上天路。"用来证明上天梯有多么艰险。民间还流传一句话："不上崆峒枉为人，下了崆峒不识人。"说明想得道成仙是要付出努力的。没有比脚更长的路，没有比人更高的山，我们的信念是：一定要登上隍城。

走完45度天梯的地方就是"黄帝问道处"，这是一处极为简陋的石室——"混元洞"。皇帝问道，成为千古佳话，后世流传，这也是我来崆峒仙山最想看的地方吧！据《庄子在宥》载："黄帝闻广成子在空同之上，故往见之，问以至道之要。"遥想5000多年前，雾锁崆峒，在云雾缭绕中，跋山涉水而来的轩辕黄帝，和广成子坐于松下，向他请教治国之道和养生之术。广成子为其指点迷津，"至道之精，窈窈冥冥；至道之极，昏昏默默。无视无听，抱神以静，形将自正，必静必清，无劳女形，无摇女精，乃可以长生。目无所见，耳无所闻，心无所知，女神将守形，形乃长生。"黄帝心领神会地称颂道："仙师真是天生的圣明之人！"再拜而退。黄帝回国后，居于荆山极高处之昆台上，依广成子所教之道，静修养身。从此，中华昌盛。如今仙人已乘黄鹤去，只有崖壁上红色悬棺里供奉的广成子的法体，见证着轩辕黄帝问道的史实。相传，广成子是黄帝时期汝州人，为道家创始人。居崆峒山石室中，修炼了1200多年，成仙后将自己的法体留在了这里，还在崆峒山留下了两个升天时的大脚印。悬棺下面有4个回文字"鹤飞龙翔"，它是清朝末年任平凉知府的王学伊先生题写的，这几个字很有特点：您不论从左读或从右读，都可以读得通。旁边这个石碑上雕刻的就是轩辕黄帝教老百姓耕种、筑屋、狩猎、冶炼、骑射的场景。这幅画面充分展示了轩辕黄帝对人类文明所做的不可磨灭的贡献。旁边的一个天然洞穴叫作南崖宫，据说是广成子以前居住、修道、炼丹的地方。

财神洞，又叫作黑虎灵官洞，这是崆峒山保存比较完整的明代建筑。众所周知，中国民间财神有文、武财神之分，这里供奉的是武财神赵公明。从财神洞出来，就开始攀登75度的天梯了。我坚信，路再陡，只要一路向着顶端走去，便可以观赏到别样的风景，领悟到别样的人生。

穿过二天门，首先映入我们眼帘的就是这个红色的鞭子。相传很久以前，我们身旁这棵辽东栎树年久成精，经常危害上山的游客。赵公明知道此事以后，便降服了树妖，并且把自己的铁鞭挂在树上，起镇压树妖的作用，后来人们就把它称为崆峒山的"镇山鞭"。

磨针观始建于明朝嘉靖年间，为六角重檐砖石结构，是山上保存较完整的明代建筑物。这里是为了纪念黎山老母用"铁杵磨成针——功到自然成"点化无量祖师修成正果的地方。磨针观里面供奉的是黎山老母、无量祖师以及崆崆峒山上所有神仙的牌位，在观顶上还有佛教的六字真言："唵、嘛、呢、叭、咪、吽"。站在磨针观上，您可以尽情饱览崆峒山其他各台的美景。

十二元帅殿是道教唯一一座穿廊式建筑，门楣上有"东瞰五岳"4个大字，两侧楹联："崆峒雄姿笑迎南来北往客，西镇奇观奉送五湖四海宾"。十二元帅是姜子牙所封的8位雷门元帅和4位护法灵官，依次是刘甫、辛环、马岗、赵公明、温琼、岳胜、苟张、邓忠、陶荣、张节、庞洪、毕环，他们都是保平安的护法神。

三教洞始建于明代，是一个呈半圆形的石洞，深约6米，宽约4米，顶部为弧形，洞内供奉儒、释、道三教始祖，其中释迦牟尼居中，老子、孔子分居两侧。这里原是道教场所，后来演化为儒、释、道三教共存，它真实地反映了中国本土文化和外来佛教文化从冲突到融合，最终形成了中国传统文化的历史事实。由此看来，中华民族文化是一种开放的、博大的、多样化的文化体系。

登山最惬意的是大汗淋漓地欣赏路上的风景，看看远处的风景，犹如泰山般的稳健，蓝天白云也触手可得。

登临隍城绝顶，眼界顿开。突然想起古人题咏崆峒的诗句："遥看华岳峰三，俯视秦川弹一丘""山高平对月，寺回府看云"，此刻才真正体会到了这些诗句的妙处。隍城位于崆峒山主峰马鬃山之巅，突兀高耸，摩云插天，形势险峻。向东俯视，一凌空塔映入眼帘，还有一棵千年老松，这便是古塔托松景观。新建的太极八卦在弹筝湖的一侧。东面山径为378级"上天梯"石阶通道。西倚笄头香山，映衬如画屏。北有舍身崖，如垂左臂。南连雷声峰，如舒右臂。雷声峰岩壁陡峭，下临深渊，由北而南，山势逐渐变低，峰顶的道宫建筑依顺山势，错落有致，似莲叶托花，更显俊秀。隍城建筑为崆峒山寺观之首，殿宇富丽堂皇，宛如封建帝王的皇宫，肃穆而幽静，一切都是那样安静自如，人心善了，瞬间归于宁静。

隍城建筑群始建于北宋乾德年间，是崆峒山保存最完整的一组明代建筑群，包括磨针观、十二元帅殿、灵官洞、太白楼、献殿、真武殿、玉皇殿、天师殿、药王殿、老君楼、天仙宫等11处古建筑。传说这里是玉皇大帝居住的地方，只见神殿金碧辉煌，仅殿外香炉，也是全铜寿成的七级宝塔造型。天台隍城为道教道场，各种道观神仙庙宇聚集在此。在阳光照射下更显禅静。道教认为人间的一切都是天上的反映，神仙住所应与人间帝王宫殿相似，所以隍城所建殿宇在建筑风格上仿照中国宫殿建筑，金碧辉煌，庄严肃穆。我们可以看到，从东台至隍城这一中轴线上，每座庙宇都充分体现出中国古代宫殿建筑群方正严整、中轴突出、纵深成串、左右对称、主次分明、高下错落的传统风格，又体现了道教宫观建筑以神殿为主、以道众居室为辅的特色。1990年10月，中国建筑专家清华大学建筑学教授朱畅中、谢凝高对崆峒山建筑的评价为"奇险灵秀、古朴精巧"。游览欣赏这座规模宏大的古建筑群，建筑与自然环境的完美结合，使我们陶醉其中。因为地势险峻，山上的庙观殿阁都依山而建，虽然没有宏大豪华的规模，但是与险峻的山势融汇自然，古朴凝重，少有人工打造的痕迹。

通天桥像天梯的一条臂膀，伸向深处，我顺着隍城向右南行，走上通往通天桥的路。我愿意选择走这样陡峭、蜿蜒的路，不断地深呼吸，让我的心肺充满活力，做一个心灵解放的生者。我虽已不再年轻，但心中仍向往美好的事物，抛弃尘世的喧嚣，让心归零。蓦然看见别具匠心的通天桥时，眼前为之一亮。它高约2000多米，长74米，以铁索为骨架，木板铺成，凌空飞架于两峰之间。置身通天桥上，无法看到桥那边的美景。晃晃悠悠中，既害怕又有难得的满足感，有种与仙山融为一体的感觉，不仅让人在险境中体验了一把超乎想象的感官刺激，而且那种人与山的魂灵结合的神圣也无法用语言来诠释。

登石阶，穿幽林，绕山而上。崆峒山古树参天，珍奇满目，凤凰岭有世间罕见的桧柏；隍城、中台巨松与黄山迎客松同根；紫霄宫本氏卫矛犹如巨龙腾空而跃，高大的栾树全国罕见。八仙台龙柏从千年之外飞天而来，西台区降龙木随处可见，这一切显露着崆峒山的无限风光，是国内任何名山所无法相比的。这些古树具有不同寻常的人文价值，是"人与自然和谐发展的历史见证"。山有树而秀，林有水而翠，崆峒林深似海，草茂花繁，松柏多姿，药材遍地，群峰竞秀，瑰丽雄奇，身临其境，胜似神仙。

香山上有两个景点，一个是香山寺，另一个是混元寺。香山寺不大，初建于宋代或更早，清同治年间毁于兵焚，后恢复东面大殿三楹殿内彩塑十六臂观音坐于莲台。左右彩塑文殊、普贤各坐于青狮、白象像，童子拱手侍立。混元楼，气势宏伟。混元寺目前是地质博物馆，寺后面有个观景亭，可见到中台和风筝湖。混元寺前立一巨石，上书"道源圣地"。古人云：智者乐水，仁者乐山。崆峒山水乃上天所赐，更大的恩赐在于赋予了崆峒山"儒释道"人文的情怀。崆峒山是三教和谐共处的，香山寺前由和尚守着，混元楼前由道士护着。至于儒家思想，源远流长，但凡读些书的，也可算儒家子弟了。崆峒山广集天下之大成，也可谓是广成子了。

崆峒山，神圣而有灵性。它景观众多，千姿百态，一石一木也显得灵气十足。我们从仙气缥缈的山林走过，细细观赏，沐浴灵光，心灵便得到一次洗礼，倍觉趣味无穷。立香山之巅俯视，座座庙宇沿着两面临空的峭壁一字排列，延伸到山顶，恍惚间已穿越时空界限，为那些远去的仙人敬献一曲空谷幽兰之曲。随云卷云舒的心境，感受崆峒山天然氧吧的清新，有种融于自然的舒畅淋漓。倚天高歌，一览众山小，那种对仙山的憧憬、对仙人的膜拜，感觉更是淋漓尽致。我敬仰山之魂灵、崇尚山之雄壮、感悟山之气魄，源于我于此山的一种发自心底之感悟，发"观海知心远，登山觉眼明"之感慨，留在心间的是长夜难言的仙山之画卷……

# 风光旖旎九江城

　　江西的北大门九江，古称浔阳、柴桑、江川，是一座有2200多年历史的江南文化名城。2017年6月，我们去庐山旅游，先游了九江。

　　九江古城，秀在一湖。城中有湖，仅此就是一道别致的风景。此湖名为甘棠湖，古称景星湖、南门湖。湖的面积约80公顷，由庐山泉水注入而成，水质洁净，就像一颗璀璨的明珠镶嵌在市区中心，是一条"自有源头活水来"的天然湖泊，也是市区最引人入胜的景点。湖中有唐代江州刺史李渤筑的长堤，将湖面一分为二，长堤上有建于宋代的"思贤桥"。湖中还建有烟水亭，相传为三国时周瑜点将台旧址，具有江南园林式建筑风格，有船厅、纯阳殿、翠照轩、五贤阁、亦亭、镜波楼等，亭前还有两座石剑匣。立烟水亭前，举目眺望，碧波荡漾，匡庐倒影，柳岸成荫，景色如国，湖光山色尽收眼底。现在的烟水亭是一个展览馆，在这里可以重温三国历史，周瑜大都督曾经在这里操练水军，周瑜点将台也因此得名。

　　九江古城，名在一楼。浔阳楼巍然屹立于长江南岸，因九江古称浔阳而得名，是中国江南十大名楼之一。初为民间酒楼，因古典文学名著《水浒传》所描述的宋江题反诗、李逵劫法场等故事，使其名噪天下，至今已有1200多年的历史。

浔阳楼是一座具有宋代建筑风格的楼宇，它青瓦重檐，雕窗画栋，外观三叠，内含四重。楼南北顶檐下各悬有赵朴初题写的"浔阳楼"匾额。那幅古老的楹联"世间无比酒，天下有名楼"分外引人注目，是集名楼、名著、名酒为一体的名胜。

走进浔阳楼，一楼大厅墙上镶嵌着大型瓷画，重现昔日一段风云，如"宋公明发配江州城""黄文炳设计害宋江""梁山泊好友劫法场"等故事，综合当年宋江醉酒题反诗，引出一段大闹江州的故事，进而演化成历史上一场轰轰烈烈的替天行道的梁山聚义。构图精巧大方，色彩淡雅古朴，充满了传奇色彩，令人回味无穷。厅正中悬挂着"逝者如斯"横匾，两侧大红柱上，有副长联："果有浔阳楼乎将宋江醉酒壁上题诗写得有声有色，如无水浒传者则梁山聚义替天行道就会无影无踪。"由此想到浔阳楼的"封缸酒"，据说宋江正是喝了此酒，临风触目，感恨伤怀，乘其酒兴，磨得墨浓，在那面白墙上佯醉挥毫，题写反诗。此酒至今已是江西传统名酒，真可谓岁月封缸历经沧桑岁月，淘尽千古风流。二楼是忠义堂，大厅内陈列着全国旅游景点上唯一的一套《水浒传》一百单八将的人物瓷像，活灵活现，尤其生动。三楼是回廊，主要陈列字画。四楼为茶室，也是赏景的最佳处，摆满了仿古桌椅。在楼外，可远眺庐山、近观长江，江风拂面，让人流连忘返；在室内，可喝茶乘凉、听评书，发"胜地因一人而名世，山水为一书而增色"之感慨。

看过九江古城的秀湖、名楼之后，还有一种体验，可以说是饱了口福，那就是我们怀着好奇心，去东林寺吃斋饭，体会僧人吃饭的文明礼仪。

东林寺位于庐山和东林山的山坳里，翠绿的群山环拥着这座千年古刹。寺庙建于384年，是佛教净土宗的发源地。寺内建筑颇具唐代风韵，红墙绿瓦，高大的廊柱，威严的檐角。一进院门是四方的放生池，两侧是三层楼高的鼓楼。穿过鼓楼，四方的正院里，坐北朝南的大雄宝殿庄严气派。寺院后山上屹立着几百米高的文佛塔。

九派浔阳郡，分明似画图。九江这座秀美、安静、独特、风光旖旎的古城，可以安抚浮躁的心灵，令人回味无穷……

# 走进“女儿国”

 

 

云南旅游归来，印象最深的当属最后一片净土——泸沽湖的“女儿国”了。

早晨从丽江古城出发，经过230公里的石子路上的颠簸，7小时后抵达了泸沽湖畔的落水村。湖四周崇山峻岭，山清水秀，空气清新，景色迷人，犹入“蓬莱仙境”。洗去一路的风尘，心情雀跃起来。

第二天早餐后，站在泸沽湖边想着湖名的由来。泸沽湖，古称鲁窟海子，又名左所海，俗称亮海。纳西族摩梭语“泸”为山沟，“沽”为里，意为山沟里的湖，也是摩梭人的“母亲湖”。

秀美的泸沽湖静静的，湛蓝的湖水、幽雅绝俗的景色，如小提琴奏出舒缓的柔板。举目望去，近看是青的、黄的、红的树和岛屿，远眺是峰峦叠嶂，蔚蓝的天空，絮状的白云。真可谓：白云抱幽石，绿筱媚清涟。

一叶猪槽船停靠在湖边，三位扎着头巾的少女，笑脸相迎。我们坐稳后，她们便齐心协力操桨滑行。透明如镜的湖面，一对对鸳鸯浮动，空中一群海鸥盘旋。导游将事先准备好的馒头递到我手中。我掰了一小块扔向湖水中，海鸥们争先恐后地匍匐到水中。在与海鸥的嬉戏中，我观赏着摩梭少女的风姿、独木轻舟的典雅和此起彼伏的渔歌，不知不觉抵达了泸沽湖"蓬莱三岛"之一的里务比岛。

一条蜿蜒的小道直通岛屿的顶部，路旁长满杜鹃花以及野樱桃树。花丛的尽头为藏传佛教寺院里务比寺，岛顶有一白塔。据说，以前里务比寺虽小，但名气可大了。每当湖周围的村落有灾难或世道临交时，它便会显灵预示人们。其重建后，朝者不断，香火更旺。

傍晚，行走在湖边的落水村，在摩梭人家开的旅店、百货店、饭店、茶座之中寻找"大狼吧"。

走进温馨的小酒吧，里面有几张木桌，还有些木凳。一个木制书架，上面放着不多的书和厚厚的几本相册。一个伏案读书的女子，看我进来，微笑着迎上前来。"你是海伦？""你知道我？""中央十台播放过你的故事。你抛弃优越的生活，不顾民族、习俗、文化背景的差异，甚至不顾父母的反对，来到泸沽湖安家，这需要多大的勇气。想见见你和大狼，你们过得好吗？"

故事发生在1998年。那一年，毕业于北京科技大学物理系、在广州有自己事业的现代都市女性吴海伦，为了逃离一段伤心的感情，背着行囊来到了泸沽湖，希望在这里可以抚平心伤。在这里，她与摩梭小伙子大狼一见倾心，走进了世代生活的摩梭人的家园。于是，泸沽湖畔就有了"大狼吧"。"大狼吧"虽小，海伦的愿望却很大，她开办了摩梭文化风景窗——"穗湖缘"，目的是引导人们到"穗湖缘"参观，让更多的人了解摩梭文化。她说："摩梭文化是多元文化，存在至今，一定有它的合理性。越是民族的，越是世界的。比如走婚，我认为是最文明、最符合人性的自然选择。我想写本英文的书，让更多的人了解摩梭文化。"

因"大狼"出门在外，我去了两次都未曾谋面。第二次去的时候，我在相册上留了言。走进泸沽湖的海伦是因为这里的山、水、人、情，这里是她爱情的寄居所、生命的停泊地。衷心祝愿他们一家人幸福安康！

第三天早晨，导游带我们去摩梭人家做家访，了解摩梭民俗风情。

走进摩梭人村寨，大多为方木垒成的井干式木楞子房，并以木板当瓦。家家户户门口的木架上放着整扇的猪膘肉，据说，放得越多的人家越富有。一位穿着秀丽衣装、落落大方、清秀美貌的摩梭姑娘把我们迎进家中。有火塘的正室为全家的中心。屋顶上挂满了玉米棒子，旁边有老人及未成年孩子住的地方。另一幢二层楼房为客房，为青壮年妇女与他们的"阿注"的居室，保留着母系氏族时期的一些特点。围着火塘坐定后，老祖母让每人喝一碗摩梭人家特制的"青娜曼安"酒，然后嗑着金边白瓜子，听老祖母讲故事。

泸沽湖沿岸居住有摩梭人和彝、汉、纳西、藏、普米、白、壮等7种民族约1.3万人，其中摩梭人约6000人（四川泸沽湖沿岸摩梭人5000多人）。传说中的女儿国，存在至今的恐怕只有摩梭人这一族了。摩梭人世代生活在泸沽湖畔，他们至今仍保留着古代早期对偶婚特点的"阿肖"婚姻形态。"阿肖"是泸沽湖摩梭人中有情爱关系的男女双方的互称，彼此又称"肖波"。"阿肖"婚姻的显著特点是：亲密的伴侣之间不存在男娶女嫁，男女双方仍然属于自己原有的家庭。婚姻形式是男方到女方家走访、住宿，次日清晨回到自己家中。因为是由男方的"走"而实现的婚姻，所以当地人又称这种关系为"走婚"。双方所生子女属于女方，采用母亲的姓氏，男方一般不承担抚养的责任。一个男子或一个女子的"阿肖"数目有多有少。双方的"阿肖"关系不是固定不变的。

泸沽湖养育的摩梭女儿，个个美丽健壮、勤劳善良、情深似海。她们在属于自己个人所有的花房里编织少女的梦，实现她们情真意切的爱。她们没有古圣先贤留下的清规戒律，没有孤寂、失落的烦恼和忧伤。她们不奢求不属于自己的一切，不会做金钱、物质和权力的奴隶；她们按照自己的质朴本性，遵循自己心儿的指引，在这片神奇的土地上无忧无虑地劳动、生活、恋爱；在母亲湖的山光水色中最大限度地展示自己纯朴的本色；在摩梭人最隆重、最热烈、最欢乐的格母女神的庆典——转山节中尽情地唱、尽情地跳、尽情地享受生活的甘甜。

泸沽湖不仅水清，而且岛美。湖岸曲折婀娜，逶迤伸展，造型十分优美。周围山峦环绕，神姿仙态，洲湾堤岛或隐或现，6个小岛给人以无限悠远的遐想。无数大大小小冲积而成的、扇表开阔的沙滩，为游客休息游玩提供了天然处所。

每逢晴天，蓝天白云倒映湖中，水天一色，景象绮丽，犹如一块明珠镶嵌在群山怀抱之中，碧波荡漾、风光迷人，难怪有"高原明珠""滇西北的一片净土""东方第一奇景"等美称。缓缓滑行于碧波之上的猪槽船和徐徐回荡于水天之间的摩梭民歌，更为泸沽湖增添了几分古朴、几分宁静。泸沽湖是一处未被污染的处女湖，更是一处远离闹市，具有古朴的民风、浓郁的传奇风情、充满神秘色彩的"世外桃源"，今人神往！

## 盘龙峡之美

　　盘龙峡归来，那里的飞瀑奇观、勇士漂流、紫色世界、水车王国……五彩缤纷的童话世界，仍以一种博大、壮丽、多彩的美悄然萦绕在心头。此时此刻，盘龙峡之美在岁月中延伸，融入无数的梦境中……

　　盘龙峡原生态旅游区，位于广东德庆县西北部，距县城28公里，以"广东最美的地方"著称，峡谷中空气负离子含量高达每立方米12.5亿个，是南国最大的天然大氧吧。

　　美其一，是其拥有亚洲罕见、广东最大的瀑布群。100多公顷内有着上百个瀑布，其中最著名的是"腾龙""聆天""烟雨飞瀑"这三大天然奇观。最大的腾龙飞瀑落差达90多米，眼观飞瀑激起千堆雪，耳闻如狮吼；聆天瀑布，飘逸秀美，如西施浣纱，冰清玉洁之外更显青翠碧绿；烟雨飞瀑，分外妖娆，如白龙下山。整个瀑布群落差近300多米，水流长达5.3公里，水流从悬崖顶端湍急而下，撞击在岩石上，溅起层层水花，升起团团水雾，弥漫在峡谷之中，宛如仙境。飞瀑在谷底汇成了激流飞雪、狂似野马的金鳞河。相传，这里就是龙母教五龙子磨炼筋骨、修德养性、飞天入海的地方，美丽的传说为水势变幻的瀑布群增添了几分神秘。

美其二，是其得天独厚的山、水、森林自然生态，开发了"中国勇士第一漂"。这个隐藏于原始森林中、被最美的瀑布群萦绕的漂流，全长4800米，落差百余米。从漂流源头顺流而下，一段刺激的水上之旅拉开了序幕。险滩连连，水势多变，刚从高处滑下，又在缓处打转，一路跌宕起伏。漂到最后，仿佛进入一个全包围的管道，橡皮艇只能随波逐流，经过飞速旋转的磨难，整条艇突然轻飘飘地飞落到平静的湖面上，惊魂未定之时，漂流戛然而止，这时你就有了勇士般的成就感。体验过最刺激的勇士漂，仍觉意犹未尽，就再来一次"逍遥漂"，从飞风潭出发，在约4.5公里的河段，水流相对较缓，优哉游哉地水上漂，沿途美丽的山水田园风光可尽收眼底。

美其三，是其拥有颇为壮观的奇趣水车群。水车产于三国时期，是光靠水车作为动力的原始生产工具。在漂流的源头，大大小小的上百台水车同时运转着，有灌溉的、磨坊的、舂米的……那潺潺的水声将你带回远古时代，遥想日出而作、日落而息、男耕女织的农耕场景和田园风情。劳作着的水车恬淡地迎来晨夕、送走晚霞，默默地把自然之美凝结于每一位游客的心，以虔诚的目光注视着美中涌溢的轻松和欢乐。

美其四，是那层层叠叠的紫色海洋般的薰衣草世界。盛放的薰衣草将整个山谷渲染成淡紫的主色调，被紫色海洋簇拥着的错落有致的小木屋，花海深处随风转动的几座荷兰风车。在这个紫色的夏日里，倾听着飞瀑流水的悦耳声响，感受周围森林中传来的幽幽鸟鸣、习习凉风，那片摇曳的芬芳，将引领你进入一个色彩斑斓的童话世界，激发你和谐的情绪，渲染你无限的遐想，身心得到了彻底的放松。

盘龙峡之美，是一种恢宏和谐之美、一种宁静绚丽之美、一种返璞归真之美。此时此刻，我们真正懂得了美，目光变得纯净、心灵变得圣洁，不受阻挠地享受人世间蕴藏着的幸福和快乐！

# ❧ 宁夏三景 ❧

宁夏回族自治区，不仅处在黄河上游地区，而且位于"丝绸之路"上。自古以来，就是内接中原、西通西域、北连大漠之地，也是各民族南来北往的必经之地。悠久的历史、多样的地貌、特有的民俗，构成了宁夏丰富多彩的自然景观。被誉为"东方金字塔"的西夏王陵、有"东方好莱坞"美誉的镇北堡西部影城和"塞北江南"沙湖，都是我们向往已久的地方……

## 东方金字塔

1999年6月的一天，我们从银川市出发，西行30公里后到达贺兰山东麓的西夏王陵，领略西夏文化，寻古探幽。一座座黄色的陵台，犹如一座座小山丘，在贺兰山下此起彼伏、连绵不断，在阳光的映照下，金光灿烂，十分壮观。

1038年，党项族的李元昊据险地、练精兵，夺关占地，在兴庆府（今银川市）称帝建立西夏王朝。西夏王朝在历史上存在了189年，经历10代皇帝，形成了独特的西夏文化。其疆域"东尽黄河，西界玉门，南接萧关，北控大漠，地方万余里"。最鼎盛时期其面积约83万平方公里，前期与北宋、辽平分秋色，中后期与南宋、金鼎足而立，被人形容是"三分天下居其一，雄踞西北两百年"，后被蒙古所灭。

西夏博物馆占地5300平方米，以西夏皇家陵园为背景，仿西夏建筑造型，风格别致，既有现代建筑之气势，又与陵区遗址相呼应。驻足此地能真实地感受到西夏王国的兴衰历史。馆内精选了最具代表性的西夏文物600多件和专著、论文、杂志文章400多册（篇）。从雕龙石柱、石雕人像座、石马、瓷器到西夏碑文、佛经、佛画、官印；从西夏文物中的瑰宝——重达188公斤的鎏金铜牛到西夏古塔、壁画，都向人们展示了西夏历史之谜和艺术精华，使人领略到西夏王国昔日的辉煌和灿烂。

漫步在黄土夯成的陵丘之间，感受到历史只是一捧黄土。700多年的风霜雨雪仍未抹去王陵的神秘莫测与宏伟壮观。这座西夏王朝的皇家陵寝，在方圆53平方公里的陵区内，分布着9座帝陵和253座陪葬墓，规模宏伟，布局严整，吸收唐宋皇陵之所长，使汉族文化、佛教文化与党项民族文化有机结合，形成了中国陵园建筑中别具一格的特色。高大的阙台犹如威严的门卫，耸立于陵园最南端。每座陵园就是一个完整的建筑群体，由阙台、神墙、碑亭、角楼、月城、内城、献殿、灵台等部分组成，坐北朝南，平地起建，占地面积在10万平方米以上。

西夏王陵是中国现存规模较大、地面遗址较完整的帝王陵园之一，显示出西夏王朝特有的时代气息和风貌。1988年，西夏王陵被国务院公布为全国重点文物保护单位、国家重点风景名胜区，被世人誉为"神秘的奇迹"和"东方金字塔"。


## 东方好莱坞


从西夏王陵出来，我们前往镇北堡西部影城，这是一个令人陶醉的地方。在银川市南北郊区空旷的荒野上，两座古代城堡遗址闯入我们的视野，这就是闻名国内外的镇北堡西部影视城。

进了大门，迎面是一座镶嵌在残垣断壁上的黑色大理石标示牌，上面用中、英、法、德、西班牙、阿拉伯、日文等文字镌刻着：中国电影从这里走向世界！

1993年，张贤亮先生以其独到的眼光、超前的思维，用其雄浑、古朴的风格，把一个历经数百年沧桑、残破不堪的镇北堡，变成一个中国电影的"神秘的宝地"，变成了让世界了解宁夏的旅游景区。是啊！镇北堡西部影城以古朴、荒凉、原始、粗犷、民间化为特色，曾拍摄了《牧马人》《红高粱》《大话西游》等经典影片及具有影响力的影视片100余部，这里也享有"中国电影从这里走向世界"和"东方好莱坞"的美誉。

镇北堡两座古城内，还保留和复原了拍摄过的部分影片的原景和道具，供游人观赏。

明城内原汁原味地保留了许多著名影视剧中的重要场景，譬如《红高粱》中的月亮门、酿酒作坊、九儿居室和九儿出嫁时乘坐的轿子、盛酒的大缸、碗具等；《新龙门客栈》中的"龙门客栈"，《黄河谣》中的"铁匠营"，《五魁》中的"匪楼"，《大话西游》中的"牛魔王宫""招亲台""天崩地裂"等。

城内设有专为影视拍摄搭制的土房街景，如"影视一条街""文革大院""长坂坡街道"等，残月、古堡，漫漫黄沙，成了城市人享受"朴素美"和"自然美"的场所，同时还能体验古人的生活。这些场景，已成为中国影视艺术中宝贵的、立体的历史资料，同时又是游客们感兴趣的景点。

这里就是一个北方民俗博物馆。当漫步在影视的场景中，当流连于真假难分的道具中，你仿佛乘上一条"时光隧道"，在穿越和变幻中，扑面而来的是那苍凉的意境、悲壮的气势，仿佛回到消逝了的过去，回味或是艰难困苦或是幸福快乐的生活。

被誉为"中国一绝，宁夏之宝"的镇北堡西部影视城，唤起了我们民族的记忆，感受到发自黄土地深处的、不屈不挠的顽强生命力。

# 塞外江南沙湖

第二天早晨，我们从银川市出发向西南行56公里，又慕名去了沙湖。

沙湖是上苍的赐予、大自然的杰作，更是勤劳智慧的塞北人民创造出来的人间天堂。据说，这里曾是一座农场，建国后，经过无数建设者精心雕琢，才逐步变成集西北粗犷与江南秀美于一体的天然景点。总面积82平方公里，其中水域面积45平方公里，沙漠面积20多平方公里。

因为沙湖是沙漠中的景区，我们只能乘船进入景区。当船驶入景区，呈现在眼前的是一个新的天地：沙漠、骆驼、人群。上岸后，有人请我们骑骆驼。骆驼温顺地、成排地跪在沙地上，我们颤悠悠地骑到背上，骆驼慢腾腾地站起来，我们惊恐地抓紧驼峰。我们的驼队出发了，过了一会儿，才感觉到乘"沙漠之舟"在沙漠上行走的快乐。湖上湖下，游人如蚁，欢歌笑语不绝于耳。骆驼将我们载到了沙丘的顶部，坐在高高的驼背上，举目四望：明媚的阳光下，沙抱翠湖，湖面无际，湖光沙色浑然一体，既突出了江南之灵秀，又突出了塞上雄浑，好一派美轮美奂的塞外江南风光。

从骆驼上下来，我们就排队去滑沙。坐在滑板上从一面陡坡上滑下，风儿抚摸着你的面庞，那种失重的感觉，既害怕又刺激，惊叫声传出好远好远。顷刻间，从坡顶滑落到坡底，为自己的勇敢和冒险而沾沾自喜。

接着，我们又去打沙滩排球。和在平地上打排球不一样，球发过来，急着去接，可是在松软的沙地上，一落脚就陷进去，有劲使不上，打了一会儿就累得不能动。我们只好坐下来，把脚埋在沙土里，和沙漠做一次亲密的接触。

我们似乎玩性未尽，又买了票去乘滑翔机。飞机上只有两个座位，上面已经坐好了一名飞行员。工作人员给我带上头盔，然后把座位上的安全带扣好。飞机是露天的，我们坐上去四下看看，有些胆寒，但为了一睹沙湖的全景，还是咬紧了牙关，安定下来。飞机从水面上滑行一段后，飞到了沙湖的上空。空中比沙漠上冷了许多，风在耳边尽情地宣泄着，顷刻间，就冷得瑟瑟发抖，牙齿咔咔作响。从空中俯视：湖光沙色、候鸟成群、芦丛如画、风光旖旎。沙湖：美在沙水相融，秀在湖苇相映，奇在鸟飞鱼跃，不愧为原始生态旅游的最佳结合点。

我们在天然浴场与同伴们会合，结束了玩得最开心、最养眼、最刺激的一天。别了，沙湖！

# 古堰秀色贯古今

都江堰，坐落在都江堰市灌口镇的岷江上，它既是"举世无双"的中国古代水利史的缩影，也是中国古代道家哲学思想"天人合一"的完美体现，更是闻名世界的旅游景区。"问道青城山，拜水都江堰"，早已成为成都城市的名片，也是世人的向往之所。

2017年，是都江堰建堰2273年，我第三次来观瞻都江堰。古堰以其纯朴厚重的姿态，笑看红尘两千年；今人满怀好奇心，来古堰追源寻踪，无论来多少次对其独有的奇、状、美，总有无尽的感触和感悟。

都江堰之奇，奇在名贯古今。它是造福当代的水利工程。都江堰因水而得名，因水而生辉，也因水成就了千年传奇。前两次来，都是从离堆公园入口，按顺序游览都江堰水利工程的。此次，则从秦堰楼入景区。秦堰楼建于旧的观景台上，是二王庙最高的建筑。相传，此地是大禹导江、开明决玉垒、李冰建都江堰用以勘察水势的地方。登斯楼，远眺青城山，巍峨千仞，峰峦叠嶂；近观岷江水，浩浩荡荡，翻腾叠浪，经古堰分流而去，一泻千里，犹如一幅水墨山水画，令人赏心悦目。沿台阶下行，就到了二王庙。二王庙原名"望帝祠"，蜀人感激李冰父子的功德，在南北朝时另建"望丛祠"，将此庙供奉李冰父子，更名为"崇德庙"。后因李冰父子相继被封为王，改名为"二王庙"，沿用至今。2008年"512"汶川大地震时，二王庙九成损毁，直到2011年4月才重新对外开放。二王庙的建筑规模宏大，布局合理。大殿两边有两座塔式建筑——字库。人们把对李冰的祭文及自己的愿望写在纸上，点燃后放进字库燃烧，化作缕缕青烟，祈求能得到上天的庇护。字库的旁边有"安流顺轨"和"饮水思源"两座石碑，表达功德无量之意。庙门正中高悬冯玉祥将军手书的"二王庙"金字匾额，庙内的石壁上嵌有李冰及其后人关于治水的格言，李冰总结出的治水"三字经"：深淘滩，低作堰。这六字真言是都江堰的精髓，至今仍是水利工程的圭臬。

出二王庙顺着岷江水流的方向，依次近距离参观鱼嘴、飞沙堰、宝瓶口三大水利工程，必须经过安澜桥。此桥是我国著名的五大古桥之一，它的修建不会晚于都江堰，至今也有2000多年的历史了。

过了安澜桥，从鱼嘴沿着金刚堤到飞沙堰，然后去了伏龙观俯瞰宝瓶口。宝瓶口是李冰治水患的关键一步，也是都江堰工程的第一步。公元前256年，秦国蜀郡太守李冰，为治岷江水患率领百官及百姓，在玉垒山以火烧石，使岩石爆裂，凿离堆，穿二江，巧妙利用岷山出山口的天然地势和弯道环流规模，采用无坝引水的形式，建成了这震古烁今的伟大工程并沿用至今。鱼嘴分水堤、飞沙堰泄洪道和宝瓶引水口，三位一体，浑然天成，一举三功，有效地解决了引水灌溉、排洪泄沙、旱涝调水等问题，变水害为水利，使千里蜀地，"水旱从人，不知饥馑"，成为物产丰饶的"天府之国"。今天看到这个巧夺天工的水利工程，仍对古人李冰的智慧赞不绝口。

都江堰之状，状在新修建的步云廊扶梯和玉垒阁。玉垒山地处都江堰城西，是观都江堰景观的绝佳去处。2011年，在山顶修建了仿古观光塔玉垒阁，为千年古堰再添美景。步云廊扶梯也叫玉垒浮云梯。"锦江春色来天地，玉垒浮云变古今。"这是诗圣杜甫在《登楼》中发出的千古一叹，玉垒浮云梯的名字就来源于此。扶梯由两段扶手电梯组成，连接二王庙和玉垒阁，全长128米，上下站落差56米，甚为壮观。这是国内首条歇山式古建筑盖顶的步云廊扶梯。

站在扶梯上，头顶是五彩斑斓的古建筑，两侧是徐徐而过的山景，5分钟即可到达位于玉垒山顶的玉垒阁。

神秘的玉垒阁共分7层，占地面积862平方米，可同时容纳2000名游客。从地面到塔顶高度为46.6米。登顶玉垒阁，在微风轻拂中，东观千年古城，西瞰成都平原，北眺岷江源头，南望八百里青城。放眼望去，都江堰水利工程一览无余，品治水文化，抚今追昔。

都江堰之美，美在"穿越千年"的放水大典。放水节是川西人民最隆重又热烈的节日，从978年开始，一年一度，世代相传，其盛况尤胜春节。放水节是为了来追忆造福成都平原的李冰父子，祈求五谷丰登、国泰民安。如今放水大典已列入中国非物质文化遗产名录。

放水大典的表演地点在中国首座遗址剧场，它是在废弃了半个多世纪的鱼嘴电站大坝遗址上打造而成的。放水大典以舞台分幕剧及歌舞的形式，还原了2000多年前"古法治水"的历史文化，通过《祭祀砍杩槎放水》《春耕薅秧》《拜水感恩》《好一个都江堰》4幕，将承载着千年文明责任和万众生死的都江堰，展现在最美丽、最辉煌的历史画卷中。短短一个小时的表演，生动、逼真、出新，多个精彩瞬间，让观众穿越千年，身临其境，可谓国际范儿十足。最吸引人的是《祭祀砍杩槎放水》，随着主祭官一声令下，"咚咚咚"3声礼炮，堰工们奋力砍断杩槎上的绑索，河滩上的人们奋力拉绳，杩槎解体倒下，那银练般的岷江水从高山顶倾泻而下，全场欢呼雀跃，气氛达到高潮。那恢宏、壮观、迷人的场面，不仅是对一个伟大工程的别样讲述，更是一种对优秀传统文化的张扬和对民族智慧及生活理想的生动再现。走出剧场，那句低沉的呢喃"我的都江堰，我的老四川"仍萦绕耳边，抨击人们的内心深处。

"东流不尽秦时水，润泽天府两千年。"都江堰是世世代代以古堰为依靠的勤劳纯朴的蜀人的都江堰，它以"独其千古"的奇、状、美之态，以"滚滚长江东逝水"之势，至今润泽着"天府之国"万顷良田，使成都平原出现了"天孙纵有闲针线，难绣四川百里图"的秀美景象。都江堰是中华文化划时代的杰作，在世界水利史上写下了光辉的篇章。

## 延安情思

　　经过一天多的长途颠簸，第二天下午，我们终于投入了革命圣地的怀抱。车进延安，举目远望，左边是山，右边是山，前面是山，后面还是山。在每座山峰的顶端，我们急切地瞪大眼睛寻找着宝塔。因为世人皆知：宝塔是革命圣地延安的标志和象征。

　　当巍巍的宝塔山、涛涛的延河水，像一幅风景画映入我们的眼帘时，我们的内心发出一个声音：久违了，延安！

　　有客自远方来，塔更挺拔，桥更洗练，寺更幽凝，水更热闹。延安为五千年的中国历史文化添上了光辉灿烂的一笔。延安城区的140多处革命旧址：凤凰山麓、杨家岭、枣园、王家坪、南泥湾……哪一处不是我们接受革命传统教育、爱国主义教育和延安精神教育的极好课堂！

　　凤凰山麓，那棵高大的国槐枝繁叶茂，像伟人一样伟岸挺拔。毛主席办公桌下的木炭火盆，向人们倾诉着《论持久战》的成因；毛主席会见白求恩时用的桌椅旁，依稀可见他们彻夜长谈的身影；那块破旧的毛毯记载着朱德与周恩来的战友情深。

杨家岭形似飞机的中央大礼堂，因为党的"七大"和"延安文艺座谈会"在这里召开而声名远扬；十四孔窑洞前的石桌，讲述着"一切反动派都是纸老虎"的论断，讲述着"一个现时代的伟大真理"产生的过程。

枣园，人去窑空，但1939年大生产运动中，军民同修的长5公里、可灌溉80万平方米农田的"幸福渠"源远流长。面对"为人民服务"的石碑，我们想起张思德，也想起许许多多前仆后继、死而后已的共产党人。半个世纪以来，在这块石碑下，留下了多少瞻仰者的足迹，留下多少宣誓者的身影。

王家坪的延安革命历史纪念馆，展出作品3万多件，如小米加步枪、军装、草鞋、伴随着毛主席转战陕北的"小青马"……都深深地印在我们的记忆里。

今日的南泥湾，片片稻田依山傍水，仍是"陕北的好江南"。展览厅里解说员讲述的"大生产运动"中感人的故事，催人泪下，催人奋进！

延安精神是一种净化、一种补充，更是一种挑战。经过几十年的建设，延安已不见战争时期的疲惫和创伤，它向人们展现的是新建的城市和修葺后的名胜。我们曾担心改革的浪潮会把延安的历史文化与生活情趣冲淡，然而，延安在改革开放中迎来了再生的青春。

延安终于起步了，延安在我们的心中永远年轻！

# 从远古飞落的太阳神鸟

  我去过3次四川成都，中间隔了好多年。成都风景名胜很多。第一次去时，我游览了都江堰、青城山、武侯祠和杜甫草堂等处。第二次去成都参加学习培训，一心想去三星堆遗址，但土生土长的成都人告诉我：你还是去金沙遗址吧，它是继四川广汉三星堆遗址之后，近20年来我国最重大的考古发现，而且位于成都市区。

  金沙遗址东距成都市中心约5公里，是民工在开挖蜀风花园大街工地时发现的，在沉睡了3000年之后被发掘出来，可谓"一醒惊天下"。金沙遗址是周边同时期商、周遗址的中心遗址，有祭祀场所、大型建筑、一般居址、墓地等。

  下了出租车，远远看见大门口一侧的墙上，书写着金黄色的大字：金沙遗址博物馆。因为有金熊猫卡，所以可以免费参观。进了大门，感觉环境优雅、宁静，内有乌木林和玉石之路等文化景观。博物馆主道路西侧是"中国文化遗产标志"的纪念雕塑——太阳神鸟广场。金沙遗址出土的太阳神鸟金饰图案被公布为中国文化遗产标志后，在此设立永久性纪念雕塑。据说，太阳神鸟金饰图案已成为成都市的标志。是啊！成都金沙就是从远古飞落的太阳神鸟。

走过一段幽静而四周绿葱葱的路，就到了遗址博物馆。博物馆的外形很美，据说是一位不到30岁的博士设计的。其建成于2007年，占地面积30.4万平方米，总建筑面积约3.8万平方米，是为保护、研究、展示金沙遗址及出土文物而设立的主题公园式博物馆，主要由遗迹馆、陈列馆、文物保护中心、生态环境园林区、游客接待中心等部分组成，参观时依次从上往下走。

遗迹馆以发掘现场原生态保护展示为主，一些重要出土文物出土的位置都有标识。在这里，我们可以现场感受3000年前古蜀国宏大的祭祀场面和欣赏到大量精美的文物，还可以近距离实地观看考古发掘的过程。历史无言，遗址无声，只有那些文物才能把远古的故事娓娓道来。

陈列馆共分远古家园、王都剪影、天地不绝、千年绝唱、解读金沙5个展厅，再现了金沙时期人们的生态环境、生活场景、宗教祭祀方式等。其中，千年绝唱展厅展示的30余件精品出土文物，美轮美奂、造型奇绝、工艺精湛，人们会被远古先民伟大的创造力和精湛的工艺水平震惊和叹服。最引人注目的是，展室中央罩在玻璃罩里展出的金沙遗址出土的金四鸟绕日饰，在灯光的照射下，金碧辉煌，闪烁着神灵的光芒。金四鸟绕日饰重20克，整体为一个极薄的圆形片。图案分内外2层。内层为一个没有边栏的圆圈，周围等距离刻着12条旋转的齿状芒，呈长獠牙状，牙尖外露；外层镂空刻着4只飞翔的神鸟。内层的图案既像旋转的云气、水中的旋涡，又像空中的火球、天上的太阳。将它放在红色的衬底上，一个旋转的火球和飞翔的火鸟就鲜活起来。内层的火球象征着太阳，12条齿状芒就是放射的光芒；外层的4只飞鸟就是绕日飞翔的火鸟。据《山海经·大荒经》和《山海经·大荒东经》记载，太阳神帝俊说："帝俊生中容，中容人食兽、木实，使四鸟。"说明这4只鸟是托付太阳运行的阳鸟。"汤谷上有扶日，其叶如芥。一日方至，一日方出，皆载于乌。"古代神话解释了太阳旁边出现鸟的原因。金四鸟绕日饰反映了远古的人们对太阳神的崇拜，也是古代先民"天人合一"的哲学思想、丰富的想象力、非凡的艺术创造力和精湛的工艺水平的完美结合。该金饰无疑是金沙遗址博物馆的镇馆之宝。

金沙遗址的发现将古蜀国统治者在成都附近的活动时间从2500多年前推进

到3000多年前。金沙出土的上千件青铜器，与三星堆出土的青铜器比较，足以说明古蜀国存在的状态，带有神秘色彩，为人提供展开研究、想象的空间。我最想知道的是金沙遗址与三星堆遗址有什么关系？李白在《蜀道难》一诗中写道："蚕丛及鱼凫，开国何茫然。"古蜀国历经蚕丛、柏灌、鱼凫、杜宇、开明五代蜀王。在启蒙文明时代，据今3700年至4500年是宝墩文化，然后是三星堆文明。三星堆文明正处于鱼凫氏时代，大约在商朝末年，杜宇氏取代鱼凫氏成为蜀王，后杜宇氏禅位于开明。金沙遗址存在于三星堆时代末期，杜宇时代和开明王朝的前期，王朝的更替必然引起社会经济的变化，表现在文化上的更新与发展。金沙遗址正好经历了这一变化，从它的文物和遗迹中，反映出了这种文化上的传承和创新。在三星堆文化时代，成都作为蜀国的第二大城市，与三星堆一南一北形成了古蜀文化区的早期城市体系。三星堆衰落后，金沙成为蜀国的第一大城市，是我国西南地区重要的政治、经济和文化中心之一。

两个多小时的金沙遗址博物馆的游览，使我深深感到不虚此行。金沙似乎是一个被文字遗忘的角落。重见天日的今天，金沙也只能用遗留下的器物、图形来描绘古蜀国的面貌……在这里，我们可以看到中华文明的悠久和伟大，感受古蜀文明曾有的辉煌，发挥无限的想象力，任思绪飞扬……

# 永不褪色的凤凰

看过世界乡土文学之父沈从文先生的《边城》，就对那个充满灵气和神秘的湘西无限向往，便有了一个凤凰情结。之后，每当从影像中看到凤凰古城，碧绿的沱江、江上的风雨桥、江边的吊脚楼……那份被日月孕育的风韵、被岁月熏染的辉煌，给我留下了更加深刻的印象。

对于我来说，所有的古城似乎都是相似的，客栈、商铺、酒吧、美食，所不同的可能是本地特色的建筑及风俗习惯吧。但凤凰古城却不同，总觉得要来凤凰，就要深怀淡泊之心，来享受古城淳厚的风情；放慢脚步，以青石板铺就的老路的节拍，去感受沈从文先生笔下的每一段描述。知天命之年，我终于来到了凤凰古城。

凤凰古城白天有人文。古城内青石板铺成的街道纵横交错，古朴典雅，两旁的木板房，尽显民族特色。踏着光亮、曲幽的青石板路，寻着中营街，就到了沈从文故居大门前，一行遒劲沉凝的大字"沈从文故居"映入眼帘，想来凤凰人有很多是为沈先生而来的。沈先生的故居是明清的一座木结构的、前后两进的四合院建筑格式，内设天井，有正房、厢房、前室共10多间，小巧别致的院落，有着浓郁的湘西特色。我瞻仰先生光辉、磨难、传奇人生的点点滴滴。这座坚固牢实、历经沧桑风雨的百年老屋，是一座蕴含深厚、掘取不尽的知识殿堂。读了沈先生的生平，那一行行流畅深沉的文字，忠实地记录了作家成长的过程；那一张张清晰珍贵的图片，记录了沈先生步入尘世后所走过的艰难历程。他的一生所创作的900多万字的作品，是世界的文学瑰宝，也给后人研究中国和湘西留下了宝贵的历史文献。故居是沈先生用心血凝结的永不坍塌的文化丰碑，也是古城凤凰一抹永不褪色的风景，它无声无息地传递着文化的味道，张扬着文化的气息，彰显着文化的厚重。

告别沈从文故居，又泛舟沱江，去发现古城另一面的美丽。独木舟呈鱼形，窄而长，鱼头鱼尾形象逼真，整条船可载十余人。登上独木舟，身穿苗族服饰的船工执一长篙，就把船划到了河心，融入了沱江的怀抱。沱江边上，很多妇女抡起用木制的扁棒上下捶打着，在洗衣服。古老朴实的沱江静静地流淌，舟尾拖着长长的水浪，泛着漪涟。江边是一间间粉底黛瓦徽派建筑的特色小店和挂着古朴店招的小客栈，尽显浓厚的苗族风情，木格窗户的屋檐下挂着一盏盏风中摇曳的灯笼；江边空气潮湿，一排晾晒的被子成了一道靓丽的风景。万寿宫、万名塔、夺翠楼……矗立在南北两岸，深情地眺望着一去不复返的江水，吊脚楼立于江中，彰显着鹤立鸡群的高贵。当船行到虹桥附近，江中的乌篷船上有人唱起了山歌，歌声清脆、甜美，像一把把珍珠抛洒在河面上。终于看到了：一个苗家姑娘穿着民族服装，撑着一把花伞，立在船头。当小舟靠近时，她微笑着向客人挥手。古城不仅承载了千年的历史文化，更蕴含了太多的民族风情，歌声在沱江两岸回荡着，笑声一片。古塔边的江中几只鱼鹰孤傲地站在木舟上，似乎是一种窥视、一种等待、一种守候……木舟停靠码头，我小心翼翼地登上岸边。

凤凰古城夜晚有风情。华灯初上，古色古香的凤凰城隐匿在色彩之中。沱江两岸的吊脚楼一派灯火辉煌，犹如一颗璀璨的明珠在黑暗中跌落人间。我被古城的夜景吸引而漫步江边。

放眼远眺，江水与山相伴，一间间苗寨的房屋错落有致，层层叠叠，在闪烁的灯光中镶嵌在山坡上。亭台楼阁流光溢彩，灯火倒映在江面，流水缓缓向前，而灯光火影也顺势浮动起来。江边的酒吧、歌厅响起了乐声，有的柔情似水，有的震耳欲聋，有的低沉亢奋。伴着闪烁的霓虹灯，年轻人喝着啤酒，疯狂地扭动着身躯，不会唱的也要"鬼哭狼嚎"地吼上几句，四肢不由自主地舞动……空调屋里弥漫着酒气，激情的乐声、伴着酒精的刺激呈现一派狂欢的景象。古城墙被灯光勾勒着，河面的拱桥和桥中的挑角亭，布满扑朔迷离的灯光。石板桥上架起了长枪短炮，成了摄影爱好者的天堂。水面的船只，临江的客栈闪烁着灯火……一派璀璨映射着凤凰古城迷人的夜色。

在我的记忆中，沈先生在他的笔下，是这样描述凤凰古城的：它在遥远的地方，但它并不荒蛮，山山水水之间，一座苍老而秀丽的山城坐落在沱江之滨。是沱江滋养着凤凰古城，是沱江养育了土苗两个少数民族的人们，世世代代以耕田、捕鱼、狩猎为业，休养生息。亲临古城，我才发现沈先生笔下的这座淳厚的边城，已发生了巨大的变化。它以娟秀文雅的建筑，以灿烂的人文历史，以临江而居的吊脚楼，以幽思千载的石板街巷，以耐人寻味的古桥石栏，以独特的民俗民风，让人感受神秘而古朴、美丽而不俗的边城过往。难怪被新西兰著名作家路易·艾黎称赞为"中国最美的古城"。

凤凰古城的小街，古老而又富有诗意，蜿蜒伸向远方，好像伸向了岁月长河中。我们穿行在铺着石板的小街、小巷参观名人故居。登上观景台，一览山环水绕的古城，看远处青山、近处绿水，宁静而又祥和，弥漫着一派恬静的美，这应该就是陶渊明先生笔下的世外桃源吧！

# 漫游黄山

在杭州开完会后，有人提议去游黄山。说真的，多少年来，明代大旅行家徐霞客的那句"五岳归来不看山，黄山归来不看岳"，常常萦绕在心头。正好借此机会"一饱眼福"，了此心愿。于是，我们包了一辆"依维柯"车，于晚上7点左右抵达黄山脚下的汤口镇。

在旅馆住下，老板娘告诉我们：为了看景，你们要从后山爬上去，因为后山景，前山险，到了迎客松那里，如果累了就乘索道下山。晚上，在沿溪街品尝当地的美食。

第二天早上，我们便乘车上山。距离黄山愈近，我们愈兴奋。黄山自古以来就是游览胜地，有奇峰72座，奇松、怪石、云海、温泉，俗称黄山"四绝"，闻名于世。

进了山门，有许多人在导游的指挥下乘缆车直达半山腰。我们没有跟团，山上的风景都在我们带的手册宝典中，自由自在得多惬意。我们也没有乘缆车，而是选择了徒步来感受黄山。尽管山路较窄，需要独自攀登、贴壁前行，小心翼翼才能超越前面的人，但是我们这些久居城市的人，习惯了水泥森林的千篇一律和人满为患，此刻穿梭在鳞次栉比的群山中，被铺天盖地的翠绿色拥抱着，那种回归大自然的喜悦美妙至极。

我们在认清方向后，开始朝始信峰进发。"到了始信峰，方信黄山天下奇""不到始信峰，不见黄山松"。沿路的黑虎松、连理松、竖琴松、探海松，形态各异，生动形象。经过10分钟的路程，我们来到一座小山峰前，开始攀登始信峰。环顾四周，对面的石笋峰在雾气的笼罩下似一幅洇过的水墨山水画。拍照留念后，我们继续前行，想起有人对攀登黄山的评价：低头看路，抬头看雾，两边看树。途经五指山、妙笔生花等景点，我们直奔西海大峡谷，因为奇松、怪石、云海等景观都聚集于此。经过闻名遐迩的情人锁，与我们同行的一对新婚夫妇，驻足留影。他们将带来的同心锁，挂在挂满了各式各样锁的护栏铁链上，将钥匙抛落谷底，以示天长地久。路经排云亭，俯瞰更加深广的西海峡谷，仰头便是并列的西海峰林。

前行之时，景色更是令人叹为观止。惟妙惟肖的"仙人晒靴""天女绣花""天狗听琴""仙人踩高跷""武松打虎""一线天"……绝壁千仞尚有美妙传说，屏气向前一探谷底，脚底冷风撩袖。

从深幽的西海大峡谷出来，我们逆势前行，看到了"飞来石"和"仙人下棋"。"飞来石"是一块天然形成的巨石，呈椭圆形，底部是空的，仿佛从天上飞来的一块石头落在山峰顶端一样；"仙人下棋"则是一座肖形山峰，像两位仙人在下棋，旁边还有一位身背篓子的采药老人似乎看得入神，形象十分逼真。

光明顶是我们在不知不觉中就轻松登顶的黄山第二高峰，海拔1860米，与莲花、天都两大主峰咫尺相对，成鼎足之势，颇为壮观。登顶远眺，东海奇景、西海群峰，又炼丹、天都、莲花、玉屏、鳌色诸峰，尽收眼底。正如明朝袁中道在《游黄山记》中写道："从平得奇，北上光明顶，三十六峰皆见，如登广漠之庭。"扑入我们眼帘的云海更加浩瀚奇特，忽而淡抹浅妆，忽而银涛滚滚，那一座座山峰在云海中若隐若现，像睡梦初醒的少女，优美轻盈，神秘莫测，这也许就是人们常说的"黄山的美美在黄山之变"吧。

继续前行，经过鳌鱼背，走下附于山崖的Z字形阶梯，通往黄山最高峰莲花峰脚下的百步云梯真真地竖在眼前。两面悬崖峭壁，深不见底，不到2米的宽度，至今想起依旧心惊胆寒。正所谓："一夫当关，万夫莫开。"作为通往山下的必经之路，哪怕手脚并用，两腿战栗，也要深吸一口气爬到终点。攀缘过程中，我没敢回头看一眼。

爬上百步云梯，终于来到莲花峰下。为了安慰还在战栗的双腿，我们休息了半个小时。莲花峰是黄山的一个峰顶，登上莲花峰远眺，千山万壑尽在脚下，云雾缭绕，美不胜收。

黄山的松是"黄山四绝"中最有名的。黄山奇松在怪石绝壁上依势生长，刚毅挺拔，造型奇特，富有艺术魅力。归途中，我们拜谒了玉屏景区的迎客松。迎客松是黄山最有名的松树，这棵千年古松生在岩峰中间，模样是那么的熟悉，比宣传片中的更加生机盎然。它好似热情的主人伸开双臂迎接着我们的到来。我们在黄山迎客松前留影，又在那棵送客松下拍了照，它们好像在说："欢迎下次再来！"然后，我们乘索道下山，结束了一天的黄山之旅。

漫游黄山，倍感黄山的确不同寻常，它兼有泰山的雄伟，华山的峻峭，庐山的飞瀑，衡山的烟云，不愧为"天下第一奇山"。

# 长桥卧波

2008年5月1日，杭州湾跨海大桥顺利通车，引起了我的关注；2010年12月19日，大桥的点睛之作——国内首创的海中平台"海天一洲"，掀开了神秘的面纱，更带给我无限的憧憬和向往。

前不久的浙江之行，一位民营企业家特意安排我们坐车"横空穿越"杭州湾跨海大桥，目睹"长桥卧波"的美丽和魅力，纵观"海天一洲"的雄伟与壮丽，我倍感惬意与自豪。

车从嘉兴上桥，在双向八车道上，以时速110公里匀速行驶，红色栏杆与黑色路面匆匆闪过，那种"宽带高速"的畅快，令人心情舒畅。从高耸入云的倒V字形斜拉塔下穿过，浩瀚的大海漫无边际，心随着海上的浪花在大桥上律动。车似乎犁开一条S形水道前行，栏杆赤、橙、黄变幻着色彩扑面而来，令你感受着速度和便捷，也感受着雄伟和壮观。

车行至大桥的二分之一处，以白、蓝为主色调的"海天一洲"，犹如一艘巨大的航空母舰停泊在大海之上，颇有"大鹏展翅、扶摇九霄"之磅礴气势。走近"海天一洲"，仿佛触摸到了大桥的心脏。这个海中平台堪称国内首创，面积1万平方米，由主体平台、观光塔和连接栈桥三部分组成。主体平台有6层，高24米；观光塔有16层，高145.6米。它既是一个海中交通服务的救援平台，也是一个绝佳的旅游休闲观光台。

在休息平台扶栏望海品桥。天阴沉着脸，海风肆虐，弄潮欢歌，"长龙卧波"的优美姿态，隐隐约约略见一斑。

我们买了联票，进入"海天一洲"。首先在平台3楼参观了大桥的陈列馆。一个展区为"红色通道"，主要通过图文展板和多媒体宣传片的形式循环播放，展现着中国抗战史上的奇迹；4个嵌入式展柜，展出了革命先辈在南渡北撤时的一些实物。另一个展区以图文并茂的形式，介绍了各国的跨海大桥。在这里，我们对杭州湾跨海大桥有了一些了解。它北起嘉兴市海盐县郑家埭，止于宁波市慈溪市水路湾，是国道主干线，全长36公里，仅次于刚建成的青岛胶州湾大桥，成为世界第二大跨海大桥。景观设计师们借助西湖苏堤般"长桥卧波"的美学理念，兼顾杭州湾水文环境特点，结合行车时司机和乘客的心理因素，确定了大桥总体设计原则。大桥在海面上有4个转折点，平面上呈S形蜿蜒跨越杭州湾。

之后，我们乘电梯直达16层，饱览大海的壮阔和大桥的雄姿。透过玻璃，俯瞰汹涌澎湃的大海，大桥如飞落九天的彩虹、跌宕起伏的巨龙，大气磅礴，十分壮观。两台落地望远镜，可为游客提供360度高空观景体验。我急忙向望远镜里投入硬币，调好焦距，大桥起伏跌宕的立面形状尽收眼底，南北航道的通航孔桥处各呈拱形，线型优美。栏杆"赤橙黄绿青蓝紫"依次由暖到冷变幻着色彩。通过近距离的、独特的视觉体验，我们充分领略了大桥秀美的景致和独特的海上风光。这一建筑奇观，不仅是宁波城市形象的一张名片，更是国内海上旅游观光的一大亮点。

恋恋不舍地离开"海天一洲"，乘车继续前行，也继续观赏着和思考着。这条"卧波长桥"缩短了宁波至上海间的陆路距离120余公里，大大缓解了沪杭甬高速公路的压力，形成以上海为中心的江浙沪两小时交通圈。

车驶出大桥，我回头向这座百年大桥作别。它只是壮观吗？它如西湖中的苏堤安澜卧波顺势而为，它如枢纽链接了大海两岸，改变了百姓的生活，更改变了一个城市的走向，它就是耸立在中华儿女心中的一座千年丰碑！

# 西湖美景三月天

　　一颗从天庭跌落的珍珠，吸日月之精华，取天地之灵气，幻化成一片绚丽的湖光山色，成就了一方"人间天堂"。多少年来，杭州西湖以她仙姿丽质、妩媚轻盈，吸引多少文人墨客对她一见倾心，为她写诗作赋绘画，产生了"未能抛得杭州去，一半勾留是此湖"的缱绻之情。

　　十年前，初识西湖，如品茗西湖龙井茶般，飘着淡淡的、久远的香……总觉意犹未尽。2012年烟花三月再访西湖，在春雨中欣赏花态柳情、山容水意，更是别有一番滋味在心头。

　　撑着天堂伞站在断桥上，雨中的西湖，寒烟四起，蒙上了一层神秘的面纱。断桥之名最早起于唐代，原是座苔藓斑斑的古老石桥。今日断桥，为拱形独孔环洞石桥，两边有青石栏杆，有朱栏青瓦的清康熙御题的"断桥残雪"碑亭，亭旁有一座飞檐翘角的水榭，与桥、亭构成西湖东北隅一幅古朴的风情画。山色、水色空蒙，心生凉意，消去了浮躁，触景生情。断桥曾因演绎出《断桥相会》这一荡气回肠的爱情故事而闻名于世。在一个"西湖美景三月天，春雨如酒柳如烟"的日子里，许仙和白娘子在此相会，风雨同舟，借伞定情；"水漫金山"后又在此相会，言归于好。白娘子生子后，法海祭起金钵，把白蛇镇压在雷峰塔下。这段催人泪下的爱情故事，给断桥增添了浪漫主义色彩。断桥犹在，残雪却要千年等一回了。

从断桥走上宛如彩带的白堤，就踏入了西湖北线风景区。白堤两旁遍植桃柳，桃红柳绿，美不胜收。其景如白居易诗中所描绘的："孤山寺北贾亭西，水面初平云脚低。几处早莺争暖树，谁家新燕啄春泥。乱花渐欲迷人眼，浅草才能没马蹄。最爱湖东行不足，绿杨阴里白沙堤。"这座堤饱含着杭州人民对白居易大诗人的无限深情。相传，白居易在杭州担任3年刺史，不遗余力地治理西湖，造福当地民众。在他离开后，百姓念念不忘，将连接断桥和孤山的"白沙堤"改称"白堤"，以示纪念。

白沙堤的旁边有很多临湖而建的楼榭，堤的西端便是"平湖秋月"了。它端庄典雅，形神兼备，气宇轩昂，向湖一面的门上挂"平湖秋月"匾额，更是倍添风采。"万顷湖平长似镜，四时月好最宜秋"这一楹联，生动地描绘了这里的自然景色。平湖秋月，三面临水，烟波摇漾。远眺湖光山色，云山逶迤、雾霭漫漫，真是"近水远山皆有情"。

向前便是孤山之所在。孤山像翡翠一样浮出水面，四周碧波环绕，是西湖最大的天然岛屿，早在唐宋年间就已闻名。孤山由火山喷出的流纹岩组成，整个岛是和陆地连在一起的，所以"孤山不孤，断桥不断，长桥不长"被称为"西湖三绝"。

从孤山的柳荫深处，横跨着一座古色古香的环洞石拱桥，即西泠桥。它与断桥和长桥并称"西湖三大情人桥"。苏小小的故事就发生在这里。苏小小是一个歌伎，聪明美丽，有才华、知自爱。有一次，她乘车出游，在白堤遇见阮郁骑马从断桥缓缓而来，一见倾心。苏小小吟诗一首："妾乘油壁车，郎骑青骢马。何处结同心？西陵松柏下。"诗中的西陵，就是现在的西泠桥。苏小小死后就葬在西泠桥畔。后人在墓上建造一座"慕才亭"，亭上题有"千载芳名留古迹，六朝韵事著西泠"等楹联。现在墓已毁，仅存朱红栏杆的"慕才亭"任人凭吊。

在淅淅沥沥的小雨中，悠闲漫步在苏堤这妩媚亮丽的风景线上，湖山胜景如画图般展开。有诗云："西湖景致六条桥，间株杨柳间株桃。"风光旖旎的"苏堤春晓"指的就是这里。烟花三月，垂柳夹岸，六桥烟柳笼纱；桃花簇簇，长堤飞莺，意境动人，如入仙境。北宋大诗人苏东坡曾两次来杭州任地方官。他见西湖淤塞，便组织20万民工疏浚西湖，然后利用挖出的湖泥葑草，筑成了这座横贯西湖南北的长堤，上建映波、锁澜、望山、压堤、东浦、跨虹6座石拱桥。后人为了纪念苏东坡治理西湖的功绩将它命名为苏堤。苏堤两旁种植杨柳、芙蓉，还立小石塔为界，规定石塔以内的湖面不准种植水上作物，以免再次淹塞；这些界碑式的小石塔，日后就形成了"三潭印月"。

驻足远眺，三潭印月岛呈田字形，素以"湖中有岛，岛中有湖"的水上园林而著称。10年前曾乘船登岛。岛上风景秀丽、景色清幽。有"开网""亭亭""迎翠""闲放""我心相印"等亭榭楼台。石桥曲折有致，漏窗空灵深远，花木扶疏，倒影迷离，置身其间，有一步一景、步移景异之趣。

到雷峰塔时，雨已停歇。雷峰塔是西湖的标志性景点，旧时的雷峰塔与北山的保俶塔，一南一北，隔湖相对，有"雷峰如老衲，保俶如美人"之誉，西湖上亦呈现出"一湖映双塔，南北相对峙"的美景。每当夕阳西下，塔影横空，别有一番景色，故被称为"雷峰夕照"。只可惜，这次没有机会看到。老旧的雷峰塔于1924年9月25日倒塌，如今屹立在西湖边上的是2002年才完工的现代建筑。

从"雷峰夕照"往右行，即可到"柳浪闻莺"。它已由当年帝王的御花园演变成老百姓的乐园。仍以青翠柳色和婉转莺鸣为基调，园内柳树奇多，故有"柳州"之美名。低垂青丝如少女想着心事的，叫"垂柳"；柳丝纤细风中飘动似贵妃醉酒的，称"醉柳"；枝叶繁茂树头若狮头的，称"狮柳"；远眺像少女湖水旁浣纱漂丝的，称"浣纱柳"等。百柳成行，千柳成烟，细柳丝绦其间黄莺飞舞，竞相啼鸣，形成了真正具有神韵的"柳浪闻莺"。

西湖三面环山，湖山映衬，相得益彰。重峦叠嶂，中涵绿水，岚影波光，风姿绰约，使人有"古今难画亦难诗"之感。告别西湖时，萦绕在耳边的是苏轼吟咏西湖的名句：水光潋滟晴方好，山色空蒙雨亦奇。欲把西湖比西子，淡妆浓抹总相宜。

西湖的美景不是春天所独有。春天里可感春晓的苏堤，夏日里可看莲碧的荷花，秋夜中可观浸透月光的三潭，冬季中可品残雪的断桥。更有那烟柳笼纱中的莺啼，细雨迷蒙中的楼台，疏影横斜的红梅，南北相峙的双塔，令你回味无穷。无论何时到来，西湖新、旧十景，都会使你领略到不同寻常的风采。

# 千岛秀水雨中游

　　我游览过杭州的西湖、扬州的瘦西湖、无锡的太湖，更想游览千岛湖。千岛湖是修建新安江水电站时形成的人工湖，湖区面积573平方公里，比杭州西湖大104倍，拥有大小岛屿1078座，因其山清、水秀、洞奇、石怪，被誉为"天下第一秀水"。

　　驻足湖边的码头，终于在雨中领略了千岛湖的芳容。放眼远眺，烟雨蒙蒙中，形态各异的岛屿如玑珥玑珠，星罗棋布地点缀在水天一色的湖水中，颇有"天光云影共徘徊"的意境。

　　踏上"伯爵号"游艇，在雨水的轻抚中、在万顷银波的簇拥下，缓缓前行。湖面渐阔，大岛如山、小岛如船，不失太湖般的烟波浩渺、西湖般的娟秀气韵。转乘接驳船骑士二号，我们抵达了龙山岛。

　　龙山古为浙西名胜，因其形似苍龙而得名。1959年秋，由于新安江水库建成蓄水，龙山便成了龙山岛。此岛不仅林木葱绿、风景秀美，而且是淳安人文荟萃的象征，其中最具代表性的当数古朴典雅的海瑞祠了。

　　现存的海瑞祠建于1985年，由望湖台门楼、正厅、中堂和思贤院等组成，具有明显的淳安民居风格和徽派建筑特色，白墙灰瓦、飞檐翘角。门楼肥梁瘦柱、画栋雕梁，将祠宇点缀得古朴庄严。海瑞祠里的两块石碑，静默地向人们讲述着两段鲜为人知的故事。一为"去思碑"，嘉靖三十七年（1558年）5月，海瑞升任浙江淳安知县。他改革赋役，减轻人民负担，革除县衙陋习，清正廉明，卓有政绩。4年后，他离开淳安，百姓感念他的恩德立"去思碑"，并捐地集资建祠以示纪念。一为"寿字碑"，那个"寿"字由海瑞用草书写就，被称为奇书。奇就奇在"寿"字由"生""母""七""十"四字组成，正看倒看都是个"寿"字。海瑞任知县的第二年，正值他母亲的七十大寿。清廉的他只给母亲买了"市肉2斤"。母亲是回族，不吃肉。他就亲自下厨用一些粗粮做了"孝母饼糕"，并写下了这个"寿"字，作为礼物。这件事被传为美谈，海瑞的清正廉洁也由此可见一斑。400年来，海瑞祠犹如一座丰碑耸立在淳安人民心中，缅怀着先贤，砥砺着后人。

离开龙山岛，再乘骑士二号去游千岛湖中最著名的景区月光岛。它以锁岛、鸟岛、真趣园和奇石岛4个岛和不同形式的鱼乐桥、幸运桥、状元桥连为一个整体，可以走桥游湖，别有一番情趣。

一踏上锁岛，便进入了锁的世界。现存的16万把各式心锁挂满了全岛。在开心锁、智慧锁和十二生肖挂锁广场，你可以投币开锁、摄影留念，还可以挂锁请愿。我国第一座锁具博物馆和获得世界吉尼斯之最的平安锁在此安家落户。形态各异、大小不一的锁具昭示着中国锁文化的博大精深。最引人注目的是世界上最小的锁，在显微镜下才能看到的、刻在头发丝上的纯金锁；世界上最重的锁，达17.5千克；还有千古之谜的"贞操锁"，是封建社会男尊女卑的最好见证。

鱼乐桥是千岛湖淡水鱼的观赏基地，鲫鱼争食也是这里的一大景观。在这里观鱼、戏鱼，其乐融融。你只要将鱼食撒入水中，成百上千的、橘红色的鲤鱼便成群结队、争先恐后地向你游来，呈现在你面前的便是一幅"挥之不去"的戏鱼图，你惊叹着："好多、好漂亮的鱼呀！"如果你撒下的鱼食足够多，如果天气晴好，你会看到号称"白娘子"的鲫鱼；如果你的运气足够好，还可以看到号称"潜水艇"的重达百斤的青鱼。

在淅淅沥沥的雨中，我们走过了目前国内跨度最大的水上浮桥"幸运桥"，走过了惊险刺激、为纪念"三元宰相"而建设的钢索桥"状元桥"，因已到了返航的时间，遗憾的是没有去鸟岛和奇石岛。

在缓缓前行的伯爵号上用午餐，喝的是千岛湖的啤酒和矿泉水，吃的是有机剁椒鱼头，欣赏着湖光山色，呼吸着新鲜的空气，倍感神清气爽。据说，千岛湖汇集着许多山泉，其中天然矿泉水"农夫山泉"就取于千岛湖70多米深处。

站在甲板上回眸，云消雾散。近看湖水奇妙的颜色渐渐显露，非蓝非绿，又似蓝似绿，可谓"春来江水绿如蓝"；远望碧波万顷、群山叠嶂、千岛竞秀。郭沫若有诗赞道：西子三千个，群山已失高。峰峦成岛屿，平地卷波涛。

# 云游花果山

2012年踏春的感受与往年不同：一来涉足较远，从呼和浩特市飞到了千里之外的孙悟空的老家花果山；二来像孙悟空一样有了3次腾云驾雾的感受。

花果山，又名苍梧山，也叫云台山，位于江苏省连云港境内，是连绵起伏的云台山中的一个主峰。自古就有"东海第一胜境"和"海内四大灵山之一"美誉，以古典文学名著《西游记》中所描述的"孙大圣的老家"而久负盛名。

我们慕名而来的那天，下着小雨。从停车场走向山门时，就被那种现代表现手法所感染。正门上方是孙悟空的头像，背衬着象征功德圆满的圆形图案。北侧是唐僧师徒四人西天取经的浮雕，下方是6只把门的石狮。广场四周有109只石猴迎宾，透过中间的门洞，雨雾中依稀可见《西游记》的作者吴承恩的雕像。进了山门回眸时，可见"东胜神州"四字。因为天气寒冷，只能乘车或索道游览，于是便有了3次腾云驾雾。

第一次腾云驾雾是从山门乘汽车直达花果山的制高点玉女峰。汽车在弯弯曲曲的盘道上攀行，路和树林被浓浓的雾笼罩着，辨不清方向；一个急转弯接一个急转弯，比坐过山车更惊险。途经云雾缭绕的南天门，提心吊胆间，犹入仙境。经过20多分钟的历险，我们终于抵达了玉女峰。步入迎曙厅，冷风吹来，冻得瑟瑟发抖。云雾中，手持玉如意的玉女像身披轻纱从天而降，带来福音。最有趣的是花果山第108代猴王，带着他成群的妻妾，向游人觅食。我买了几袋花生和几个香蕉，没等喂，几只猴子便扑了上来，抢了个精光。当猴子在你手上啄食时，有了一种回归自然的亲切感。

第二次腾云驾雾是从玉女峰乘索道抵达水帘洞。索道在云雾中穿越，你一伸手便可捉到一缕雾、一丝云，因为看不清山上的植被，没有了参照物，索道下行时，你会担心掉进无底洞。乘索道游览，少了登山的艰险，平添了跌宕起伏的情趣。经喜忧参半的历险后，我们来到了花果山最有名的景点水帘洞。其在《西游记》成书之前，已成名胜。有关它的神话对吴承恩影响至深，他多次到此采风，才塑造出了一个天生仙境般的孙悟空的老家。水帘洞是一个天然裂缝洞穴，洞口挂着一面从不间断的、飞流直下的水帘，更为孙悟空的住所增添了几分神秘感。因为下了连阴雨，瀑布水很大。为了一睹洞里的情景，我们撑着雨伞穿过水帘跑进洞中。两排闪烁的彩灯沿着平整的通道弯弯曲曲地向前延伸，不时能看见一些石桌、石凳、石碗、石床，想必是当年美猴王用过的东西，偶见两洞之间有一粗壮的石柱，会不会是洞内的龙柱？洞并不长，不久我们就到了出口处的平台。沿山路攀缘可到云台山区的主庙三元宫，三元宫也是花果山的主体建筑。

第三次腾云驾雾是从水帘洞乘索道抵达九龙桥。九龙桥也是花果山的主要景点之一，是一个群山环抱的幽谷，有9条大涧在这里的琵琶岭下汇合后，奔流向山下的大海，俗称九龙戏琵琶。九龙桥是建于明代的砖构拱桥，也是一座艺术精品。漫步桥上，山风袭来，细密的雨点打在脸上，阵阵凉意浸入肌肤、潜进心里；听桥下流水潺潺、松涛轻鸣，把一路的惊险、一身的风尘冲刷得杳无踪影。过桥向南便是九龙将军庙，里面有唐僧师徒取经的长廊；过桥向北便是吴承恩纪念馆。当年，吴承恩为了创作《西游记》，3年间从淮安4次"漂洋过海"来到花果山，寻找灵感，终于留下一部传世之作。

雨停了，也到了向花果山告别的时候了。初春时节，天气乍暖还寒。游览中，我们只看到1100岁高龄的银杏树和杆色黄绿相间的我国名竹金镶玉，遗憾的是没有看到花果山的花与果，但3次腾云驾雾的感受已够我们回味一生了。

# 人间仙境张家界

张家界，原名青岩山，相传因汉代留侯张良隐居于此而得名，素有"三千峰林八百水"之说，是中国第一个国家森林公园。它地貌奇特，风华卓绝，秀出于世。惠风和畅时节，我和3位闺蜜相约，一头扎进这如梦如幻的山水画卷中，既兴奋又惆怅。我不断地问自己："这是梦吗？""哦，这是梦！是人间仙境的山水梦！"

## 凌空台地：黄石寨

来到张家界，随处可见"不到黄石寨，枉到张家界"的宣传口号，不难看出它是张家界旅游的精华所在，是集奇、险、峻、美之地，也是张家界最大的凌空观景台。我们的第一站当属黄石寨。

从张家界森林公园大门进入，前行300多米，就是黄石寨金鞭溪的入口。导游说，在天子山黄石寨观景，不是平视，也不是仰视，而是俯视。只有站在凌空观景台上，居高临下，才能真正领略山林的壮阔与神奇。于是，我们选择了乘坐索道上山。我们坐上缆车，欣赏奇峰、怪石、翠林的迷人景色，体验那种飘逸的飞行的动感和刺激，让人有一种神仙般的新鲜和快活感，不知不觉中已到了山顶。

下了缆车，沿着游道前行，便到了黄石寨观景台。这是由无数悬崖峭壁共同托起的一块雄伟、奇特而又美丽的台地，海拔约1200米，寨顶面积达10万多平方米，是俯视砂岩峰林景观的最佳、最大的观景台，也是观日出的最佳地点。站在台上，远望正前方连绵起伏的群峰，如雨后春笋，破土而出，鳞次栉比；左边一座山峰巍然屹立，宛如一个巨人为这仙境把守门户；右边则山势险峻，层峦叠翠，犹如一方美玉，熠熠生辉。那远山在天地交汇处，若隐若现，酷似一幅淡墨山水画。近观，一条条巨石、一片片峰林、一簇簇山峦，如柱如塔，似人似兽，惟妙惟肖，给人无限的遐想。五指峰、天桥桥墩、定海神针、黑枞垴、飞云洞……栩栩如生，令人心旷神怡。这里的每一座石峰都是一件古老的艺术品，每一座石峰都隐藏着大自然的无穷奥秘，每一座石峰上都长满了盘根错节的武陵松，真是一座巨大的生物宝库。挺拔、不屈的古松见证了张家界亿万年来的变迁，正可谓"苍劲虬曲挂绝壁，松枝摇曳三千峰"。面对如此壮美雄奇、气象万千的砂岩峰林风光，一位诗人感慨道："五步称奇，七步叫绝，十步之外，目瞪口呆。"

导游声情并茂地讲述着一个个传说：丹葫芦、点将台、天书宝匣、雾海金龟、望郎峰……每一个景的每一个故事都感人至深。此情此景，你只能拿出相机不停地拍摄，恨不得把每一座山峰、每一条溪流、每一棵大树都一股儿脑地装入镜头。

置身摘星台，脚下是幽谷翠峰，头顶是白云飘浮，环绕四周，奇峰异石，映入眼帘，远山近水一览无遗。

寨顶不远处，还有一座土家族建筑风格的六奇阁，以此处山奇、水奇、石奇、云奇、植物奇、动物奇而冠名。它是原始风光群体中自然景观里唯一的人文景观，共3层，黄瓦盖顶、飞檐翘角、云梁彩栋、回廊石栏，登此阁后张家界东西南北诸胜景尽收眼底。东观水绕四门、金鞭溪、天子山，南眺天门山、土地垭、层层梯田，西看朝天观、龙凤崖、玉皇宫、棋盘岩，北望天桥遗墩、黑枞垴、原始森林、袁家界，有"会当凌绝顶，一览众山小"之感。

我们沿金鞭溪徒步下山，这条曲折幽深的峡谷，两岸翠峰簇拥，溪水绕峰穿霞，森林茂密，耳边鸟鸣啾啾，路边猴子嬉戏，微风习习吹过，阵阵芬芳扑鼻。我们一路欢歌，歌声带着我们的幸福快乐传出很远……

## 地下"魔宫"：黄龙洞

我们的第二站是黄龙洞。在张家界的景点中，景色最美的当属黄龙洞。它规模之大、内容之全、景色之美，是世界溶洞的"全能冠军"。这颗深藏地下亿年的明珠，随着张家界的对外开放，早已蜚声海内外。

据专家考证，大约3.8亿年前，黄龙洞地区是一片汪洋大海，沉积了可溶性强的石灰岩和白云岩地层。经过漫长年代开始孕育洞穴，直到6500万年前地壳抬升，出现了干溶洞，然后经岩溶和水流作用，便形成了今日地下奇观。黄龙洞发育在三叠系碳酸盐岩地层中，属于典型的喀斯特地形，被称为"洞穴学研究宝库"，全长7.5公里，垂直高度140米。洞体共4层，洞中有洞，洞中有河。整个洞内长廊蜿蜒，千奇百怪的钟乳石美轮美奂、光怪陆离，令人感受到亿万年来大自然鬼斧神工般的魅力；洞内琳琅满目，美不胜收，仿佛置身于一个神话般的"地下魔宫"。

这是一个很大的溶洞，洞顶很高，洞内很暗，用彩灯照明。随着人流入洞，便有一种清爽侵入肺腑。洞内空气通畅，温度湿度适宜，无疑是避暑的好地方。继续向前走，在五彩斑斓的灯光照射下，一个美丽的童话世界浮现在眼前。溶洞内石笋、石钟乳群立，与那大气磅礴的崇山峻岭相比，别有一番风韵。

顺石梯而上，就到达了龙舞厅。厅中石笋林立，粗细各异，灯光下，五彩缤纷，各展英姿。相传，这里是龙王爷跳舞的地方，每年龙王爷都会在这里举行一场盛大的舞会。一路前行，有的石钟乳还在往下滴水，"啪嗒""啪嗒"

正好落在下面的石笋上，导游说它们还在不断地生长。"金戈银枪"是两根巨大的石笋，相传是龙王爷打仗时使用的兵器。右面金黄色的是金戈，左边银白色的是银枪。有趣的是，在金戈的顶端坐着一个观音菩萨，下面还有一群石猴正在向上攀缘，因此称之为群猴拜观音。

我们漫游在悠悠的响水河上，两岸山光水色，有一种"船在水中游，人在画中走"的感觉。天仙宫是黄龙洞内最宽的一个厅，其南北宽达96米，东西长105米，在天仙宫的顶端，是被称为日落之处的"天尽头"。"黄土高坡"是一片巨大的石瀑布群，其南北宽62米，东西宽105米，落差达40米。这是国内目前已开发的游览洞穴中规模最大的石瀑布群。"流石坝"，也叫"酸田"，是一片阡陌纵横、如浪起伏的田园风光。"天仙水瀑布"是黄龙洞内最大的一股泉水，四季长流不竭，落差达27.3米，真有"飞流直下三千尺，疑是银河落九天"的气势。"卧松奇观"是一根崩塌的石笋。由于生长在斜坡上，它在重力崩塌的作用下轰然倒地，洞穴学家根据其根部新长的小石笋进行取样分析，表明它至少倒塌了12万年。花果山景区是黄龙洞内小型滴石较为发育的一个厅堂。滴石是由洞顶的碳酸钙饱和溶液在滴落过程中沉淀而成，其中自洞顶往下长的叫石钟乳，自洞底往上长的叫石笋，两者相向生长连在一起就叫石柱。石笋、石钟乳、石柱统称为钟乳石。天仙桥长22米，桥面宽3米，距水面垂直高度17米，是目前国内游览洞穴中跨度最大的木纹石拱桥。龙宫是黄龙洞中的精华，面积约1600平方米，位于黄龙洞的第四层，最先形成的是大厅，称之为"龙宫大厅"。"龙王宝座"位居中央，是黄龙洞中最大的一根石笋，数以千计的石柱、石笋林立四周。此外，洞内还有音响石。洞中瀑布，最高达50余米。洞中有水又有山，尤其是洞中有山，在国内溶洞中实为罕见。令人称奇的是，叩击洞中石琴山上的钟乳，便能发出动听的丝竹管弦之音。所有钟乳石中，又以定海神针最为惊奇，它是黄龙洞最高的一根石笋，高达19.2米，直径10厘米，两端粗，中间细，通体透明，直抵宫顶，洞穴学家推算它至少需要近20万年才长到现在这样的高度。1998年，中国平安保险公司张家界分公司以1亿元人民币对该石柱进行投保，开创为世界自然遗产某一局部景观投保之先河。

回音壁是最好的观景台，站在这里，龙宫大厅三大奇观——定海神针、雪松及龙王宝座尽收眼底。

我仿佛一个梦游者，无意间闯入这个变幻莫测的美丽世界，忘却了洞外世界，忘却了身边的同伴，忘却了自己……谁能想到，山的腹地浓缩着这么美丽的景致，这景致被精雕细刻得如此晶莹，如此绝丽，如此令人心醉神迷。

## 人间瑶池：宝峰湖

我们的第三站是宝峰湖风景区，它是武陵源唯一以水为主的观光游览区，因有佛教圣地宝峰山而得名，以高峡平湖的特点著称于世。宝峰湖的水绝非一望无际，也非一览无遗，它把湖光山色融合在一起，舒展着一幅"山中有水，水中有山"的自然画卷。

走进宝峰湖，映入眼帘的第一个景点叫奇峰飞瀑。因其亮丽多姿，充满活力，被誉为"宝峰湖的眼睛"。那是一座四面环合的山，最高的山上的瀑布，像一把剑从中飞泻而下，溅起朵朵白莲般的浪花。走近瀑布，水势磅礴，锐不可当，水声震耳欲聋；再往下看，那瀑布飞泻下来的水呈反射状流向四周，就像一条条连接在一起的水道，跌宕跳跃、气势恢宏。瀑布下面的铁索桥以及周围的绿树翠竹是当年拍摄《西游记》的背景之一。

顺着水道的方向往上走，是一条有溪流为伴的无尽路。在这漫长的路中，只听得潺潺的流水声和一些游客的说话声，偶尔能听到从山中发出的各种鸟叫声，清脆悦耳，荡漾在耳畔。这情景就像一幅和谐的画卷，有山、有水、有鸟、有人。踏上168个台阶的"好汉坡"，就直接通往宝峰湖上船码头了。

四面青山环合中，那泓碧水就是闻名遐迩、素有"人间瑶池"之称的宝峰湖了。它凄清、幽邃，充满了生机与活力。簇拥的山上，树木葱茏，有花有草，还有各种婉转动听的鸟鸣。湖水很绿很清澈，青山的影子倒映在湖面上，和湖水原有的绿叠在一起，好似晶莹剔透的绿宝石。青山显得高峻，这就是"山有多高，水有多深"吧。著名诗人汪曾祺来宝峰湖观光游览后留下了这样的诗句："一鉴深藏锁翠薇，移来三峡四周围。游船驶入青山景，惊起鸳鸯对对飞。"

乘船游览宝峰湖，随着那重重叠叠的山峰向前弯弯曲曲地延伸，山随水转，水随峰绕，一直延伸到大山深处。它就像一首优美的小诗，把人的想象引入一个深远、迷人而又神奇的境地。我沉醉在这碧绿的画卷之中，不禁为它赞叹。阳光越来越明媚，那碧绿的湖水中倒映出一座座青山的轮廓，也似乎倒映出许许多多关于宝峰湖的传说。宝峰湖，自古以来就有"爱情圣湖"的美誉，被称为中国"情之湖"。传说很久以前，在神秘的大湘西有一对恋人深深地相爱了。他们跨越世俗的爱情遭到了"族规"的惩戒，俊朗的阿哥被巫蛊变成了宝峰湖里的一只青蛙，永世不得为人。阿妹得知只需深情一吻便可令阿哥重变为人，但代价是以自己的性命作为交换。阿妹毫不犹豫地来到宝峰湖，阿哥无论如何不允许阿妹牺牲自己。阿妹等待着阿哥的回心转意，阿哥希望阿妹能早日去寻找自己的幸福……就这样，他们为了彼此，相守千年……

游船慢慢开过了"天门迎客"，我们看见湖边停着一条小小的花船，一位穿土家族服饰的少女，唱起山歌，声音好似百灵鸟。宝峰湖也是土家女儿对山歌的地方。每年农历七月十四的女儿会，宝峰湖就成了民歌的海洋，山歌的天堂。

游船的正前方，两座石峰相对而出，形成一座石门，这一景就是"石门迎宾"。它是宝峰湖的最窄处，宽仅15米。游船的左前方，有一面白绿相间的石壁，石壁的右上方有一座突出来的石峰，恰似一只孔雀的头部正回转过来用尖嘴梳理羽毛，而左边的石壁是它张开的巨大尾屏。青山不老，绿水长流。宝峰湖真美，难怪人们都称它为"人间瑶池"。

张家界，美不胜收，妙不可言。黄石寨、黄龙洞、宝峰湖……虽不是张家界的全部风景，但足以印证武陵源"奇峰、幽谷、秀水、深林、溶洞"的"五绝"景观。"看山要去张家界"，如果没有走进张家界的山山水水中，谁又能想象出它大手笔的神奇美丽？它卓尔不群、独具一格的"骨感美"以及世上绝版景色将永驻心间。

# 花园之城新加坡

在许多地方旅行之后，方觉最难忘的是"非典"时期的新加坡之旅。

2003年3月24日，经过几小时的飞行，午夜时分，我们抵达了世界上以花园城市著称的新加坡。

看过九丹的《新加坡情人》及系列作品之后，我对新加坡的理解似乎总和"乌鸦"联系在一起，其实她就是一只"凤凰"。新加坡很美，它的美丽来自于优雅。那幢幢整体规划、别具特色的建筑自不必说，光那修剪得千姿百态的植物、一望无际的绿树、幽幽的草地、芳香扑鼻的鲜花、星星点点的行人和那些叽叽喳喳的小鸟，就使你置身于一片丛林之中。她与我们生活的城市相比，少了一点喧嚣，多了一点幽静。正如导游所说："新加坡是在花草树木中修公路、盖楼房，而中国是在公路两旁、楼前房后种花草树木！"是啊！不同的观念造就了不同的城市。新加坡的天是蓝的，地是绿的，空气是甜的。

漫步在新加坡的街头，清新的空气沁人肺腑，感觉什么疾病也不会在这里传染。记得人关时，发给我们的一张卡片上印有卫生部的警告：在此地旅游有很小可能传染"严重呼吸道综合征"，到过中国广东、香港和越南河内的旅客要到医院进行健康检查。当时新加坡已有36人传染，但得到了有效控制，我们便很放心地在这里游览。

新加坡位于马来西亚半岛南端，是一个小岛国。原属英国殖民地，后归马来西亚，1965年8月9日独立。如今，719.1平方公里的土地上生活着500多万人。这里气候常年如夏，只有雨季和旱季之分，从来没有台风、地震等自然灾害的侵扰。新加坡没有自然资源，但有发达的金融业，有世界上吨位利用最高、周转最繁忙的海港，还有世界一流的航空和国际最好的电信服务。新加坡是政治、社会稳定的福利型国家，也是以华人为主的社会，处处显露出华人传统文化特点，可谓"居者有其屋，人人有保健"，人民生活水平达到世界先进水平。除了以上优势外，新加坡的成功还在于育人、造人、用人。从学生时代起就层层选择高智商的学生定向培养，那些拔尖生由国家直接出资教育或出国培养。国内没有的人才，在世界范围内寻找，用高薪、高待遇吸引、聘用。每位公务员必须接受一定的在职培训。

新加坡经过30多年的奋斗，把一个破烂不堪的殖民地和脏乱无序的港湾建成世界领先水平的、没有任何污染的花园式现代化国家，引人深思。在新加坡有"三不见"：道路两旁见不到电线，马路上见不到警察，街道上见不到乞丐。据说，新加坡周围有50多个岛屿，地势平坦。有两个垃圾发电厂，输电全部是地缆，所以城市上空看不见电线。导游说：新加坡今天的文明礼貌、卫生和清洁是罚出来的，如随地吐痰、乱扔纸屑、公共场所吸烟，就会受到上千元新加坡币（相当于人民币5000元左右）的罚款或拘留等处罚。

新加坡最宏伟的建筑是市政府大楼。楼前面是一片草地，草地上并排几棵少女般亭亭玉立的椰子树，那鲜绿的树冠与那雪白的大楼形成鲜明的对比，更加衬托出市政府大楼的宏伟。草地中那棵硕大无比的树，其树冠遮挡了人们的视线。大楼左高右低，左边的圆顶非常匀称，右边有许多装饰性的柱子，显得十分威严。最古老的建筑是百年吊桥，原名安德逊桥。桥虽不高大，却横跨新加坡河两岸。它通体雪白，两边分别被4根铁锁链悬挂。桥的一段，有几座铜像，都是清朝人的打扮，有的拿着算盘，有的驮着货物，有的扛着秤杆，共同演绎着当年华人来新加坡进行的贸易活动。

新加坡的标志性建筑是鱼尾狮公园。传说，新加坡是由一个名叫古城丹马锡（爪哇语，海洋之意）的小渔村发展起来的。这里的人们以捕鱼为生，因此用鱼尾作为代表；狮头则代表传说中11世纪三佛齐王国的圣尼罗乌达玛王子在踏上这个小岛时所发现的一头狮子，就此，王子就将这座小岛命名为"狮城"。鱼尾狮塑像高8米，重40吨，是由雕刻家林南先生和他的两个孩子共同雕塑的，于1972年5月完成。塑像全身雪白，上身是一个张着大口的、口中喷出一股清水的大狮头，下身是一个蜷着的大鱼尾。在鱼尾狮背面的一小块场地有4块石碑，碑文讲述了鱼尾狮的故事。

新加坡的现代建筑是科学馆。建筑设计是从23个国际竞赛方案中挑选的，平面采取六角形结构，形式很新颖，功能很齐全。建筑面积约1.5万平方米，共4层7个展厅，有650多件展品。

新加坡最漂亮的地方是动物园和植物园。动物园于1973年开馆，占地28公顷。园区内以热带森林、湖泊为屏障，分隔出动物区，有哺乳动物类、鸟类和爬行类动物3050多只。除了蛇馆、昆虫馆和鱼类馆以外，都可以近距离观看，其中包括科摩多龙、睡熊、金丝猴，以及世界最大的群居人猿等。脆弱森林是一个生态和文化的展览中心，它强调了动物、植物与人类在雨林中的种种密切联系，脆弱森林也是世界上首个在一个展区中同时展出有脊椎和无脊椎动物的动物园。在脆弱森林里穿行，有四处飞舞的蝴蝶、令人毛骨悚然的爬行类动物，给人以神秘奇妙的感觉。植物园占地54公顷，美丽无比，似乎是一个热带岛国的缩影。它以研究和收集热带植物、园艺花卉而著称。园内有着天然的森林和特色花园，有2万多种亚热带、热带的奇异花卉和珍贵的树木，可分为热带和亚热带常绿乔木、灌木、蔓藤、棕榈、竹类园艺花卉、水生植物、沼生植物、寄生植物和沙漠植物等。园中的热带丛林、繁花似锦的小花园和温室，占地约4公顷，分外清新迷人。维多利亚式建筑的胡姬亭，种植1.2万多株名贵兰花，其中有新加坡的国花卓锦万代兰（胡姬花）。它本来与中国的兰花同根生，但却有不同的味道和感觉，就像是新加坡人中有很大一部分都是华裔，讲着中国话，但却是地道的新加坡人一样。肯德岗公园郁郁葱葱，很美也很忧郁。在山上俯瞰海景，有一种站得高、望得远的感觉。

令人耳目一新的当属圣淘沙岛的音乐喷泉了。它集音乐、喷泉、彩灯、火焰为一体，把一个简单的故事，以主持人和喷泉中的活泼调皮的小猴子交相呼应，用会唱歌、会跳舞的水演绎出各种奇妙的画面，以声、光、色、动感夺人魂魄。那份高雅只可意会不可言传。

新加坡这座花园城市面积虽小，却以新、雅、洁引人入胜，令人流连忘返。

# 童话王国丹麦

　　"小美人鱼之父"安徒生是丹麦19世纪著名的童话作家，被誉为"世界儿童文学的太阳"。他生于1805年4月2日，卒于1875年8月4日，留下168篇作品，代表作有《海的女儿》《卖火柴的小女孩》《皇帝的新衣》等，被译成80多种语言，享誉世界，深入人心。儿时，在课本上读到的最美的童话故事，就是安徒生写的。《小人鱼》《丑小鸭》《公主与王子》的故事，无不为童年时光插上了美丽的翅膀。梦想在大海上、蓝天下、木屋顶飞翔。曾好奇地想，只有生活在天堂仙境的人，才能写出那么多、那么美丽的童话。后来，有了儿子，为他买的第一本书就是《安徒生童话故事全集》，给他讲的第一个故事，就是《海的女儿》，希望他正直、善良、健康地成长。安徒生在《海的女儿》中把大海中的水比作美丽的矢车菊花瓣，比作明亮的玻璃；他把长着美丽尾巴的小公主的皮肤比作玫瑰花瓣，而小公主的眼泪是蓝色的湖水……在他的童话里，我发现一个新天地，一个充满幻想和诗意、一个温暖如春的人道的世界，从中受到启迪和教育。我也开始了童话创作，出版了长篇童话故事《小勇士波比》。至今，我还清晰地记着安徒生的童话里，有这样的叙述："在遥远的地方有一个国家，人们居住的房屋顶金碧辉煌，这个国家叫中国。"我常常想，安徒生居住的房子，也许就是这个样子的吧！从儿时开始，就孕育着的安徒生情结，今天得以实现，能不神采飞扬？

因为有了安徒生童话，丹麦成了令人向往的童话王国，它比我想象中的还要幸福浪漫。

丹麦位于北欧的南端，是北欧的南方人。它由若干个岛屿和半岛组成，首都哥本哈根坐落在西尼岛上，是西北欧的交通枢纽，是波罗的海到北海的出口处，被称为"西北欧桥梁"。到丹麦那天，恰好是4月16日，是丹麦女王的生日。我们来到了丹麦王宫阿美琳堡宫。它位于哥本哈根市区东部的厄勒海峡之滨，是一组华丽的哥特式建筑，现任国王玛格丽特二世就居住在这里。几名头戴高高的黑帽子，身着红色上衣、蓝色裤子的士兵，在宫殿前巡视，引得游人不住地和他们拍照。尽管没有机会目睹女王的风采，只看到她居住的地方阿美琳堡宫上飘扬的国旗，还是为能在这个有纪念意义的日子，与丹麦相识而庆幸，这是多大的缘分啊！

随后，我们来到哥本哈根的市政厅广场。它位于市中心，丹麦许多重大活动都在这里举行。它是哥本哈根步行街的起点，终点是国王新广场；它也是四通八达交通网络的中心，广场上的零公里的标志；它更是具有800年历史的最古老的商业市场，许多商贩向游客们兜售货物。我迫不及待地寻找童话大师安徒生的雕像，惊喜地发现他平静地坐在市政厅正门左侧的路边上。他平和朴实，头戴绅士帽，身穿燕尾服；右手握书，左手持杖，侧首向东凝望着天空，一副在他所营造的童话世界里漫游的神情。他的膝盖、手指和书被摸得锃光瓦亮，不知有多少游客来此瞻仰，市政厅旁边的道路也被命名为安徒生大街。

望着那座传奇的雕像，所有关于安徒生的信息在脑海中呈现。安徒生是典型的浪漫主义作家。他出生在哥本哈根一个平民家庭，父亲是制鞋匠。他年少时四处求学，倍受穷困的折磨，终生未婚，却向世界奉献了巨大的精神财富。他的童话不是一般民间故事和传说的转述，而是对美好未来的想象，他的作品以异乎寻常的艺术魅力震撼了世界文坛，不仅成就了人们心中的童话梦，而且使丹麦成了人们的向往之地。

在安徒生的故乡，还有一个必看的就是丹麦的象征——小美人鱼雕像。有人说：不看美人鱼，就不算到过哥本哈根。1913年8月23日，小美人鱼雕像被安放在了长堤公园。跟真人大小相仿的小美人鱼，静静地坐在海边的一块大石头上，面向波罗的海，用百年的等待，来挽回她心爱的、有着一对大黑眼睛的王子的归来。正是这个凄婉美丽的爱情故事，激发了丹麦雕塑家爱德华·艾瑞克森的创作灵感，他以妻子为原型铸就这个精美的青铜雕塑。她静坐海边百年，却像童话故事中的小美人鱼一样多灾多难，先后经过两次砍头、一次断臂、一次落水，所幸的是都被寻回和修复。在大海的怀抱里，小美人鱼显得格外的娇小，引起人们无限的怜悯。她唯一一次漂洋过海，就是在2010年上海世界博览会上在丹麦馆现身，让与会者大饱眼福。

长堤公园南端，距小美人鱼不到500米，还有一座著名的雕像——吉菲昂女神喷泉雕塑，亦称神农喷泉，于1908年落成。发辫飞扬的吉菲昂女神，左手扶犁，右手执鞭，驱使4头神牛奋力耕地。雕塑家蓬高花费数十年心血将女神的力与美、猛牛的奋力向前表现得栩栩如生。这座充满动感的雕像的灵感来源于一个神话传说。相传，吉菲昂女神，一生未婚，却与大力神生下4个儿子。那时，丹麦人民缺少土地，女神请求瑞典国王赐一块土地。瑞典国王答应女神，在他的国土上一昼夜挖出的土都归她所有。女神把她的4个儿子变成了4头神牛，并奋力驱赶它们犁地，将挖出的土填在丹麦，造出了西兰岛，而在瑞典留下了维纳恩湖。丹麦人因此把吉菲昂女神尊为神农，感谢她为丹麦人民挣来了赖以生存的宝地。

看完了海的女儿，自然要去海港寻访童话大师的足迹。据说，他的第一部童话故事就是在运河畔20号完成的。只有漫步在新港，你才会豁然明白，在风景如画、安详平和的环境里，才能写出奇特动人的童话故事。他的作品思想深刻、寓意鲜明、语言生动自然、流畅优美，用平民化的文学、民间叙事的结构娓娓道来，充满了浓郁的乡土气息。

丹麦是北欧充满童话色彩的地方，来到这里才知道，所谓的童话王国无关风景、无关安徒生，而丹麦人原本就"活在童话里"。每一处风景都很相似，都有海和鸟，不失为一种安详平和之美；房子总是黑瓦黄白墙，从不超过两层的木屋。我的感知曾经枯竭过，来到这里才有了一种返老还童的感觉。生活中的很多细节，如喷泉般新鲜而清晰地冒出来，使我有一股要把自己的所见所闻写出来的冲动。

我放慢脚步，用心感受每一处风景，心里转念着丹麦人的信条：幸福属于自己，不需要用别人的幸福衡量。丹麦是典型的福利国家，有宽松的福利制度、稳定的货币制度以及对国际贸易的高度依赖。丹麦人的幸福里有一种专注与天真的成分，让人看不透、想不出、学不来。据说，他们的生活理念与不成文的行为规范，是轻视任何浮夸的举止，以及对物质成就的炫耀。

丹麦这个只有4.5万平方公里的小国，现在却以大国应有的风范影响着全世界。

# 欧洲文化之都斯德哥尔摩

斯德哥尔摩这座文化名城，位于瑞典的东海岸，波罗的海与梅拉伦湖入海的交汇处，分布在14座岛屿和一个半岛上，岛屿之间以70多座各具特色的桥梁、蜿蜒的道路相连，宛如玉带串星，不失为美轮美奂的水天泽国，也因此享有"北方威尼斯"的美誉。无论是剧院、博物馆，还是街道上最不起眼的角落，文化都如光芒四射一样无处不在，从地面、海上、空中竞相往来的汽车、轮船、飞机、鱼鹰、海鸥也给城市增添了无限的魅力。我们游走在老城区、市政厅、瓦萨沉船博物馆和皇后岛宫等几个有代表性的景点，既领略了古香古色的风貌，也感受了现代大都市的繁华，以此体验了斯堪的纳维亚半岛最大最美的城市不同寻常的一面。

## 老城区：游走在中世纪的时光里

坐落在斯塔丹岛上的斯德哥尔摩老城，建于13世纪，是欧洲最大、保存最好的中世纪古城。金碧辉煌的古老宫殿、气势不凡的教堂和狭窄的街道，突显出一派欧式古城风貌。

　　漫步在古香古色的中世纪小巷，享受美好的午后阳光。街道均采用鹅卵石铺筑，最窄处不足1米，两人相向而行也得侧身相让。欣赏着路边保存完好的古建筑，弧形的街头搭配中古建筑风格，仿佛回到中世纪的欧洲。那些古老的店铺，出售着古朴别致而精美异常的手工艺品和纪念品。老城的中央广场还保留着一口古井，据说这是几百年前供居民饮用的唯一一口淡水井。这里还有巍峨的尼古拉教堂等古迹。老瑞典王宫、皇家歌剧院、皇家话剧院、议会大厦以及斯德哥尔摩市政厅等都聚集在这里。

　　瑞典王宫建于公元17世纪，为一座方形小城堡。正面大门前，两只张牙舞爪的石狮子分立两旁，门口站着数名头戴红缨军帽、身穿中世纪军服的卫兵，显得威严逼人。王宫四壁有许多精美的浮雕，中间是一个很大的场院。城堡内拥有608间房屋，华丽的大厅里，壁上挂着历代国王和皇后的肖像画，穹顶饰有绚丽的绘画。室内还陈设着古代的战车兵器、珠宝饰物、金银器皿和手持长矛、全身披挂着铜盔铁甲的中世纪骑士的实体模型。瑞典王室则住在皇后岛皇宫，这里是国王办公和举行庆典的地方，也是斯德哥尔摩的主要旅游景点。皇宫对外开放的部分包括：皇家寓所、古斯塔夫三世的珍藏博物馆、珍宝馆、三王冠博物馆、皇家兵器馆。在宫内，我们可以参观各种金银珠宝、精美的器皿，以及琳琅满目的壁画和浮雕。每天中午时分，王宫卫队按照古老传统举行隆重的换岗仪式，换岗卫兵身着华丽服饰，严肃而庄重地履行着这一仪式。

　　老城区最受瞩目的教堂是斯德哥尔摩大教堂，它是全城最古老的教堂，也是旧城重要的地标之一。大教堂的历史可上溯到1279年，但它的建筑接连不断地遭到修整，最后一次是在1736至1745年间，建筑师卡伯格在建筑物上添加了美丽的带钟表的塔楼。教堂拥有很多独特的人工制品，最著名的是1489年伯恩特·诺特科雕琢的圣乔治和火龙的木雕。自15世纪始，瑞典国王的加冕仪式都在此大教堂举行。

　　一条不小的河将老城区和另一个岛分隔，两看不厌。河边经常有野鸭和天鹅游弋，时而高歌，时而展翅，映着河水，伴着游船，绕着精美雕琢的建筑，真是惬意啊！

# 市政厅：斯德哥尔摩的象征

斯德哥尔摩最有名气的地方是建于国王岛和梅拉伦湖畔的市政厅。这座造型别致、装潢华美的建筑被两个大型广场、一个外庭院和一个室内大堂包围，主体以红砖建造，在高低错落、虚实相谐中尽显北欧传统建筑的诗情画意。右侧钟楼的顶端，是代表丹麦、瑞典、挪威三国的金色三王冠，是斯德哥尔摩的象征。因每年的诺贝尔颁奖典礼晚宴在此举行而誉满全球，这就是斯德哥尔摩市政厅的非凡之处。

在讲解员的带领下，我们开始参观。市政厅一层大厅为并不是蓝色的"蓝厅"。由于是举行诺贝尔晚宴的所在地而成为市政厅里最著名的房间。斯德哥尔摩是阿尔弗雷德·诺贝尔的故乡。从未上过大学的诺贝尔，刻苦自学，虚心求教，以发明黄色炸药和无烟火药闻名于世。他捐献全部遗产，设立了诺贝尔奖奖金。从1901年开始，每年12月10日（诺贝尔逝世纪念日），评发一次，届时在斯德哥尔摩音乐厅举行隆重的仪式。音乐厅建于1926年，主要作为瑞典皇家爱乐交响乐团的演出场地。每年举行诺贝尔奖颁奖仪式时，瑞典国王亲自给获奖者颁发奖金。随后瑞典国王和王后都要在"蓝厅"为诺贝尔奖奖金获得者举行隆重盛大的宴会，向其表示热烈的祝贺。诺贝尔奖晚宴被瑞典人称为最高级的晚餐。每年参加诺贝尔奖晚宴的大约有1300人左右。王室成员、诺贝尔奖得主、各国优秀学者、政界要人等都有机会出席。晚宴举行时，会有上百部相机拍下人们的一举一动，每一个角落都曾被摄影胶片记录过。如今，能够获得诺贝尔奖已经成为世界上众多物理、化学、医学、经济学、文学领域专家的毕生追求和奋斗目标。

一楼通往二楼的大阶梯叫"爱莎台阶"，下台阶的客人必须注视着一颗星星以保持优雅。

二层的金色大厅金碧辉煌，是市政厅又一知名处。大厅纵深约25米，四壁用1800万块约1厘米见方的金子镶贴而成，在明亮的灯光映射下，无数光环笼罩，金碧辉煌。其间，还镶嵌着由各种彩色小块玻璃组合成的一幅幅壁画，光艳照人，尽显奢华。左右两壁以历史为题材，左壁叙事、右壁述人，分别表现了瑞典历史上重要人物以及海盗时期的重大事件。正中墙上大幅壁画上方，端坐着一位神采飞扬的梅拉伦湖女神，她是斯德哥尔摩的守护神。女神脚下左右两侧分别为来自亚洲和欧洲的各族人种，寓意各地人民皆以斯德哥尔摩为心中之理想地。同行中有人眼尖，很快从中发现有一穿着清代服饰的中国人，吸引大家争相上前观看。这幅镶嵌壁画象征着梅伦湖与波罗的海结合而诞生的斯德哥尔摩，是人类向往的美好之地，它不仅是一幅现实主义与浪漫主义相结合的艺术杰作，也是市政厅的"镇厅之宝"。我们出来的时候，有20对新人要在这里举行婚礼。原来，这里还有比"金厅""蓝厅"更为神圣的地方，那就是结婚登记厅，斯德哥尔摩的市民从这里领走的不仅是结婚证书，还有对这个美丽城市的挚爱与祝福。

市政厅外建有一个宽阔的广场。广场上，郁郁葱葱的树木林立路边，美丽的花草争鲜斗艳，花草间，喷泉雕塑不时映入眼帘，装点着美景以迎接游客的探访。参观完市政厅，我们感受到它的宏大而精深的文化力量在心中激荡。此时，我们落脚在广场上细细回味也是乐趣无穷的。

## 瓦萨博物馆：述说着沧海桑田

斯德哥尔摩市内有50多座博物馆，如民族、自然、美术、古文物、兵器、科技博物馆等，分门别类，各有千秋。我们只选择了令人感到震撼的瓦萨博物馆。

瓦萨博物馆，坐落在斯堪森岛上瓦萨号遗址附近，收藏着一艘从海底打捞上来的17世纪船舶。瓦萨是这艘古战船之名，它是奉瑞典国王古斯塔夫二世的旨意于1625年开始建造的。这艘战船本来是单层炮舰，当国王得知当时瑞典的海上强敌丹麦已拥有双层炮舰，便不顾本国的技术条件，下令把炮舰改造为双层。1628年8月10日，斯德哥尔摩海湾风和日丽，在岸上人群一片欢呼声中，一艘旌旗招展、威武壮观的大型战舰扬帆启航。不料，刚刚行驶数百米，一阵微风吹来，瓦萨号战舰摇晃几下竟连人带船沉入30多米深的海底。直到1961年4月24日，这艘在水底沉睡了333年的战船才重新浮出水面。经过潜水人员与考古人员的艰苦搜寻，终于在沉船附近与船体内部找到了大批极为珍贵的实物。这是一艘共有5层甲板的军舰，上面有64门大炮。第一斜桅下蹲着一具巨大的金狮塑像，船尾龙骨有6层普通楼房那么高，分50多层，精心雕刻了700多件雕塑品，简直可以和瑞典皇家宫殿媲美。

"瓦萨"号战舰不仅是世界上被打捞起来的最古老和保存最完整的战舰，而且是一个巨大的艺术宝库，船上装饰的各种精美雕饰，体现了17世纪文艺复兴晚期瑞典流行的巴洛克艺术风格。

博物馆做得非常用心，多方面的展览让"瓦萨"号战舰的历史一点也不枯燥。除了船本身，船长、水手、皇宫内、民间的一个个故事让整个事件很立体，船本身的介绍也非常细致、直观。它不再是王国远征的利器，而成为缅怀历史的载体。岁月之手轻挥间，留给瓦萨号的又何止是沧海桑田的变换，而是令瑞典骄傲的国宝。


## 皇后岛：瑞典的凡尔赛


从斯德哥尔摩乘船西行15公里，就到了风景如画的皇后岛。沿湖岸步行，我们可以看见湖中白鸥点点、野鸭成群、湖水湛蓝，对岸树影依稀，林屋幽雅，置身其中，宛若仙境。

岛上有17世纪的瑞典王宫——德洛特宁宫（也叫皇后岛宫）。皇后岛宫是典型的巴洛克式建筑，因它的建筑风格受法国凡尔赛宫的启发，故有"瑞典的凡尔赛"之称，是瑞典第一个被列入世界文化遗产名录的风景点。现在既是瑞典王室的主要住宅，也是斯德哥尔摩排名第一的游览景点。其景点包括皇后岛宫、宫廷剧院、中国宫和花园。

皇后岛宫是这片皇室领地的核心，虽然规模较小，但北欧风格的建筑和花园里的喷泉、雕塑、花圃、绿地、黄杨树林，相映成趣，甚是美丽。

这里虽然是瑞典的王宫，但是多数宫殿仍开放着以供游人参观。王宫内部17到19世纪的建筑，富丽堂皇，令人流连忘返。穿过庭院便可到接见厅和礼仪厅，王宫的大公园中有瑞典版的大特里阿农（为凡尔赛宫花园内的皇家别墅）。大约400年前，瑞典国王约翰三世在这里修建了一座名叫"石头房子"的宫殿，国王喜爱这里就像喜爱皇后一样，因此将这里命名为"皇后岛"，宫殿也称为"皇后岛宫"。1661年，"石头房子"在一场大火中被化为灰烬，只有很少一部分保存下来。后来，瑞典组织重新设计建造，同时吸收了法国、荷兰古典建筑的特点，使整座宫殿具有瑞典、法国和荷兰建筑的特色。8世纪末，古斯塔夫三世的朝臣在中国宫殿的花园中晒太阳取暖，并且过着乡村生活。宫殿的左翼是皇家大剧院，1792年，瑞典国王古斯塔夫三世在此遇刺身亡，从此，大剧院被迫关闭。直到1920年，人们要求重新启用剧院。剧院启封后，人们发现100多年前使用的各种道具、装置、设备和剧台都保存得相当完好，只要稍加改造和整修便可使用。于是，政府同意拨款整修剧院。经过两年多的修复，剧院重新投入使用。从此，各地的名剧团经常到这里演出，上演一些著名的古典戏剧。中国宫包括一座宫殿和两座亭子，内外都采用了中国和亚洲的艺术风格。

斯德哥尔摩是北欧经济最发达、文化气息最浓、最有魅力的一座城市。其风景名胜古迹、四季景色各有魅力，河流、古堡、教堂勾勒出的史诗画卷中蕴含了很多深意，只有身临其境才能欣赏到山水如画的美。对生活的感悟，对命运的反省以及对高品质生活的感受，这些美好将会令人永生难忘。

# 挪威的峡湾之旅

　　来挪威之前，我对挪威的了解仅限于世界著名的甲壳虫乐队唱出的一首曲子《挪威的森林》，以及村上春树从此曲获得灵感，书写的一本同名青春恋爱小说和用小说改编成的同名电影。于是，关于《挪威的森林》的乐曲、小说和电影，使挪威这个北欧小国以其鲜明的特色走进了世人的视野，有更多的人想走进她、解读她，以揭开她神秘的面纱。

　　挪威位于斯堪的纳维亚半岛西部，意为"通向北方的路"。由于境内有许多港湾，被誉为"万岛之国"，美丽而富饶。

　　挪威之美在于山地风光。山峦起伏、森林茂密而层次分明；山谷幽静，河流漂泊众多而清澈；港湾明媚绮丽，风光如诗如画。为了更好地展示美丽的山地风光，挪威专辟了一条山地火车旅游路线。弗洛姆铁路是世界上著名的旅游铁路和高山铁路。这条始建于1924年的铁路支线将海拔2米的峡湾小镇和海拔865米的米达尔山相连接，全长20公里，浓缩了松恩峡湾优美景色的精髓。列车内红色的车厢整洁漂亮，车厢外风光怡人。从列车上可以欣赏到沿途的激流飞瀑、山峦冰川、峡谷古道、村镇教堂和漫山遍野的青绿，可谓美不胜收。

挪威之美在于她蜿蜒曲折的海岸线所构成的峡湾景色，松恩峡湾之美，则美在群峰竞秀、碧水蓝天、飞瀑万千。挪威是世界上峡湾最多的国家。峡湾是冰川消融时切割大地形成的千山万壑，然后海水倒灌形成的。在挪威最惬意的就是乘游轮漫游世界"峡湾之冠"——松恩峡湾。无论是高山火车还是游轮，都要从弗洛姆小镇出发。弗洛姆小镇位于挪威西部松恩峡湾的深处，是松恩峡湾观光游览的重要景点和集散中心。它三面环山，一面向海，风光秀丽，静谧清净，宛如童话世界。小镇上展览馆、超市、酒吧、酒店应有尽有，常住人口不足千人，每年接待来自世界各地的游客高达数十万人，被联合国教科文组织列入世界自然文化遗产。

我们乘坐游轮，从这里开始美妙的峡湾游览。游轮航行在平如镜面的海面，两岸青山谷深坡陡。远处山顶白雪皑皑、云雾缭绕；近处山崖飞瀑直下，海水穿越高山丛林，在峡湾里缓缓流动。人站在甲板上，海风拂面，海鸥翔集低吟，伴在你左右，感觉山抱着海，海拥着山，山海相依，缠绵向前。突然想起被漫山红叶绚染的长江三峡了，所不同的是峡湾的水清澈、平缓，不似长江滚滚。两岸翠峰间，还有清流飞瀑而下，天下的美景总是让人赏心悦目、流连忘返。山腰上鲜亮的小木屋，星星点点，散落其间，野性中蕴藏着生机，给峡湾增添了许多魅力。空中的太阳也嬉戏着，时而露出笑脸，时而抛下雨珠，使春日里的峡湾多了几分神秘，犹如露天观看一部惊心动魄的360度全景山水电影。当你被远处教堂传来的钟声惊醒，更显峡湾的幽静，恍惚间，身体和心灵都得到了净化和升华。人们的情绪，随着景色的变化而变得激动、兴奋和愉悦。有一位看上去有80岁的老人，站在给海鸥喂食的游客身后，摆弄着手机，捕捉着一个个精彩的瞬间。

挪威峡湾是个令人向往的地方。松恩峡湾，是挪威最大的峡湾，也是世界上最大最深的峡湾。全长240千米，最深处1308米，最窄处20米。峡湾两岸山高谷深，山坡陡峭，如刀削斧劈一般，直到1500米的峰顶。其中的雪山、悬崖和瀑布，在蓝天白云的映衬下美轮美奂。雪山融化，形成瀑布，顺山而泄，滋润着山下的村落。散落在绿地、绿树间的红色别墅，为峡湾增添了美的景致。

我穿着防寒服、戴着帽子站在甲板上都感觉有点冷，于是回到船舱，正好听到有人在讲述挪威森林的神话人物"山妖TROLL"，就凑过去听。在挪威文化中，山妖是拥有超自然魔法、外形丑陋而内心善良的神话形象。传说，在挪威古老的、人类无法到达的密林深处，居住着一些精灵，他们是这片土地上最早的居民。山妖长相丑陋、身材矮小、满头乱发、尖耳朵、大肚皮，而且长长的大鼻子，只有4个手指和脚趾，还有一条像牛一样的尾巴。在森林小湖中，生活着叫"纳哨"的水中精灵；在瀑布和小河磨坊下则有擅长拉小提琴的"弗色格里门"。他们有家庭，分部落，有自己的国王。每个山妖就是一棵会行走的大树或一座山峦。他们只能昼伏夜出，如果被太阳光照到就会化为形状奇特的山石。据说，在挪威北部海岸有座酷似山妖造型的巨石立在瀑布后，那就是传说中"丑陋的瀑布人"。山妖们喜欢喝粥，它们的长鼻子就是用来搅粥的。所以在圣诞夜，人们都会准备一大碗粥放在门口。若在挪威人烟稀少的地方碰到姑娘，一定要留意她身后是否有尾巴。因为她极有可能是山妖装成的美女，要诱你进山。挪威戏剧大师易卜生的名作《培尔·金特》里，有主人公培尔遭遇山妖的情节：培尔无意中闯入山妖的洞穴，因拒绝与妖女成婚，遭众妖戏弄，幸而传来黎明的钟声，山妖才四散开去。

在挪威的这几天随处可见相貌丑陋、喜笑颜开的山妖塑像，它们是挪威人的吉祥物，理所应当地成为挪威旅行纪念品的代表之一。

游完峡湾，我们从另一条路去往挪威首都奥斯陆。一路上白雪皑皑，我们完成了一次从春到冬的穿越。

# 北国明珠芬兰

芬兰是一个被水滋养的国度。它受蔚蓝的波罗的海以及星罗棋布的湖泊的润泽，素有"千湖之国"的美誉。芬兰国虽"小"，却有"大"味道，如同一枚隐藏在遥远北方的宝石，等待着你去发掘、去发现。初夏时节去芬兰游览，尽管不能目睹绚烂的北极之光，尽管不能一睹圣诞老人的风采，却看到了葱郁的森林、起伏的山丘、波光粼粼的湖泊等许多壮美奇景。波尔沃、芬兰堡、西贝柳斯公园和岩石教堂，只有身临其境，才会生出由衷的羡慕，不失为一次美好的芬兰之旅。

## 波尔沃，芬兰梦起飞的地方

波尔沃是北欧最静美的古镇，坐落在波尔沃河河口，距首都赫尔辛基50公里。它建于13世纪，至今已有800多年的历史，是芬兰之梦起飞的地方。这里的老市区是芬兰目前唯一完整保存下来的中世纪城区建筑，弯曲的街道，狭窄的小巷和低矮的木屋是中世纪城市生活的缩影，被称为"木制建筑博物馆"。

世外桃源般的波尔沃古镇，远离尘嚣，怡然自得地散落在湖光山色间。那座架在弯弯曲曲的河流上的拱桥，宁静平和地迎接着每一位客人的到来。蓝天白云下，恬静的河水倒映着红色的木屋，沿着那条几百年前用彩色鹅卵石铺设的小路漫步前行，遇到沿着河岸及山坡拼成的五颜六色的木屋，路便被分割成许多叉路口，伸进庭院里，将每家每户连接起来。刚从睡梦中醒来的小镇空气清新得令人心醉，到处飘溢着淡淡的清香。

小镇中心尖拱顶式的大教堂建于15世纪初期，虽没有石砌教堂巍峨，也没有大教堂的森严，却质朴精巧、庄重肃穆，透出一种平和神圣之美。这个教堂对波尔沃来说有着极为深远的意义，因为在1809年俄国沙皇在这里确认了芬兰人的信仰、宪法、权利和自治，所以这里也被尊崇为芬兰独立精神的基石。从教堂另一侧院门出来，小街道逐渐有了趣味，中心地带矗立着古镇奠基人的雕像，左右两边都是居民住宅、小店和咖啡馆。每个庭院都挂着小花盆，窗口摆放着精美瓷器和玩具。古镇里有个老火车站，如今开设了五金店、室内装潢店、铁器店、艺廊以及一家夏天咖啡馆。小镇里有一家巧克力小工厂，顾客们可以在店堂里观看巧克力的制作过程。古镇的商业十分著名，被誉为"芬兰南部一处最好的地方"。据说，当年俄国沙皇亚历山大一世，在小镇参观期间着了迷，因而授予芬兰自主权。如今，漫步在小镇那迷人的街道上，依然能够领略它的历史风华。

沿着波尔沃河欣赏一下新城，街道上店铺林立，没有城市的喧闹，没有游客的拥挤，也没有奔跑的车辆，建筑都被花园围绕，玲珑秀气。

游览波尔沃小镇仿佛做了一场中古世纪的酣梦。每一块砖，每一座建筑，每一根锁链，似乎都在讲述着一段古老的故事。古镇少了一些奢华和人为的痕迹，显得更朴实、更闲适、更与世无争，甚至有些慵懒的感觉，令人安静，令人平和，令人有在此渡过一生的冲动。

# 芬兰堡，芬兰历史的缩影

芬兰堡，是现存世界上最大的海防军事要塞之一，也是芬兰最著名的景点，更是芬兰人的骄傲。从集市广场坐上渡轮，要么在二层欣赏沿途美景，要么与海鸥嬉戏。半小时左右，芬兰堡斑驳的城墙和郁郁葱葱的树木就抢占了你的视野。

我们徒步周游海岛，顺便观看壮美的海景。芬兰堡，即苏欧门里纳要塞。18世纪下半叶，瑞典人为了防御俄国人的扩张，扼制从芬兰湾进入赫尔辛基的海上要道，在赫尔辛基港入口处的群岛上建造了海上要塞。岛上有教堂、军营、城门等名胜古迹，有世界上不可多得的海上军事遗迹。苏欧门里纳要塞保存着10间博物馆，包括海岸炮台博物馆、威斯科潜艇博物馆和玩偶玩具博物馆等。整个遗迹被联合国教科文组织列入世界遗产名录。

芬兰堡就是一座建筑式主题公园，其浓缩了整个芬兰的历史并体现在堡上的每一座不同时期不同风格的建筑中。芬兰堡上的教堂、防御堡垒、红砖博物馆、帝皇门、芬兰海军学院等建筑，在这里很协调地互相融合和衬托。帝皇门是芬兰堡的象征，当年为瑞典王阅兵而建。门上用大理石板镌刻着奥古斯丁·厄伦施瓦德的一句雄伟的城墙格言："后人们，凭你自己的实力站在这里，不要依靠外国人的帮助。"芬兰堡上有A、B、C、D、E5座小岛，主要景点都集中在A、B、C岛上。这5座小岛上的芬兰堡和赫尔辛基大陆上的防御工事一起构筑了一个完整的防御体系，使进攻方很难抢滩登陆。除此以外，芬兰堡还是当时瑞典皇家海军和陆军存放军需用品的地方。

今天的芬兰堡已不再弥漫战争的硝烟和血腥，取而代之的是：岛上大约居住着700人，其中一半在岛上工作，俨然成为一座赫尔辛基的"城中之城"。作为一座军事建筑堡垒，它在世界上算是独一无二的。

芬兰堡无论在规模、气势及自然景观方面都独具特色。这个曾经硝烟弥漫的海岛，瑞典时代的产物，在数百年后的今天，已经演变成为人们向往的旅游、疗养和居住的胜地。在这里，我们可以回味芬兰历史，感受一份难得的闲适与宁静。

## 西贝柳斯，芬兰的骄傲

城市雕塑作品在赫尔辛基随处可见。然而，最使芬兰人引以为豪的则属芬兰著名作曲家西贝柳斯纪念碑。

去西贝柳斯公园那天，阳光明媚，一股暖流把你包裹着，沁人心脾的空气让你忍不住地深呼吸。这里不仅是一个景色优美的开放性公园，而且是一个让人看一眼就忘不掉的、意义非凡的纪念碑。

西贝柳斯公园坐落在离赫尔辛基38公里的乡间，是为了纪念芬兰的大音乐家西贝柳斯而建的。西贝柳斯出生于1865年，10岁开始作曲，他一生创作了7部交响乐、100多首独唱歌曲、大量的提琴曲与钢琴曲、两部歌剧及一部舞剧，其中最著名的是描写芬兰人爱国热情的交响诗《芬兰颂》。1957年逝世时，芬兰以国礼为他送葬。西贝柳斯被尊为"芬兰音乐之父"，也是芬兰的骄傲。他的作品至今仍被作为芬兰民族精神的体现。

在这座绿荫成林、青翠欲滴的公园内，最令人难以忘怀的是两座纪念作曲家西贝柳斯的雕像。一座是用不锈钢管做成的管风琴雕塑，还有一座是大师的头像雕塑。这两座充满浪漫色彩的雕像都是芬兰著名女雕塑家艾拉·希尔图宁的作品，其中还有一段故事呢。西贝柳斯去世后，为了纪念这位伟大的作曲家，政府公开征集纪念西贝柳斯公园碑的方案，希尔图宁方案入选了。于是，由600余根铁管组合而成、酷似一架管风琴的纪念碑诞生了。也许是这座雕像在当时太超前了，所以政府又要求作者再完成一座作曲家的头像。这使雕塑家有点为难，她认为钢管雕像足以反映西贝柳斯的贡献，但是最终她还是同意再制作一座人像。第二座雕像于1967年西贝柳斯逝世10周年之际完成。西贝柳斯金属头像镶嵌在一旁的红色岩石上。雕像表情奇特，让了解这座雕像产生历史的人浮想联翩。它的小型复制品被作为国礼送到联合国大厦永久展出。

西贝柳思公园建在湖边上，纪念碑以超现实意象表现的造型，洋溢着浓厚的现代气息，成为伟大的民族音乐家不朽作品的象征，也成为公园标志性建筑。

站在纪念碑下，望着高远的蓝天和奇美的白云，西贝柳斯的《芬兰颂》又回响在芬兰的上空……

## 岩石教堂，芬兰崇尚自然的审美情怀

岩石教堂，是一座没有高耸的尖顶，也没有钟楼的教堂。也许你站在教堂顶上，还不知道教堂在哪里。别看它其貌不扬，却是世界上唯一一座建在岩石中的教堂。

岩石教堂位于赫尔辛基市中心的坦佩利岩石广场，设计新颖巧妙，是斯欧马拉聂兄弟的杰作。教堂直接利用岩石高地建造，为了不损及自然景观，从岩石顶部往下挖掘，教堂就埋没在天然的岩石中。教堂入口走廊为隧道状，整座教堂呈飞碟状，独具趣味，使芬兰人崇尚自然古朴的审美情感得到充分的展现。

走进教堂，我们感觉不到欧洲传统教堂的严肃气氛。有位女士在弹奏着钢琴，许多游人就坐在椅子上静静地欣赏，仿佛走进一座高雅的音乐殿堂。环顾四周，最有特色的就是教堂圆屋顶的设计，中心部分是金碧辉煌的拱顶，隐约反射着烛光，而外围是呈条条放射状的梁柱支撑，梁柱之间镶上透明的玻璃，阳光穿过穹顶的玻璃洒落下来，照在岩石教堂中心区域的圣坛上，尽显圣坛之神圣。教堂内壁是未经任何修饰的岩石本来面貌，而顶部的墙体则是用炸碎的岩石堆砌而成，其原始色调给教堂增添了一种回归自然的感觉。据说，这里每周都会举办音乐会。我坐下来，静静地聆听着那美妙的琴声，感受芬兰人崇尚神秘自然的审美情感。

芬兰，不是那种浮光掠影，"宫宝鸡丁"（宫殿、城堡、教堂、市政厅）的地方，却是一个美得夺人心魄的国度。虽行色匆匆，却深深地被宁静秀丽的美景折服。无论清凉舒适的夏天，还是白雪皑皑的冬日，实为一处旅游度假之佳地。

# 艾尔米塔斯掠影

　　俄罗斯圣彼得堡是世界十大旅游城市之一，这里有与巴黎的罗浮宫、伦敦的大英博物馆、纽约的大都会艺术博物馆齐名的冬宫博物馆。最早的冬宫修建于彼得大帝在位时期，为北方重要官邸。在叶卡捷琳娜二世的启蒙时代，形成了完整的博物馆建筑群，包括冬宫、艾尔米塔斯、旧艾尔米塔斯、艾尔米塔斯剧院和新艾尔米塔斯。女皇是18世纪最"贪婪"的艺术品收藏家。1764年，她从柏林购进伦勃朗、鲁本斯等人的250幅绘画作品存放于冬宫，因此，冬宫拥有一个法文血统的名称——艾尔米塔斯，原意为"远离尘世的地方"，故俗称"隐士芦"。冬宫以其雄伟壮观的建筑、无数的文物艺术珍品以及这象征着罗曼诺夫王朝诞生、繁荣、没落之丰富的历史印迹而享誉世界。

　　作为一个博物馆控，此次圣彼得堡之旅，能得以膜拜世界四大博物馆之一的冬宫博物馆，实乃人生幸事。

　　艾尔米塔斯博物馆是圣彼得堡最著名的历史建筑群，由法国著名的建筑师拉斯特雷利设计，是18世纪中叶俄国巴洛克式建筑的杰出典范。初建于1754至1762年间，1837年被大火焚毁，1838至1839年间重建，第二次世界大战期间再次遭到破坏，战后被精心修复。5座建筑物气势非凡，四周有两排柱廊，雄伟壮观。房顶上矗立着100多尊雕像和大花瓶。宫殿长230米，宽160米，高22米，占地9万平方米，建筑面积超过4.6万平方米，共有3层。长方形的建筑宫殿里面有内院，3个方向分别朝向皇宫广场、海军指挥部、涅瓦河，第四面连接小艾尔米塔斯宫殿。面向冬宫广场的一面，中央稍突出，有3道拱形铁门，入口处有阿特拉斯巨神群像。

国立艾尔米塔斯博物馆正式建立于1922年，这座由无数天才筑起的艺术圣殿，其建筑本身和展厅内装饰一样，也是一件件精美绝伦的艺术品，而其内部的270多万件精品典藏更是它的艺术灵魂所在。对于喜欢它的人来说，是取之不尽的艺术之源。在这里，不仅可以浏览各种风格的建筑杰作，更能欣赏到世界文化艺术的最高成就。

馆内装饰极为奢华，富丽堂皇。拥有1057个房间、1886道门、117级楼梯，由白色和金色的圆柱组成，凹处的屋顶上镶嵌着古典雕像，无数的珍宝、绘画和藏品令人目不暇接。

该馆共有350多个展厅，每个展厅都各具特色。游览线总长达30公里，有"世界最长艺廊"之称。如果按正常行进速度走完全程，需要4个多小时。如果在每件展品前面停留1分钟，每天按8小时计算，则需要11年之久。而我只能用2个小时，尽享一场艺术珍品的饕餮盛宴。带着闲情逸致，漫步于这座艺术殿堂，欣赏着欧洲各国的绘画、雕塑、版画、素描等艺术品，我有了新的发现和收获，最吸引我的是4件镇馆之宝——伏尔泰坐像、孔雀大钟、达·芬奇的圣母像和伦勃朗的《浪子回头》。

乌东大理石雕塑《伏尔泰坐像》，被誉为雕塑史上最杰出的肖像雕刻。伏尔泰是法国伟大的哲学家、戏剧家、社会活动家，也是法国启蒙运动中最有影响力的人物。他一生猛烈地抨击封建专制和宗教迷信。1782年，法国雕塑家乌东在伏尔泰流放多年回到巴黎后所制作的。雕像中伏尔泰身穿古代宽敞的长袍，遮盖了年逾八旬的伏尔泰的孱弱身躯，其流畅的衣纹有一种厚重的造型感。他身躯前倾，面庞瘦削，似乎脸上的肌肉都在变化，焕发着不灭的智慧；

一双大眼睛敏锐机警，传递出内心的波澜壮阔；嘴角流露着一种嘲讽的微笑。这件雕塑开始创作于伏尔泰去世前一年，为了真实地记录这位80岁高龄的哲学家的生前形象，乌东先后创作了很多件头像、胸像，对他的性格特征进行了深刻、细腻的表现，焕发着锐气逼人的智慧和魄力。《伏尔泰坐像》是艾尔米塔斯博物馆的镇馆之宝。伏尔泰死后，叶卡捷琳娜二世找到这位思想家的后嗣，把伏尔泰本人所有的藏书和书信全部搬运到艾尔米塔斯收藏。乌东的作品《人体解剖像》《圣施洗约翰》《睡神》被看作是追求理想化古典主义的代表作。

小艾尔米塔斯展示厅是一座白色宫殿，装饰天花板上悬吊有多个巨大的水晶吊灯，晶莹剔透，厅中摆放着镇馆之宝——孔雀大钟，它最大的看点就是报整点时孔雀能开屏。它是18世纪英国工匠耗费几年时间用99.9%的纯金，加入不同的金属材料和其他元素，精心打造而成。高达3米、做工精美的孔雀大钟是一个极其复杂的机械装置：每根羽毛都栩栩如生，金孔雀高傲地站在枝繁叶茂的金枝上，左边站着一只公鸡，右边是一只被关在笼子里的猫头鹰，树下长满了12朵圆蘑菇，中间最大的蘑菇的顶端，还落着一只振翅欲飞的蜻蜓。当上满发条时，蜻蜓就会一秒一秒地转动，起到秒针的作用，而蜻蜓下面的大蘑菇上，可以看到小时和分钟的刻度。每隔15分钟铃声响起之时，孔雀就会做一次优雅的开屏。同时，伴随着公鸡打鸣、松鼠跳跃、猫头鹰眨眼，向人们展示出大自然的和谐与精彩。已有200多年历史的孔雀大钟，至今仍能启动。为了最大限度延长它的寿命，通常情况下都处于停止状态，由旁边的电视将孔雀钟整点时刻的各种动物表演的情景循环播放。如此巧夺天工的机械钟实属罕见，每年引来无数游客前来欣赏。

达·芬奇厅因藏有两件达芬奇早期真迹而闻名于世。世界上流传至今的达·芬奇油画总计不过10幅，而在冬宫的达·芬奇厅里，却收藏了《拈花圣母》和《圣母丽达》，这两件均为镇馆之宝。

达·芬奇是意大利文艺复兴时期的一个博学者兼画家，集雕刻家、建筑师、音乐家、数学家、工程师、发明家、解剖学家、地质学家、制图师、植物学家和作家于一身。他是文艺复兴时期典型的艺术家，也是历史上最著名的画家之一。他的《拈花圣母》创作于1478年左右，被视为达·芬奇创作道路上的一个里程碑。这幅画中，画家利用顶端的两扇圆拱的窗户设计，将观赏者的注意力引到圣母玛丽亚与圣婴耶稣身上。圣母穿着飘拂的蓝袍外加红裙，胸前别着一个胸针，蓬松的卷发编成辫子，怀里抱着没穿衣服的圣婴。她一只手扶着圣婴，另一只手拿着一朵康乃馨。圣婴正伸出右手想要抓住花，左手则抓住母亲。于是，玩弄花朵这个动作构成了整幅画的主题，而画面垂直的中心轴不偏不倚正好通过3只手和缓交错，成为全画的中心点。这幅画中圣母与圣婴之间的顾盼与姿态尽融于画的内在世界中，其所散发出的亲密感与同质性很难让观赏者将注意力从他们身上移开。据说，粉红色康乃馨是圣母玛利亚看到耶稣受难时留下的伤心泪水，眼泪掉下的地方就长出康乃馨，因此粉红康乃馨成为不朽母爱的象征，红色康乃馨则是象征殉难的基督徒的血。《圣母丽达》是达·芬奇1490年前后创作的一幅油画，是他前期肖像艺术的一个范例。画中的圣母正在为耶稣哺乳，圣母安详地凝视着正在吸吮乳汁的圣婴，形象丰满、神态恬静，洋溢着一种年轻母亲的温柔的爱子之心。圣母怀里的婴儿形象也画得非常生动。同《拈花圣母》一样，达·芬奇刻意淡化了画作的宗教色彩，而赋予圣母人性的光辉。

新艾尔米塔斯的展厅中珍藏着伦勃朗的《浪子回头》，是四大镇馆之宝之一。创作此画的时候，正是伦勃朗被社会抛弃，在创作的道路上孤军奋战的时期。伦勃朗以惊人放逸的油画笔法来描绘这一圣经故事题材，人物形象的塑造显出很大的概括性。画中以一个大家门户的前厅为背景，光线从左侧射来，浪子挥霍尽了向父亲索要的资财，时逢歉年，受雇为人放猪，食不果腹，饲料充饥尚求之不得，遂念及家中无尽的好处，衣衫褴褛的他回到家中，跪倒在风烛残年的父亲面前忏悔。父亲用双手抚慰着儿子，宽恕了回头的浪子。周围几个怀有同情心的人物，都被处理在阴影与半阴影之中，人物间显现出一定深度的空间。这个空间是被光线的氛围包裹着的，有着巨大的感情力量。画作表现了人内心最崇高的情感：亲情、苦难和宽恕。

米开朗琪罗厅里收藏的石雕《蜷曲身体的男孩儿》，充满阳刚之美，也是镇馆之宝。米开朗琪罗是文艺复兴时期的巨擘，他的作品大多保存在意大利本土，只有少数几件藏在外国博物馆。此件大理石雕塑创作于1530年，是博物馆中唯一属于米开朗琪罗的作品。描述的是一个男孩蜷缩着拔出脚上的刺，是表现人生痛苦的作品。据说，米开朗琪罗的作品都是以刻画细腻著称，而这个雕像风格较为粗犷，所以有人认为这是一件未完成的作品，也有人认为这件作品是放置在高顶上远距离观赏的，故有意不对细节进行刻画。此厅其他人的作品很多，之所以叫米开朗琪罗厅，可见对米氏作品的格外重视。

卡纳列托的《威尼斯迎接法国大使》，是一幅很有意思的油画作品。站在不同角度观看这幅画，有一个奇特的视觉效果：画中右侧的建筑——威尼斯总督府占据画面的位置可发生显著变化。移动脚步，站在画的正中看，中城墙部分大约占画面的1/2；站在画的左侧看，城墙占画面的1/3；站在画的右边看，城墙突然增大到整个画面的2/3，太不可思议了。

艾尔米塔斯度过了漫长而复杂的岁月。它经历了战争、革命、火灾、掠夺、拍卖、轻视和冷落，也尝遍了建设的热潮、疯狂的收购、浴火重生的骄傲、失而复得的喜悦、完整无私的爱及至高无上的崇拜。损失与拥有，失败与成就，所有这一切都存在于它的生命中。

在俄罗斯导游的引领下，两个小时的世界顶级艺术珍品的饕餮盛宴，只能以匆匆看一些最有名的藏品而结束。在这里，每一件艺术品都向你讲述了一个传奇故事，殿堂的富丽堂皇、美轮美奂给人以强烈震撼，令人灵魂出窍，进入一个妙不可言的幻境，流连忘返。

# 一场撼人心弦的视听盛宴

　　"如果一生只能看一次芭蕾舞剧的话，那一定要到艾尔米塔斯剧院观看最经典的《天鹅湖》。"来圣彼得堡之前，我对同伴们这么说，她们响应道："对！《天鹅湖》已经成为芭蕾艺术的代名词，不看情何以堪？"第一代冬宫成了今天的艾尔米塔斯剧院。虽不是俄罗斯旅游旺季，但剧院还是爆满。票价折合人民币1300元，我们还是慷慨解囊。

　　白天在冬宫走马观花游览之后，晚上我们如愿以偿地走进了艾尔米塔斯剧院。过去，这里是俄罗斯皇室观看演出的唯一地方；今天，我们也可以在此处，兴高采烈地观赏一场由圣彼得堡芭蕾舞剧院献演的世界顶级的芭蕾舞剧《天鹅湖》，真是荣幸之至。

　　步入剧场，我已被那些别致而精美的场景深深吸引。红色丝绒幕布上画的是引人注目的双头鹰标志。双头鹰源于拜占庭帝国，15世纪索菲亚公主被许配给莫斯科大公伊凡三世，将代表拜占庭帝国的双头鹰标志带到了莫斯科公国。伊凡三世为显示自己是东罗马帝国合法继承者的地位，于1497年颁布法典采用拜占庭帝国双头鹰标志作为国徽。苏联解体后，俄罗斯总统叶利钦签署法令，将使用红色背景的双头鹰标志作为国徽,象征一个横跨欧亚大陆、疆域辽阔的大国,一头在欧洲,一头在亚洲;一头望向西方,一头注视着东方。

舞台的正面采用科林斯柱式,柱头以毛茛叶纹装饰。毛茛叶层叠交错,并以卷须花蕾夹杂其间,看起来像是一个花枝招展的花篮被置于圆柱顶端,豪华富丽。观众台正对着舞台的过道,左右对称,呈逐级上升的圆弧形分布。四周的墙壁是取材于古希腊罗马神话中,与戏剧相关的人物造型的雕塑。

坐在红色丝绒质地的座椅上,我的思绪已穿越时空200多年,陶醉在深思世界里。1783年11月6日,被欧洲誉为"北方的雅典娜"的叶卡捷琳娜二世下令在彼得大帝旧冬宫地址兴建艾尔米塔斯剧院。这座具有古典主义建筑风格的剧院设计和建造出自圣彼得堡著名建筑师科瓦列之手,无论在风格还是在气势上都是当时俄罗斯及欧洲最完美的建筑之一。两年后,盛装的女皇在奥地利皇族成员的陪同下,在新建成的剧院里,很满意地欣赏一场精彩的表演。想到能像女皇一样坐在这里,观赏"冬宫皇家剧院版"的芭蕾舞剧《天鹅湖》,心情异常激动。芭蕾舞剧《天鹅湖》《睡美人》和《胡桃夹子》是俄罗斯作曲家柴可夫斯基的"古典芭蕾三大舞剧"。这三大舞剧,使萌芽于意大利、孕育于法国的芭蕾舞,在俄罗斯获得了惊人的成就。在这三大舞剧中,《天鹅湖》最负盛名,每个芭蕾舞团都会排演《天鹅湖》。芭蕾舞不仅是悦目的艺术,而且是通过眼睛进入心灵深处的艺术。《天鹅湖》从1905年起,就在这座宏伟壮丽且富有历史感的皇宫剧院演出,每年数以万计的芭蕾舞爱好者从世界各地赶来,只为一睹该剧院的精彩演出。

开场音乐响起,由交响乐伴奏的芭蕾舞剧《天鹅湖》终于拉开了序幕。我的思绪被拉入剧中,全神贯注地感受芭蕾舞的精华和魅力,领略原汁原味的俄罗斯芭蕾舞文化,全身心地享受这场顶级芭蕾舞演出的视听盛宴。

演员们用他们精湛的舞技与饱满的情感,透过脚尖的灵魂把观众带入了幻境。取材于神话故事《被施魔法的面纱》的《天鹅湖》,融合了独舞、双人舞、多人舞和群舞等芭蕾舞剧中所有的舞蹈形式,塑造出两个互相对立却又互相反衬的女性角色:纯洁无瑕的白天鹅与邪恶魅惑的黑天鹅。女主角同场舞剧要跳两个相反角色的舞蹈，难度极大。跳白天鹅时，运用几种阿拉贝斯克的芭蕾舞动作，还要做出单足趾尖旋转和迎风展翅等优美的舞姿。当白天鹅在蓝色的湖面幕布前，伴着行云流水般的音乐，展开翅膀翩翩起舞时，我仿佛漫步湖边，被清澈和清凉包裹着，有一种说不出的舒畅。跳黑天鹅时，以著名的32圈"挥鞭转"的轴转舞绝技，显示其欺骗王子爱情的魅力。因为演员的气质优雅、动作豪放，使我对代表邪恶的黑天鹅也生出些许怜悯之情。

从舞剧的序幕到终曲，那抒情的旋律泉涌般不断流淌出来，让听众始终沉浸在诗般的优美音乐之中。主旋律百听不厌，每一支乐曲就像一首具有浪漫色彩的抒情诗篇，每一场音乐对场景的描写、对戏剧矛盾的推动以及对各个角色性格和内心的刻画都恰到好处，演员的优美舞蹈和表演绝技可谓珠联璧合。像《四小天鹅舞曲》《西班牙舞曲》《那波里舞曲》《白天鹅双人舞曲》等著名段落沁人肺腑，无不勾起观众对美好生活的回忆和向往。有专家曾称赞："柴可夫斯基的《天鹅湖》在听觉上具有感人至深的神功。"

魔法师的魔咒，在王子和白天鹅奥杰塔忠贞的爱情面前如乌云般散尽。终场前的音乐铿锵有力，充满了喜悦和激动。《天鹅湖》不仅以爱情的力量战胜了魔法，感染了现场所有人，而且整台演出的舞蹈、音乐相得益彰，成为现存版本中对柴可夫斯基"旋律之王"最好的诠释，也成为交响乐和芭蕾舞跨界的不朽传奇。

在经典艺术的王国里，芭蕾无疑是一朵奇葩，它那优雅迷人的独特气质，让无数人为之沉醉、倾倒。在艾尔米塔斯剧院上演的《天鹅湖》更是以芭蕾艺术的典范，随着历史的积淀而散发出经久迷人的芳香。这团香气会洋溢在我的身边，这个艾尔米塔斯剧院之夜令我终生难忘……

# 灵魂·栖息

# 丁香花开的城市

2017年的"五一"小长假，有朋自远方来。陪他们游青城，成了我的荣幸。他们想去的地方有大召、昭君墓和内蒙古博物院等，不难看出他们对青城的名胜早有耳闻。

5月的青城乍暖还寒，街边的丁香花很知趣地迎风盛开着，茂而花繁，朴素而不娇气，香气馥郁而持久，不失为花中君子。挺拔苍翠的油松像"护花使者"一样在它的身边站成一排。丁香、油松刚柔并济、相得益彰，恰是青城儿女人格的写照。青城的喜悦洋溢在脸上，也藏进了丁香的花蕊里。

每个到过青城的人，都会以自己的眼光给出一种评价，很难用一两句话来概括。因为她的身体里蕴含的文化元素太多，我却不知从何说起。青城是怎样一个所在？青城地处边陲，疆开远域，不仅集塞外山川形胜之大观，而且还有着相当丰厚的历史文化积淀。它北依大青山，南临黄河，辖一旗四县四区，萃一代风骚，是誉满全国乃至世界的历史文化名城。

青城也和许多城市一样，分旧城区和新城区。我家住在南二环边上，离旧城较近，所以决定按西北东南的方向出发，正好绕城一周。我们先去了旧城，旧城不同于新城，一年四季总是弥漫着市井和人文的味道，寄托着人们的乡愁和怀念。我是个怀旧的人，工作单位也在旧城区，每天上下班的路上，看见街道旁五花八门的地摊，虽为"行路难"所困扰，但总能从中感受到市井小人物生活本真的滋味和气息。

谈及青城的崛起，自然会追溯其历史渊源。早在400多年前统领土默特部的阿拉坦汗及夫人三娘子，便仿照元大都的营造模式，开始兴建这座史称归化城的塞外古城。清代诗人高其倬著有《青城怀古》："筑城绝塞跨冈陵，门启重关殿百层。宴罢白沉千帐月，猎回红上六街灯……"这首诗反映了这一胜迹的真实面貌。建国初期，旧城区发展成一个商铺林立、市声如潮、集塞外民俗文化与风味小吃之大成的传统市场。以早茶而论，这里的茶水是用压制的红、青砖茶泡的，浓酽以极。而且，选用名声籍籍、已有数百年历史的"御泉井水"冲泡，故在品茗时，会有一种无形的神秘感和尊贵感潜藏其中。正是这种名泉名饮和名点（即有"内蒙古一绝"之称的烧卖）吸引了四方宾客，使他们在畅饮之后，如有醉人的感觉。如今，内蒙古的各色菜系应有尽有，而地域特色最强的烧卖馆，更是遍及青城，让人目不暇接。一线穿珠的中山路，作为商业中心繁华依旧。旧城400多年的文化底蕴浓缩成人们熟知的公主府、昭君墓、大召、席力图召、五塔寺等。

乾隆时期，从军事防卫的需要出发，建起了一座与旧城相对峙的绥远城（俗称新城），内设将军衙署、钟鼓楼、万寿宫、审祠庙及军营等宏大建筑，其中将军衙署至今保存完好。青城的历史建筑，还有不少是名播海内外的，如曾有康熙遗墨的公主府（国内唯一现存的公主府），它位居北郭、背倚青山，是一座雄阔凝重、内藏秀逸又独具皇家气象的宫廷式建筑。

走在成吉思汗大街，远远望见了以动感曲线为主体建筑的内蒙古体育馆。圆形的屋顶和条状起伏的绿地，宛如草原上的蒙古包和飘动的哈达，洋溢着民族特色，展现了体育与城市、与人的和谐。

开车行驶到东二环，两个具有民族特色的建筑物映入眼帘——内蒙古博物院和乌兰恰特，犹如绿色草原上矗立的巨大的、别具一格的蒙古包。仿佛看到那个不屈的"马背民族"，沿着那条蜿蜒的"草原之路"从远古走向未来。

内蒙古体育馆、博物院和乌兰恰特，是自治区成立60周年时的三大标志性建筑。它伴随着自治区走过了10年的风雨历程，矗立在草原青城、矗立在草原儿女的心上，成为岁月的浓缩和历史的见证。

一个地道的北京人会很风趣地向你讲出许多老北京的掌故，能指着某条胡同告诉你曾经发生在这里的故事。但是在青城，尽管有很多历史人物和近代的文物，可多数的青城人却对其知之甚少，何况我一个外乡人。青城人往上数三代，大多不是土生土长的，所以这座城市缺少积淀和传承，市民们对城市的感受和认同大都来源于日常生活。比起久远的历史，他们更关心与自己生活息息相关的东西。他们可以准确地说出哪里的烧卖正宗地道、哪里的涮羊肉量大又新鲜、哪里的房子结构好且价格公道，他们对城市的了解也仅限于此。但也有不少文人墨客，在青城日新月异的变化中，研究厚重的历史文化特色，浓墨重彩地描绘着青城的锦绣画卷。

青城在纠结中发展着，这里的人们却浑然不知、习以为常。似乎突然间门前的快速路贯通了，给人们的出行带来了方便；小区的周围多出了一个公园，闲暇之时，有了一个好去处；拥挤的街道变得宽敞而整洁，再不用因无法立足而发愁……

青城之美在于它的古朴。她既有现代大都市的繁华和喧嚣，也不失塞外边城的质朴和宁静。生活其中，总能让人去伪存真，找到最真实的自己。只要你用心去发现、去寻找，总会在城市的建筑中、在当地人的言语和思想中，找寻到饱含着勤劳智慧的青城人对待文化的自信和包容。

"天堂草原、魅力新城"是青城的真实写照，而"国家森林城市"的称号，更是建设"生态城市、和谐城市、幸福城市"的见证。转型发展的青城，新增了伊利、蒙牛等城市品牌，有了"中国乳都"的美誉。无论你从任何一个城市来到青城，你都会有另一种滋味。而我有的是精神原乡的滋味，这种感觉一直延续到现在，而且越来越强烈。生活在这里我感到无比幸福，我为首府的巨变感到自豪和骄傲。

那不似园林胜似园林的昭君墓（即青冢），更是享誉全国或者蜚声海内外。墓园内，笔直宽阔的神道、书有"青冢"的牌坊、王昭君和呼韩邪单于策马同行的黑色雕像……这里的一切，无不昭示着"王昭君已经不是一个人物，而是一个象征，一个民族友好的象征；昭君墓也不是一个坟墓，而是一座民族友好的历史纪念塔"（翦伯赞语）。站在昭君博物院门前，抬头望望，像羊绒一样的白云在蔚蓝的天空上飘浮，就像在平静的海面上看到的亮丽倒影一样，让人感觉心旷神怡。

在一曲蒙古族长调的悠远和辽阔中，我们踏上回家的路。那种永恒的苍凉和悲怆，无论何时何地听到都会使人冲破民族和民俗的界限，穿越时空，唤醒人们对草原的依恋和梦想。

青城这个以丁香花为市花、以油松为市树的塞外名城，必将花团锦簇、欣欣向荣……

# 王昭君的和平情怀

在一个秋风萧萧、秋雨绵绵的日子里，我怀着仰慕已久的心情，步入位于呼和浩特市南9公里、大黑河畔的昭君墓，去感受2000多年前怀抱琵琶、出塞而来的汉家女子王昭君的和平情怀。

站在大门口，便可望见那座高达33米、浓绿如茵的"青冢"。据说，"33"象征昭君出塞的年份——公元前33年。望着那一抹幽绿，杜甫的那首《咏怀古迹（其三）》又回荡在耳边："群山万壑赴荆门，生长明妃尚有村。一去紫台连朔漠，独留青冢向黄昏。画图省识春风面，环佩空归夜月魂。千载琵琶作胡语，分明怨恨曲中论。"我想，此诗叙事明确，形象突出，寓意深刻，概括了王昭君家乡、宫廷和大漠这三段式的阅历。

## 生长明妃尚有村

王昭君，名王嫱（晋代避司马昭之讳，改称明妃），出生在香溪上游兴山县的宝坪村。那里江水湍急，日夜咆哮，两岸山势高峻，怪石嶙峋。战国时，

115

香溪曾出过一位著名人物，那就是屈原。他视野远大，聪明智慧，勤劳勇敢，疾恶如仇。王昭君出生时正值汉朝的辉煌盛世，百姓丰衣足食，但宝坪村比较荒僻，王昭君的父母亲带着两子一女，仅靠耕种几小块山坡地、种些杂粮维持生计。农闲时，帮助逆江而上的船只拉纤贴补家用。生活虽然清苦，但家庭和乐，与世无争，更重要的是王家也曾是受人尊敬的诗礼门第，所以始终保持先人的传统。王昭君除了跟着母亲娴习女红之外，还在父亲的督促下读书、习字、弹琴。她虽然生长在穷乡僻壤，却深受屈原爱国主义思想的教育和熏陶，在吸纳长江文化营养的环境中长大成人，饶有大家闺秀的风范。

## 画图省识春风面

王昭君天生丽质，聪慧异常，琴棋书画，无所不精。"娥眉绝世不可寻，能使花羞在上林。"王昭君的绝世才貌，顺着香溪水传遍南郡直至京城。公元前36年，汉元帝昭示天下，遍选秀女。王昭君为南郡首选。仲春，王昭君泪别父母乡亲，登上雕花龙凤官船，顺香溪，入长江，逆汉水，过秦岭，历时3月之久，于初夏到达京城长安，为掖庭待诏。传说，王昭君进宫后，因自恃貌美，不肯贿赂画师毛延寿，毛延寿便在她的画像上，点上丧夫落泪痣。王昭君被贬入冷宫3年，无缘面君。在宫中，王昭君除了担负一些轻便工作之外，余暇时，读书写字，唱歌跳舞，研习音律与绘画，不断充实自己，磨炼自己。午夜梦回，她不免倍感凄清与孤寂，花样的年华一天天消逝，不知究竟何时才有出头之日，又如何上报父母的养育之恩？

## 一去紫台连朔漠

据历史记载，从汉武帝元光二年（公元前133年）到汉元帝竟宁元年（公元前33年），即昭君出塞历史事件发生的整整一百年内，汉匈长期处于残酷的交战状态。血与火的战争，给汉匈民族带来了水深火热般的灾难，使社会文明遭到了巨大破坏。公元前33年，北方匈奴首领呼韩邪单于主动对汉称臣，求婆汉朝皇家公主，以结永久之好。12位公主都不愿远嫁，汉元帝只有尽召后宫妃嫔。王昭君深明大义，自愿请行。据《后汉书·南匈奴传》卷八十九记载：王昭君"丰容靓饰，光明汉宫，顾影徘徊，竦动左右。帝见大惊，意欲留之，而难于失信，遂与匈奴。"便赏给王昭君锦、絮、黄金、美玉等贵重物品，亲自送出长安十余里，并将年号改为"竟宁"，以示纪念。汉元帝还把她的父母兄弟一齐接到长安，赐宅、田，妥善安置。

王昭君在队队车毡细马的簇拥下，肩负着汉匈和亲之重任，别长安、出潼关、渡黄河、过雁门，历时一年多，于第二年初夏到达漠北，受到匈奴人民的盛大欢迎，并被封为"宁胡阏氏"，希望她能为匈奴带来安宁和平。

## 独留青冢向黄昏

王昭君胸怀和平使命，奔赴塞北后，汉匈团结和睦，国泰民安，呈现出"三世无犬吠之警，黎庶无干戈之役，人民炽盛，牛马布野"的和平景象。公元前31年，呼韩邪单于亡故，留下一子，名伊屠智伢师，后为匈奴右日逐王。当时，王昭君以大局为重，忍受极大委屈，按照匈奴"父死，妻其后母"的风俗，嫁给呼韩邪的长子复株累单于。年轻的单于对王昭君更加怜爱，夫妻生活十分恩爱甜蜜，接连生下两个女儿，长女名须卜居次，次女名当于居次（"居次"意为公主），后来都嫁给了匈奴贵族。公元前20年，复株累单于去世后，昭君自此寡居。王昭君的兄弟被朝廷封为侯爵，多次奉命出使匈奴，与妹妹见面。王昭君的两个女儿也曾到长安入宫侍候过太皇太后（汉元帝的皇后）。太皇太后的侄子王莽夺权篡汉后，匈奴单于认为"不是刘氏子孙，何以可为中国皇帝？"于是，胡汉再度燃起烽火，昭君也在悲愤中辞世，被厚葬于大黑河南岸。据说入秋之后，塞外草色枯黄，唯昭君墓上草色青葱一片，所以叫"青冢"。

纵观王昭君的一生，知识赋予她力量，博爱使她坚强，苦难丰富了她的阅历，幸福激发她的乐善好施。多元文化的哺育、吸纳与交融，使她学会了在交锋与磨合、交流与融和、绝望与希望中选择忍耐与宽容，最终形成了她宽厚宏阔、和平友好的博大胸怀和追求汉匈民族和谐共处的高尚品德。

墓园内，笔直宽阔的神道、书有"青冢"的牌坊、王昭君和呼韩邪单于策马同行的黑色雕像……这里的一切，无不昭示着"王昭君已经不是一个人物，而是一个象征，一个民族友好的象征；昭君墓也不是一个坟墓，而是一座民族友好的历史纪念塔"（翦伯赞语）。是啊，"昭君出塞"是汉匈历史上一次重要的事件。元代诗人赵介认为，王昭君的功劳不亚于汉朝名将霍去病。王昭君的历史功绩，不仅仅是她主动出塞和亲，更主要的是她出塞之后，使汉朝与匈奴和好，边塞的烽烟熄灭了50年，也增强了汉族与匈奴民族之间的民族团结，是符合汉族和匈奴族人民利益的。王昭君的故事，已成为我国历史上流传不衰的民族团结的佳话。

# 镶嵌在敕勒川上的"宝镜"

七月流火，2018年却一反常态，一连几天的大雨，让人在伏天里体会到秋凉的感觉，有种想回归自然的冲动。7月14日，天气晴好，吃过早饭，难得休息的儿子、儿媳，要带我们老两口和爱犬钻石去自驾游。我问："去哪儿？"儿子答道："去'塞上西湖'哈素海观景、吃鱼。"正合我意，我早想去探访一下这位"老友"啦！

哈素海就像呼和浩特市的后花园，相距只有70多公里，一个多小时的行程。车在路上行驶，我从车窗望出去，一条再熟悉不过的道路，可是两侧的风景却发生着日新月异的变化，我的老友哈素海会以怎样的面貌示人呢？与哈素海结识已有30多年了，那时的我在内蒙古西部的乌拉山发电厂生活和工作，来呼和浩特市办事，都要途经哈素海。哈素海的鱼很鲜美，每次路过我们都要去品尝这里的人间美味，同时去欣赏哈素海的美景。哈素海不是海，是黄河变迁后遗留的牛轭湖，属大黑河水系的外流淡水湖泊。哈素海，是蒙古语哈拉乌素海的简称，意为"黑水湖"。生活在草原上的人们向往大海，所以称之为"海"。初次谋面，我好生感慨：好一个哈素海，坐北朝南，依山而卧，犹如镶嵌在敕勒川上的宝镜！置身岸边，近观湖内碧波荡漾、芦苇丛生，鸥鸟在芦苇丛中啼鸣，于湖面起舞，恣意飞翔；远望大青山上云海长消，壮阔豪放，透彻天地。后来，我调到呼和浩特市工作，已10多年没去造访了。但是无论你去与不去，哈素海都像埋藏的宝镜，韬光养晦。那时的哈素海，已是我们身边最美的风景，今天又怎能抑制住由来已久的神往呢？

等我回过神来，已到了景区的北大门，上书几个大字：敕勒川草原文化旅游区。时过境迁，物是人非。如今的哈素海已是以天然湖泊为主要景观，集江南水乡、蓝天绿地、民族风情等美景于一身的公园，也是集农田灌溉、水产养殖、观光旅游为一体的水资源圣地。哈素海，北依大青山，东、南、西三面被农田和牧场所包围。景区有全长24公里的环海公路，有天鹅堡温泉、戏水乐园、圣主广场、草原文化区等景点。那30万平方公里水面上，还有荷花钓岛、天鹅湖、野鸭湾等旅游景点和一座水库、一个渔场。虽没有杭州西湖妩媚多姿，却也广袤无垠，难怪有"塞外西湖"之称。

望着宽广平坦的环湖大道，我说："真想来一场环湖骑行！"儿子说："天太热，小心中暑，还是开着车来个环湖游吧。"儿媳说："对，可边赏美景，边谈笑风生。"我说："要想好好感受哈素海的意境，只有远看、慢行、细琢磨，才会发现不一样的风景。"

进了大门，不远处便是荷花钓岛。置身这风姿绰约的荷花池边，木质栈道，曲径通幽。湖里荷花开得正艳，圆圆的绿色荷叶覆盖着水面，红的、粉的、白的荷花竞相开放，点缀其间，经妩媚的阳光照射，更显娇艳欲滴。透过荷叶的间隙，水面之下的鱼儿边觅食边静静游；水面之上蜻蜓点水款款飞。我一边倚栏拍照，一边向前挪步。不知不觉中，我们到了栈道的尽头。坐在凉亭里，我用一句诗来表达此刻的意境：接天莲叶无穷碧，映日荷花别样红。

上车前行不远，到了天鹅湖。沿着被芦苇荡簇拥着的木质栈道前行，远远看到几只黑天鹅和白天鹅在小岛上清理着羽毛，仿佛在跳芭蕾舞《天鹅湖》中几个高难度动作。有几只天鹅在水面上悠然自得地游荡，几位女同胞带着孩子拿着蔬菜来喂天鹅。儿子、儿媳站在湖中的栈桥上，拿着刚买的食物，也在喂天鹅。天鹅们低头、曲颈、张开红红的嘴，一下一下啄食，彼此之间没有争抢，显得分外和谐。这里真是候鸟的天堂。一个男孩儿晃动着身体，吟诵着骆宾王的《咏鹅》：鹅，鹅，鹅，曲项向天歌。白毛浮绿水，红掌拨清波。

再向前行，到了隐藏在芦苇荡深处的野鸭湾。野鸭成群结队地出没芦苇丛，自由自在地游来游去，带起行行微波。鸥鸟从头顶飞过的啾啾声，鱼跃出水波的刺刺声，快艇经过发出的轰鸣声，和着远处传来的高亢嘹亮的渔歌，令人沉静在诗情画意之中。驻足湖畔，极目远望，碧波万顷。在这水天一色的淡然中，不禁发出"落霞与孤鹜齐飞，秋水共长天一色"之感叹，心灵仿佛弹奏起一首优美舒展的乐曲。美景如音乐，叩开我们的心门，怡然明净宽广，好好地活在当下才是我们最应该做的事情。

环湖路沿途下来，进入草原区，最先看到的就是圣主广场，这是在敕勒川这块圣洁的土地上为成吉思汗铸起的丰碑。这组由大理石和青铜打造的，漂亮、壮观、精美的雕塑群共分3层。主体在最上面一层，是一座由青铜打造的穹顶天宫，穹顶的创意是日、月、火，被4根雕刻精美的汉白玉柱子高高擎起。天宫的正中是用青铜雕塑的圣主成吉思汗的坐像，他目视前方，右手微举，面色凝重。中间一层呈方形，四周塑有成吉思汗的4个儿子的青铜像。最下面一层也呈方形，雕有四杰、四弟、四犬，寓意着不屈不挠、忠心耿耿、捍卫疆土的精神。周围的汉白玉栏杆上，挂满了三色哈达。高台四周的铜板上镌刻着成吉思汗的15则箴言，其蕴含的古老智慧，代代传承。敕勒川草原上的每一个呼和敖包，都有一个传奇的故事；每一道勒勒车辙，都预示着前行的历史车轮。银鞍照白马，飒沓如流星。"一代天骄"成吉思汗建立了人类历史上疆域最为辽阔的国家，是令世人景仰的民族英雄。

在儿子预订的餐馆里我们吃了一顿鱼宴，有我最爱吃的红烧黄河鲤鱼和清炖草鱼。这里的黄河鲤鱼，肉质细嫩，味道鲜美，称得上是鱼中上品，再加上由专做鱼的高级厨师烹饪，每当回想起来，那味道似乎还唇齿留香。

回家的路上，车里的音响一直播放着腾格尔演唱的歌曲《天堂》：蓝蓝的天空，清清的湖水……这是我的家……我的思绪随着悠扬的马头琴声，一泻千里。哈素海与大青山之间这片广袤的草原，昔日的敕勒川，今朝的土默川。敕勒川因北魏民歌《敕勒歌》而世代相传；土默川必将因哈素海而雄姿英发。哈素海这个曾经被黄河遗弃的"后泊儿"，经过几代人的精雕细刻，终于容光焕发。平静如镜的湖面，倒映着蓝天白云、青山绿树，构成了一幅安详宁静的"塞上西湖"水墨图，可谓美不胜收！

# 盛乐古城：草原第一都

　　在呼和浩特市和林格尔县盛乐经济园区的西侧，矗立着一座规模宏大的古城遗址，那就是我国历史上北魏王朝最初的都城所在地——和林格尔土城子古城遗址，即历史上沿用两千余年的盛乐古城，也是全国重点文物保护单位。它是中国北部草原建立的第一座都城，既见证了拓跋鲜卑创建北魏的历史，也展现了中原与北方游牧民族交融的古代文明。

　　古城东傍蛮汗山，北依大青山（古阴山），西濒黄河水道，南扼古道杀虎口，处中原通往漠北的山口要冲地带，历代王朝均在此驻兵设治。西汉时期，古城为定襄郡成乐县，东汉归云中郡。曹魏时期，定襄郡、云中郡被迁至今山西省境内，盛乐被弃。直到拓跋鲜卑始祖力微进驻，才使盛乐成为拓跋鲜卑代政权时期的北都。

　　东汉末年，鲜卑拓跋部走出东北大兴安岭嘎仙洞，逐渐南迁。到西晋时期，鲜卑拓跋部已进入阴山一带。公元258年，拓跋鲜卑首领力微率部南下，将所部分为3部，其中猗卢率领的西部以土城子古城为活动中心。拓跋力微迁居盛乐后，统有大、小部落108个，取得世袭的大酋长之位，统领了整个漠南之地。

拓跋珪即位后，尊崇他为始祖。公元313年，拓跋猗卢一统3部，正式建立政权，即代王位，以盛乐为北都，平城（今山西大同）为南都，扬威北疆。现在土城子古城的中城即当时所建。公元386年，拓跋珪即代王位，建元登国，改称魏王，仍以土城子古城作为盛乐都址所在。公元398年秋，在满朝文武大臣的劝进下，魏王拓跋珪登基称帝，始设天子旌旗，迁都平城。次年改号为皇帝，正式建立了北魏王朝，后定都洛阳，成为中国历史上第一个由北方游牧民族入主中原建立的政权。

拓跋鲜卑迁居盛乐，游牧民族崛起，实现了由游牧到半农半牧、由帐居到定居的历史性跨越，建立代国和北魏，盛衰延续将近300年。有15位拓跋部的首领在此即位，另外代国的7位代王中，有6位代王以盛乐为都。拓跋部定都盛乐以来，先后3次建筑盛乐新城。拓跋珪将都城迁到平城，盛乐城虽已不是政治中心，但在其附近还埋葬有北魏早期5代皇帝的陵墓，足见其当时政治地位的重要性。

盛乐城延续使用时间长达1000多年，到隋朝筑起为突厥民族居住的大利城；唐朝先后改置为云中都护府、单于大都护府、振武军城；辽置振武县；金改镇。盛乐古城遗址平面呈不规则的多边形，墙体系用灰黄色夹有细砂的黏土夯筑而成。东西约1550米，南北约2250米，面积达439万平方米。城墙残垣最高处有5米，最低处有1.2米。古城遗址分南城、北城、中城。南城系春秋战国至魏晋时期的遗存；北城系唐代的遗存；中城遗存堆积最深处可达10余米，含战国、汉、魏晋唐、辽金元等多个时期的文化遗存。近年，这座古城遗址陆续发现了2000多座古墓葬和出土了大批极具史料价值的文物。

随着历史的发展，拓跋鲜卑消失在时空的灰烬中，北魏也退出了历史舞台。盛乐古城作为北魏的发祥地，至今保存着古城遗址，城郭清晰、城垣雄伟，是北魏盛乐鲜卑文化的主要地上遗存。当代人续写着盛乐之梦，出于怀"根"情结，和林格尔县将经济工业园命名为盛乐，也将南山公园的百亭园以盛乐为名，并以盛乐古城遗址和北魏鲜卑文化演绎为主导，建成包括博物馆在内的历史文化演变公园。茫茫大草原，依然记得北魏曾经有过的辉煌……

# 丰州故城：一座因兵戎而兴建的城

20世纪70年代，呼和浩特东郊白塔村的村民在平整土地时，拣到一些破碎的瓷片。正是村民的无意之举，掀开了丰州故城尘蒙千年的遗迹。

公元10世纪，生活在内蒙古东部辽河地区的游牧民族契丹族强盛起来，建立了国号为"辽"的政权。辽太祖耶律阿保机率部西征，沿途降服了阴山南麓各部落，在今呼和浩特地区设置了丰州、东胜、云内3个州政权，被称为"西三州"。东胜州和云内州位于今托克托县境内；丰州下辖富民和振武两个县，振武县位于今和林格尔县境内，富民县在今呼和浩特市区以东。为防范其他游牧民族的侵扰，把天德军从河套地区迁到富民县驻扎，建起一座万户之城，名叫"丰州城"，又被称为"天德军"（今呼和浩特市东郊白塔村一带），城外这片广阔的平原称为"丰州滩"。丰州城为长方形，城围2.5公里，面积1.3平方公里。城墙用土、白灰等夯筑而成，高约8米，四面开门，并筑有瓮城。城内的建筑布局仿照唐代中原城市的形制建造，按照唐代城市的"里坊制"，以十字大街将城市划分为东北坊、东南坊、西南坊、西北坊4个区域。官衙府第、店肆民宅、作坊、寺观等都有序地分布在各坊之内。丰州城地理位置重要，城内设军事指挥机关西南路都招讨司，还有行政机构西南面安抚使司、西南面巡检司等。丰州为府级，府尹为正三品。因为城内设置了榷场（市场）而日渐兴盛起来，成为商人云集、百货交汇之地。

满腹经纶的耶律阿保机为了巩固统治，想利用佛教来归顺汉民，一时间辽国庙宇广建，佛塔林立。丰州，这个因兵戎而建的城市，城内也有了宫殿、庙宇、宝塔等建筑，其中大明寺白塔，宁静祥和，高耸入云。

丰州城建城后，历经辽、金、元3个朝代。在辽、金数百年间，此地基本没有发生过较大的战乱。长期的和平环境和人口的不断增长，促进了当地农牧业和手工业的发展，也带来了商业的繁荣。进入元朝，丰州城不但是一个车马商队不绝、大小市场喧嚣的塞外商城，更是连通东西南北各条商路的中心枢纽。意大利旅行家马可·波罗从西方来到中国，就是路经丰州城到达元上都（今内蒙古锡林郭勒盟正蓝旗境内），他在《马可·波罗游记》中写道："这个省出产大量优质的石头，可制成天青色的颜料，这里用骆驼毛织造布匹，人民以商业、农业、手工业维持生活。"如今，在白塔内壁的碑刻和题记中，依稀看到一些文字，这些文字翔实地记载了丰州城内几十条街道和城外几十个村庄的名称。丰州城有的街道是用官府衙门、宗教寺庙或人名姓氏命名的，如县衙巷、官察巷、大觉寺巷、北禅院巷、刘公进巷等，还有以市场或作坊命名的，如牛市巷、染巷、酪巷等，从这些街巷的名称和村庄的数量，不仅反映出丰州城的繁华景象，也反映出当时的丰州滩上，人烟稠密，各族友好相处的往来盛况。元世祖忽必烈的重臣刘秉忠曾几次经过丰州滩，留下了《过丰州》诗一首："山边弥弥水西流，夹路离离禾黍稠。出塞入塞动千里，去年今年经两秋。晴空高显寺中塔，晓日平明城上楼。车马喧阗尘不到，吟鞭斜袅过丰州。"

丰州城，这座绵延兴盛了450多年、人口超过25万的繁华都城，到元末明初时期，由于连遭战火洗劫，百姓们弃城而逃，使之成为一座空城。解放初期，丰州故城的四周墙体还很清晰，随着河西铁路穿城而过，城墙逐渐湮没，只剩下南城墙孤居一隅，成了一座消失的城市。城内曾出土过大量的历史遗物，其中辽代陶雕的"菩萨头像"、元代的瓷器"兽足钧窑香炉"和元代的早期钱币

"中统元宝交钞"等，都是极为罕见的珍贵文物。

洪水淤泥将丰州城往日的繁华深埋厚土之下，仅留下一座"白塔耸光""一柱擎天"的白塔，见证了昔日的兴衰之后，独享着红尘之外的宁静与淡泊。

# 云中古城新韵

　　托克托县隶属于内蒙古自治区首府呼和浩特市，地处呼和浩特市、包头市、鄂尔多斯市"金三角"腹地，就像一颗璀璨的明珠闪耀在大青山南麓、黄河北岸的土默川平原上。初涉托克托，是在2011年9月的第二届黄河旅游文化节上，我有幸参加了呼和浩特市作家协会的创作基地揭幕和首届"云中文苑"创作笔会。一踏上这片集黄河文化、历史文化、云中文化之大成之地，顿感历史悠久、钟灵毓秀、人杰地灵、文化底蕴深厚。文园魅力、古城遗迹、葡园飘香、神泉惠泽……此情此景，如一幅幅田园风景画，摄入我心灵的底片上，在岁月的长河中，经冲洗、放大、着色，存储于记忆的相册中，永不褪色。

## 文苑魅力

　　身在云中古城，所到之处都洋溢着浓厚的文化气息。走进云中文化宫，每层的楼道里都挂满了骚人墨客的诗文和艺术家的摄影作品，阵阵墨香扑鼻，吸引着人们驻足观赏。每幅作品都闪现出作者的灵气和悟性。文化宫的会议室里，作家、诗人、文学爱好者云集，更显托克托县人才济济，每篇文章都展现着崇高的目标、不懈的追求和美好的未来。步入云中文化研讨会现场，各路精英挥毫泼墨、各显神通，一幅幅飘逸的、苍劲的、鲜活的、龙飞凤舞的书画作品，将四壁装点得五彩缤纷，淡雅的墨香秀出了文化苑中的朵朵奇葩。坐在第八届"云中情"晚会演出现场，观看俊男美女们精彩纷呈的表演，悠扬美妙的歌声、翩翩飘逸的舞姿，展现着云中地域文化的独特个性。那首柳志雄老师作词、车若娟老师作曲的《我家住在黄河边》，唱出了父老乡亲的心声，正是"双河处处展画卷，家乡一步一重天"。据说，双墙秧歌、托克托民间故事集和托克托曲艺均为自治区级非物质文化遗产。

## 古城遗迹

古时，这里曾是金戈铁马、烽火弥漫的边陲要冲，也是池深埠密、商肆繁盛的塞外名镇。有秦始皇三十六郡之一的云中古城；有唐代边陲要塞东受降城，辽、金、元的云内、胜州等13座古城；有广宁寺、龙王庙、清真寺等十几处寺庙。在托克托城内西北隅，尚有两座小古城，相传西面的一座叫"大皇城"，东面的一座叫"小皇城"。大皇城内发现的辽、金、元、明各代遗物甚多，而且还发现了唐代的建筑材料和遗物。康熙帝第二次亲征噶尔丹途中，路过呼和浩特，从托克托县的湖滩河溯横渡黄河，传为佳话。在众多古迹中，最具传奇色彩的当数河口龙王庙。咸丰年间，人们"靠水吃水"，为了感恩于养育他们的黄河以及祈求平安幸福，便建起了这座龙王庙，香火很旺盛。如今不见庙堂，仅存的两根铸铁盘龙旗杆耸立于原龙王庙门前（现围在一个小院子里），历经148年而不移。蟠龙旗杆由山西太原府太谷县金火匠人聚盛隆造，高三丈六尺五寸，表示一年365天。细观旗杆最抢眼的还是龙的造型，每根旗杆中段都有一条巨大的蟠龙，上面镂空的斗方四面共有8条小龙，张牙舞爪，栩栩如生。下面一副工整的楷书对联："海晏河清威灵著绩，风调雨顺亿兆蒙休"，颂扬"黄河龙王"的功德，企盼着世代安康。旗杆上还以琴、棋、书、画、"八骏马"、"暗八仙"等图案，显示出民间艺人的聪明和智慧。在"文化大革命"中，龙王庙全部被毁，那两根用铲车都没有铲断的铁旗杆，如今成了内蒙古自治区级重点保护文物。我们还参观了在建中的广宁寺召。当年的广宁寺，也叫"奉旨召"，由清廷政府拨款建造。距托克托县城7公里，坐落于中滩乡召湾村，占地面积5万多平方米。寺内建筑随山势而布设，鳞次栉比，殿堂巍峨，富丽堂皇，雕梁画栋，工艺精良。这一宗教历史文化瑰宝，也在"文化大革命"中被彻底摧毁，寺内文物混抢散失殆尽。2007年，广宁寺开始选址重建，占地面积6万平方米，总建筑面积7000平方米，等待着我们的将是一个自然景观与人文景观和谐交融的优质旅游区。

## 葡园飘香

前往河口途经黄河一溜湾时，正值第二届葡萄节。这片浓绿、紫红相间的黄土高坡，已具有200多年栽培葡萄的历史。沿着那湾青紫叠翠的、窄窄的水泥道前行，只见每户农家的房前屋后、院内院外都种满了葡萄。伴着阵阵飘香，进入漫山遍野绿意葱郁的葡萄园，映入眼帘的是"幢幢翡翠楼，层层珍珠塔"，使人目不暇接。我们边看风景，边随手采摘水汪汪的葡萄品尝，酸甜可口。仿佛置身于自家的田园里，远离都市的喧嚣，忘却繁杂的工作，忘却荣辱得失，有了"采菊东篱下，悠然见南山"的悠闲之感。此处真是消夏避暑、降压减负的圣地。园内时有女人们将剪下的串串成熟的葡萄装入箱中，上面盖上一层葡萄叶子，然后用胶带封好。上前询问，原来是为了方便游人们购买的，售价25元一箱，可谓物美价廉。昔日一首《吐鲁番的葡萄熟了》，将新疆的葡萄美名传遍祖国的四面八方，但愿今日一溜湾的葡萄，也能美名远播，走向天南海北。

# 神泉惠泽

在这个清风拂面的秋日里，我们来到神泉生态园，饱览"云中胜景"。门口的大鼎底座上刻着"国泰民安"和"灵泉惠泽"。读曹补中《神泉碑记》得知，传说中神泉为龙女化身，笼罩着神秘色彩。前行中，只见黄河故道的"海眼"神泉，汩汩喷涌。泉水清澈透明，凉气袭人，游人在池边畅饮。我急忙用矿泉水瓶接起一缕清泉，喝一口，甘洌爽口，沁人心脾，几口下去，便觉心旷神怡。据说，神泉水清碧甘甜，含有锶、偏硅酸等多种对人体有益的微量元素，每天可以喷水500到600吨，供县城人民使用。南湖公园里的千亩湖泊苇丛茂密，小船轻荡，鱼翔浅底，百鸟啼啭。湖中假山琼岛、楼宇亭台临水而建，翡翠湖和九孔桥精巧别致，如诗如画的美景令人陶醉。驻足黄河北岸远望，水面宽阔，气势恢宏，蔚为壮观。托克托县河口是黄河上游的最后一站，黄河流经托克托县境内37.5公里，由西而来，蜿蜒向南入晋陕峡谷而去，成为晋陕间的界河。古河口处在2000多里航运河道的中段，由于其地理位置优越，成为黄河中游颇享盛名的水旱码头。秦晋两省的商人，利用这条"黄金水道"将边塞草原人需要的食物、布匹、茶叶及各种用品运载过来，再将这里的牲畜、皮毛等土特产运回内地，每日河面上大小船只来来往往，形成空前繁荣的景象。如今的黄河河口，仍不失昔日的波澜壮阔、婉约雄浑。

游托克托城，沉醉于古老文化韵味和绝美的意境中流连忘返。闲暇之时，还想重游这块"得黄河之精华，聚天地之灵气"的宝地，"登黄土高坡，观大漠孤烟，赏黄河落日，听古津涛声，依云中古郡，感云中文化，临东胜卫城，叹沧桑变迁，尝神泉葡萄"。

# 荒漠中的奇迹

2012年7月，因为第二次同学聚会的缘故，我们相聚在恩格贝。在这里游玩，既领略到沙漠化对人类生存环境造成的危害，也看到绿意盎然为荒漠升腾起的希望，更感受到人类在征服荒漠中所创造的奇迹。

站在这片神奇的土地上，在蓝天、白云、沙海、沙湖、绿地的怀抱中，关于恩格贝的信息，伴着清新的空气和沙蒿花的香味扑面而来。恩格贝为蒙古语，意为平安、吉祥。恩格贝生态旅游区位于鄂尔多斯市库布其沙漠中段腹地，北临黄河，离包头市60公里，总面积约2万平方米，其中沙漠1.2万平方米，草场8000平方米，是著名的治沙中心，也是国家级生态建设示范区、全国农业生态旅游示范点、全国首批低碳国土实验区和国家AAAA级景区。

太阳躲在淡淡的云层后面，俯视着树木、山岭和沙漠，清风拂面，温和舒适。同学们依次穿上橘红色的救生衣，乘上白色的快艇游沙湖。快艇如离弦的箭忽快忽慢、忽左忽右地在湖面上穿行，激起千堆雪，浪花中飞出欢乐的歌，那是一首沙漠、沙湖与绿洲和谐共存的赞歌。

沙漠冲浪的装甲车，在疯狂、动感且带有刺激性的迪斯科乐曲声中，矫健地驶上沙漠之路。沙海中原本没有路，驶过的次数多了便成了路，因为沿着道路行驶，少了些许刺激，多了一份沉重。望着匆匆闪现的沙丘，感觉自己是去征服沙漠的勇士。恩格贝像一块磁铁，吸引着祖国各地、世界各国的志愿者，为了共同的绿色目标，前来义务修坝、治沙、植树。人们在这里重现的是绿洲、重建的是精神家园。恩格贝的"第一公民"王明海，作为生产"软黄金"的鄂尔多斯集团的副总裁，冲着种草、养山羊、产羊绒来到了恩格贝。他以12万元买下了2万多平方米沙漠，结果投入了600多万元，收获的只是沙海中的点点嫩绿。不过，正是这点点绿色，为恩格贝人播种下改写沙漠历史的理想和希望。世界著名沙漠专家远山正瑛教授在耄耋之年率志愿者荷锹背苗前来治沙。迄今为止，已有近万名日本人参加了沙漠义务植树，捐献人民币200万元，3个"百万株植树工程"相继完成。一位参加过侵华战争的日本老人，带着颤抖的心来到恩格贝。当年，他是扛着枪来的，现在他是扛着树苗来的。他栽下了绿树，也栽下了一份忏悔，让片片绿色永系中日人民的世代友谊。

赤脚在沙漠上行走，感觉到了沙的温和。骑上"沙漠之舟"在沙漠中行走、负重前行的悠缓的驼步，撞击着古老的传说：昔日的库布其沙漠，曾绿草如茵，牛羊成群，风景秀丽。这里有默默无言的秦砖汉瓦、"天外神石"、"龙泉圣水"，还有西元古城、"独贵龙"的大本营、恩格贝召经灯长明……然而，战火纷飞、洪水肆虐、滥伐滥垦使植被受到严重破坏，渐次沙化，沙漠吞蚀了2万多平方米的土地。荒漠化向人类敲响了警钟，我国每年荒漠化的土地以2400平方公里的速度在不断扩张，而恩格贝人治沙造林使这块曾被人类放弃的土地，重新焕发光彩。恩格贝依托沙漠景观和种养殖业的特色，发挥自然和人文资源的优势，实现生态建设与旅游业的有机结合，形成了五大功能区内含20多个景点，现有各种树木100多万株，水库、水塘面积660多平方米，天然矿泉水一处，响沙两处，一个社会文明、生活富裕的全新的开发示范区正在崛起。

在这里，最刺激的运动当数滑沙了。在高高的沙堆上，我们坐上滑板，两手紧握抓手，身体微向后挺，瞬间冲向谷底，惊叫声、欢呼声此起彼伏，回归了自然、返璞归真，这里就是我们的天堂和乐园。

欢乐的时光总是过得飞快，恩格贝的植树游、沙漠绿洲观光、珍禽动物观赏、水上娱乐、沙漠生态农业观赏等景色数不尽、看不够，我们只有把遗憾留给明天。

恩格贝人思索远古，展望未来，把信心和誓言写在了这块土地上，以大漠孤烟、长河落日、绿树清风、历史人文等独特的文化现象和旅游资源，延续、传承和创造着内蒙古沙漠里的一个奇迹。

# 魅力扎兰屯

扎兰屯，安卧于大兴安岭脚下。清冽的雅鲁河水环绕着她、呼伦贝尔大草原的阳光雨露沐浴着她……她承载着"美丽与发展"的双赢使命，聚拥着灵山秀水的情怀，积淀着民族文化的悠远，抒发着北方大自然的浪漫，素有"塞外苏杭"之美誉。她是内蒙古自治区与黑龙江省交汇处的地标式城市，也是内蒙古自治区唯一的国家级风景名胜区，更是一座活的自然历史博物馆……

## 历尽天华成此景

第一次来到扎兰屯这个清秀、和谐的小城，就被她的美丽所感动。这山、这水、这景、这城，无不让人们褪去了闹市的喧嚣与浮躁，多了一份真实与淡泊。

灵山呵护、秀水环绕，把小城镶嵌成一座坐南朝北的山水城市。穿越百年的中东铁路、独具特色的吊桥公园、坐拥山水风光的秀水景区以及少数民族风情体验，让亲近小城的人们投身大自然的怀抱中，尽享置身物外的超脱与沉醉。

我们先参观了中东铁路博物馆。它是沙俄建筑在扎兰屯市规模较大、保存完好的文物之一。馆内共陈列着中东铁路时期的历史图片、文物1000多件，包括19世纪的沙俄车票、铁轨、测图仪等。"中东铁路"是横跨欧亚大陆的第一条铁路，也是沙俄为了掠夺和侵略中国，进而控制远东而修建的。它始建于1898年，由沙俄设计修筑，以哈尔滨为中心，西至满洲里，南至大连，全长2420公里。它于1903年建成，1952年全部主权回归中国。修建兴安岭铁路隧道的女工程师达妮亚与白塔的凄美故事，以及"红色国际通道"秘密接送党的早期领导人和革命同志出入国境的故事，都深深地留在人们的记忆里。

告别博物馆，我们在雨中畅游了扎兰屯的代表性建筑——吊桥公园。吊桥公园是1905年沙俄中东铁路局修建的，曾是沙俄贵族游乐的地方。如今，园内草深林密、曲径通幽、河水清澈、波光粼粼，一派北国江南景色。

雨中的百年吊桥更显贵族气质，白色的桥身设计别致，造型典雅，格外醒目。2条巨大的铁索悬挂着的桥身轻盈而舒展，42根细铁索承载着木制的踏板，漫步上去，晃晃悠悠。头上细雨蒙蒙，脚下清流缓缓，身影倒映，犹如泛舟水上。过桥后，迎面是一座碑刻，是叶剑英元帅于1962年8月游园时题写的：

雅鲁河畔扎兰屯，几派清流拥水村。

铁索悬空新瀑急，吊桥桥上忆长征。

园内的树都是原生态的，古树参天，满目葱茏。湿润的空气弥漫着草木的芳香，令人神清气爽。据说，这里的树木有40多种，75万株，其中100年前的老树就有10多株。古树枯木边，无数的小树欣欣向荣，真实地演绎着"病树前头万木春"的景象。万绿丛中，一柄大雨伞般的亭子凌空而立，原来是著名作家李准题字的"一柱亭"。经典的垦石亭内镶嵌着溥杰、李准、康庄等名人题写的诗文。还有一个亭子里，立着老舍游扎兰屯时题写的诗句。不过因"文革"被毁，原碑无法寻觅，待重立碑时，老舍已投江故去，此碑由老舍夫人胡絜青代写。园中令人肃然起敬的当数那座苏军纪念碑了。驻足碑前，忆抗日战争时期，苏联红军与日军的一次次决战，不禁使人潸然泪下。

赶到闻名遐迩的秀水景区时，已近黄昏。登上望景亭极目远眺，秀水迷人的风光和绿树环抱的扎兰屯市街景，尽收眼底。青山叠翠，绿涛如海；碧水回环，河水如带。一泓河水依着山势，形成一个月牙形河湾；滨洲铁路的两条铁轨与之蜿蜒并行。一列火车缓缓闯入视野，好一幅动感的长龙卧秀图。余晖映照的河水泛着红波，流光溢彩，更显湖光山色之秀美。领略了避暑胜地的凉爽之后，又去品尝手把羊肉、炒鹿肉、山野菜炖狍子肉等地方特色风味小吃，体验了充满蒙古风情的敬酒、献哈达的韵味。

告别扎兰屯市，回眸时，想起当地一位诗人的诗句：

八百条河绕青山，青翠深处是扎兰，

出门三步入画里，从此不再忆江南。

## 雅鲁漂流话人生

第二天早餐后，我们乘车去南木鄂伦春猎民部落，体验惊险、刺激的"北国第一漂"，激动的心情在第一时间就先于汽车泛舟雅鲁河了。

雅鲁河发源于大兴安岭南麓，是嫩江源头之一。河水顺着西高东低之走势，流经扎兰屯市境内近百公里，相对落差400米。美丽神奇的雅鲁河漂流水域位于扎兰屯北部32公里处的南木鄂伦春民族乡境内，全程10公里。这段河水湍急清澈，两岸高山林立、峻峭无比、景色诱人；水面宽阔，深浅适度，因其动感、刺激，集观赏、运动、休闲于一身，成为扎兰屯夏季旅游的亮点，有"北国第一漂"之称。

到了河边，内心被净、柔、纯、清的河水荡涤着，变得柔软而超凡的宁静。难怪有人说，"雅鲁"一词源于鄂温克语，意为"一条清澈见底的河流"。俩人乘一个橡皮舟顺流而下，水流缓时用双桨划动来助推或控制方向。放眼望去，形态各异的卵石遍布河床，河水清澈见底，色彩斑斓的橡皮舟"前呼后拥"地在时急时缓的河流中挺进。时而平缓如镜，峰峦倒映；时而浪花飞溅，急流逆舟；扑面而来的是一种期待：期待刺激，期待"有惊无险"后的轻松和安宁！

突然一盆凉水从天而降，那种透凉的感觉从头到脚，一激灵间，你贪婪地舀上一盆水，奋力向对方泼去，所有经过的人都变成了"落汤鸡"，欢声笑语集结起来飘出好远。好久没有这么开心地笑过了，长年累月地生活在城市的水泥森林中，想开怀大笑时，也要收敛再收敛。

突然一个急转弯，水流过急，我们手忙脚乱地用双桨控制着在水中打转的橡皮舟。一支桨，插到了橡皮舟和河床之间，橡皮舟失去了控制，冲向河心的一个沙堆，我惊恐地大叫着。橡皮舟就要搁浅了，卵石爱抚着舟底，能感觉到一种压迫下的起伏。桨，终于拔出来了，我们齐心协力地划了一会儿，橡皮舟又驶向了正道。当你在浪尖上跌宕起伏时，犹如生命的跌宕起伏，一波未平一波又起，伴随着浪尖上的尖叫，你会无比放松地融进这刺激的快感中，在尖叫的恐惧中，你的心灵舒展得无边无际。

橡皮舟驶向一片开阔的水域，水流迟缓、水深处不足半米。不远处一只橡皮舟已经搁浅，一个胖小伙站在水里，推着橡皮舟，由于用力过猛，水花四溅中他仰面倒在水中，滚圆的肚皮浮在水面上，像一个要吹爆的气球。周围橡皮舟上的人们爆笑着，用盆舀着水向他狂泼，他摔了好多次，欢声笑语飘出很远，直到他抱拳求饶。由于分散了注意力，所有的橡皮舟都向岸边撞去。我们眼疾手快地躲过了一根伸向河里的长长的树根，不慌不忙地调整好方向。好险！又是一身冷汗。

经历了激荡和平静之后，身心全然放松，我们掌握了控制橡皮舟的技术，渐渐地领先了。在河水中漂流，仿佛舒展开一幅人生画卷，不期而遇地发现最能打动人的心灵，是跳动着的、富有哲理的三维立体画，只要调整好焦点，就会出现意想不到的人生图案。在此起彼伏的对歌声中，我们意犹未尽地抵达了终点。望着岩石上"回头是岸"这4个醒目的大字，一种浪迹天涯的游子回归的感觉油然而生，仿佛触摸到了"物我同一，心物一元，得成于忍，明心见性"

的顿悟。

雅鲁河漂流让你体验了一种迥异的生活和一种最自然的生命状态；也让你在汹涌澎湃的河流中，与大自然亲密接触，聆听大自然中每个跳动的音符；还让你将功名利禄、荣辱得失、喧嚣繁华统统置之身外，与幽深的森林和清澈的河水为伴，去感受大自然，去感悟生命，去体味那种"人在水中游，心随自然走"的激情。

## 七星联珠如仙境

鲜为人知的柴河景区，亘古以来静默于大兴安岭的原始林莽深处，保持着完整、自然的生态族谱。七星联珠的火山天池群更是其中的华彩盛笔。这些高旷峻奇的自然景观，向人们舒展着一幅大手笔的山水画卷，令人如入仙境、心醉神迷。

景区内发现的7座海拔千米以上的高山天池群——同心天池、月亮天池、驼峰岭天池、布特哈天池、双沟山天池、杜鹃天池、阿尔山天池，形如天上的北斗七星，各具特色，天、地、月亮、心都聚积在这里，极具天地呼应的生态伦理和深厚的文化底蕴，延续着瑰丽的传说。

同心天池，距柴河月亮小镇1.5公里，是7座天池中海拔最低的一个。它诞生于侏罗纪晚期，比另外6座天池要早上亿年。登上对面的心月峰观天池，形状成心形，湖面四周群山环绕，东西两侧山体陡峭，岩石形态各异，酷似一头健硕的水牛侧卧在天池的东边，所以又名卧牛天池。池水清澈、微波荡漾、翠鸟啼鸣。每逢雨天，雾霭缭绕，经久不散。

据说这颗大自然赐给柴河的永恒的"心"同37公里以外的"月"亮天池心月相映，有了时间感、空间感，颇具神秘色彩。月亮天池位于基尔果山上，诞生2万年前，是"七星"中最漂亮，也是世界上最具诗情画意、最具月亮姿容的高山天池。

绿色长廊般的山路渐行渐陡。一棵棵松树、桦树，枝叶向空中伸展、聚拢。走累时，坐在由枯树干搭成的椅子上，闭目深呼吸，听小鸟的鸣啼和汩汩的流水声，感受生命的气息，心渐渐地融入自然，返璞归真，尽释情怀。

从山峰上俯视，一泓圆圆的湖水，仿佛一轮跌落人间的中秋月亮，镶嵌于万顷绿波中。近到池边，细细观赏，便觉池子似一口平底锅，边缘陡、中间缓，池水碧绿透明。池边栖息着多种野生动物，池中有大量的虾类和硅藻等浮游生物。静坐池边，看水鸟在水面嬉戏、鸣叫，翅膀拍打着水面，从这边滑向那边。游人们清脆、爽朗的笑声传来，呈现在你面前的是人与自然和谐共存的精美画面。

同心天池与月亮天池遥相呼应，不正体现着山水相依、心月相印、天人合一的自然状态吗？

驼峰岭天池是一座拥有"水下森林"奇观的天池。从高处俯瞰，它的形状好似一个倒转的左脚，脚尖向南，而脚跟向西北。站在东侧石崖上向下望去，在阳光的折射下，平静的湖面时隐时现，成片的高大树木，自然成林，并延伸到湖中央，神秘的"水下森林"景观吸引着人们去探秘。青绿色橄榄般的布特哈天池，蓝色圆宝石般的双沟山天池，海拔最高、色彩最艳丽的杜鹃天池和镶嵌在雄伟瑰丽的高山之巅的碧玉般的阿尔山天池，令人流连忘返。每当我们踏着露水、拨开树枝缓步而行时，那种瑶池仙境的感觉，还在不断地淡出，回味无穷。

天池，在中华典籍中称为"瑶池"。"天池"是火山喷发后火山口积水成湖而形成的，因在高山之巅，人们称它为"天上的池水"。"七星联珠"天池群以其独特、峻奇堪称中国第一、世界罕见，只要走进这幽美、静谧的古老世界，就会被她独有的美丽所惊叹、折服！

# 心月相随入画中

曾有人说：柴河是月亮神话的驿站。走进柴河，这个名不见经传的小镇，便以美丽与发展吸引着我。月亮湾、月亮湖、月牙岛……绝壁为画，山水为歌，吸引你跌落在月亮的神话里，诠释和破译"天人合一"月亮文化的深刻内涵。

驻足雨中的月亮小镇，放眼望去，远山近水，姹紫嫣红、层林尽染，似画屏、似牧歌。山坳里，红顶白墙的房舍韵致有序地分两个半月形排列而建，别具一格。

雨霁之时，怀着崇拜与渴望，我们驱车前往距镇中心仅1.5公里处看山水岩壁画。由于向导来柴河不久，对道路不熟，行进途中我们的车陷入了泥潭。向导很抱歉地联系了一辆四轮车，把我们的车拖上了正道。经过一段正在修建的沙石路的颠簸，穿过一个村落，我们终于来到了岩壁前。岩壁高约70米，长约300米。岩壁下，绰尔河在静静地流淌；岩壁顶上，密密的小树形成了绿色屏障。以紫、黄、白色为主打色的岩壁上凌乱地长着绿茵茵的小草，草上落着一些黑色的小鸟，为壁上的图案增添了动感和无限想象的空间。隔河观画，景于眼、情于心，岩壁犹如一幅浓墨重彩的山水画，变幻莫测，时如白雪压青松，时如重重石林，时如人依石而憩，时如万马奔腾……妙不可言！不由得羡慕起面壁而居的人们，岩壁的灵性会带给他们幸福安康。

在淅淅沥沥的小雨陪伴下，我们来到了月牙湾公园。伏卧在三根柱子上的根雕长龙栩栩如生。穿过一座小木桥，便是月牙河了。那弯弯的河身像弯弯的月亮，河面粼光闪烁，河畔郁郁葱葱。撒网人忙碌的身影和岸边孩子们的欢声笑语，并未扰乱这片宁静。这弯弯的月牙河，不正是柴河最宁静的港湾、生活的避风港吗？

醉心的绿、七色的花，构成了月亮小镇的基调。漫步在绰尔河边，看晚霞为小镇披上霓裳，夕阳挥洒着金光，清风和声浅唱，苍山雾海，群峰滴翠，得天独厚的自然风光为月亮小镇描绘着一幅绚丽多彩的画卷。

小镇之夜分外宁静，只有河水的喧闹和偶尔传来的狗吠声。皎洁的月光如泉水般洒在我的心上。在这个月亮的部落里，我们感受着月和心的精髓，做着甜美的梦。

清晨，在半月环岛路这块青葱的高地上，我们把月亮小镇摄入记忆的镜头，留在心灵的底片上。打造浪漫圆梦、牧养心灵的月亮小镇是扎兰屯的壮举，是扎兰屯发展的写照。月亮小镇将是扎兰屯一张经典的名片，以崭新的姿态，开启通向环球的光辉之旅。

柴河景区集世界上独一无二的月亮文化之大成，不愧为得天独厚的、不可复制的梦幻月亮小镇啊！绿色、清新、质朴，愿你依着柴河相思相恋的山水、花草、树木，叠化成一首永恒的恋歌！

# 三上五当召

2009年5月3日早晨，一阵急促的电话铃声将我从睡梦中惊醒。

"二姐，我们今天上午去五当召玩，你也去吧？"

"我去过两次了，不想去了。"

"你今天要去了，肯定会有一份惊喜的，不见不散。"

小弟给我留下一个悬念，就挂断了电话。

我心里惦着那份惊喜，急忙起床，准备妥当后，就开车从呼和浩特市出发，向包头市东北方向的大青山深处的五当沟驶去。

五当召，距今已有400多年的历史了，现为国家重点文物保护单位和AAAA级旅游景区，吸引着四面八方的游客。它与西藏的布达拉宫、青海的塔尔寺和甘肃的抗卜楞寺齐名，是我国藏传佛教的四大名寺之一，更是塞外草原儿女心目中的布达拉宫。

初上五当召是在1985年5月。我去包头市参加宣传工作会议，其中去五当召参观学习就是内容之一。我们在那座气势磅礴、规模宏大的藏传佛教寺庙前下了车，在导游的引领下进行参观。因人多嘈杂，解说员的声音听不清，直到参观结束，只知道：五当召，原名巴达嘎尔召，藏语"巴达嘎尔"意为"白莲花"。"五当"蒙古语意为"柳树"，"召"为"庙宇"之意。五当召是清康熙年间，第一世活佛罗布桑加拉措在此兴建的，赐汉名广觉寺。主体建筑由六殿、三府、一陵组成，两侧还建有一栋喇嘛舍房；共有殿宇和仓房2500余间，占地20万平方米。

再上五当召是在2001年8月。儿子从乌拉山发电厂子弟学校转到包头市第四十五中学上学，报完名后特意带他去的。因为五当召是内蒙古地区有名的学问寺，为了弘扬佛法，专门设有供喇嘛们学习经典、研究佛学的学塾。我们参观的重点是五当召最主要的建筑——苏古沁殿，它是全寺集会诵经之所。殿内塑像俱全，壁画绚丽，唐卡夺目，儿子高兴得手舞足蹈。或立高达10米的释迦牟尼铜像，或供高达9米的黄教始祖宗喀巴铜像，或塑面目狰狞的护法金刚像，或供奉白度母和绿度母塑像，令人目不暇接。造型之奇瑰，制作之精美，更令人叹为观止。

参观结束，我们登了一个山坡，俯瞰敖包山上的五当召，它虽没有雄踞红山之上的布达拉宫雄浑壮观，但也有异曲同工之妙。召庙依地势面南而建，在群山环绕中，一幢层层依山垒砌的西藏式白色建筑，呈平顶方形楼式结构，上窄下宽，平顶小窗，白色的墙体，红色的柱廊，屋檐部分有一条上红色麻饰。屋顶上装饰着金色的法轮、经幢。白色、红色、金色，在蓝天白云、苍松翠柏的掩映下，更显色调鲜明、光彩夺目。

中午时分，我到了五当召。时隔多年，举目凝望，召庙仍似雄伟山峦间的贴金神兽。

走进五当召脚下最大的那顶蒙古包，我深切地感到那份惊喜：男高音歌唱家胡松华携夫人张曼茹谈笑风生地出现在我们面前。入座后，我仍按捺不住内心的那份激动，就问为我倒茶的女服务员："你认识胡松华老师吗？""不认识。""你听过《赞歌》吗？""听过。"没想到胡松华老师风趣地说："90

后的孩子们，只认识刘德华。"女服务员向胡松华老师鞠了躬，说声"对不起！"就兴奋地向包外跑去。

　　胡松华老师是中国第一代著名少数民族歌唱艺术家，坚守着"艺术向高峰攀登，生活向底源深游"的自勉信条，曾深入40多个民族地区，出访20多个国家，为发展和弘扬众多民族声乐艺术做出贡献。多年来始终坚持继承多民族传统声乐技艺，又广泛吸收世界性精华，而进行创造性繁难结合的成功实践。被誉为"闯出了一条宽广多彩的歌路""铸造了一种博熔众长独汇绝艺的新型唱法""其风格浓郁、技法科学、演域宽广、生气常存的歌声在中国整整影响了两代人"，是受各族人民喜欢的"我们自己的歌唱家"。他的妻子张曼茹老师是留学苏联的中国第一代舞蹈家。正值中华人民共和国成立60周年，也恰是胡松华从艺60周年，他特意来包头录制新歌《再举金杯》，此歌也是《赞歌》的姊妹篇。我们这些60后是听着胡松华老师唱的《赞歌》长大的，可以说是他的粉丝，真想让他签名留念，可一时找不到一页纸。小弟从包里掏出一个厚厚的笔记本，笑着说："二姐，我没告诉你胡老师来，就想给你一份惊喜，笔、本我已为你准备好了。"胡松华老师在扉页上写下：祝前程吉祥！这时，女服务员带着许多朋友进来，他们争先恐后地请胡松华老师签名，气氛好极了。

　　午饭后，在五当召领导的陪同下，我跟随胡松华夫妇三上五当召。拾阶而上，胡松华老师气宇轩昂地走在前面，张曼茹老师渐渐落后了，我扶着她缓慢前行。她告诉我，有一年去青海教孩子们跳舞，得了脑血栓，留下了后遗症，左边身子不利索了。但她仍以坚强的毅力，登上了每一个台阶，也没少听一个解说。参观完苏古沁殿、洞科尔殿、却伊日殿等经堂后，我们在贵宾室观看了《五当召》宣传片，对五当召有了更深、更多的了解。

　　闻名遐迩的五当召和"纳江河溪流百千，酿中华美声甘泉"的胡松华老师都深深地留在了我的记忆里……

## 融入风景的生日宴

我把车停好，我站在车库门前，举目西望，那轮夕阳正从楼宇间探出头来，羞涩地盯着我。蓝天上飘浮着的白云，也被渲染成酡红色，暮色似陈年的流沙，渐渐地深沉下去，秋日的夕照总是韵味深长，心底的一缕惆怅如湖面的一丝涟漪。

"夕阳无限好，只是近黄昏。"闻声转身时，先生已走近身旁。

"明天是你50岁生日，准备为你好好庆祝庆祝。"

我从来没有留意过自己的生日，甚至忽略每一个10年所累积的职务的变化和所取得的业绩。用先生的话来说，我所从事的思想政治工作就是"为别人做嫁衣"，而且一做就是30年。

而立之年的当天，我在工作；

不惑之年的当天，我也在工作；

天命之年的当天，我本打算仍在工作中度过。

"手头还有一些工作没做完，你就别费心了。"

"过了明天，按规定你就可以回家赋闲了，还有啥可忙的？"

"解甲归田也需要庆祝吗？"

"我们要庆祝的是30年来你为电厂写了那么多文章，也是不小的成就啊！"

当先生坚持时，我再反对也是无效的。

于是，我们只能讨论如何给我过好五十大寿。50岁于我来说，是人生的一大拐点，它必将为我的政工生涯划上一个感叹号。

先生"欲擒故纵"地征求我的意见，去维多利商厦购物或去万达影院看电影。明知我对这些并不感兴趣，直到我说没什么意见时，他才气定神闲地说："还是邀上几个朋友到哈拉沁水库野餐？"

在水泥森林里生活久了，许是孤陋寡闻，并未听说过呼和浩特市还有哈拉沁水库，想想这也许是先生为我庆祝生日的最好方式吧，也就勉强同意了。

我并不喜欢野餐。我对野餐的认识，仅限于在乌拉山发电厂时所留下的印象：争抢食物的蚂蚁群，叮人不放的大蚊子，还有神出鬼没的老鼠、蜥蜴和蛇，以及晒得人脱皮的太阳地。老实说，我对野餐讨厌至极。先生说，这次不同，他已全部安排妥当了。他心中想象的不单是一场文明的野餐，而且是一个妙趣横生的生日派对。

先生的朋友郑总为我们提供了交通工具、烧烤炉和野餐时用的食品。我们邀请了几位交情颇深的朋友，剩下的就是祈盼明天有一个好天气！尽管整个夏季呼和浩特市干旱少雨，初秋下雨的可能性还是有的，尤其是在大青山区的水库。

早晨7点，我站在院子里，抬头望望天空，碧空如洗，蓝得像大海，只是没有一丝的涟漪。我的邻居喜鹊先生早已站在院门口那株高高的槐树上，喳喳地叫个不停，传递给人些许喜气，使人心情豁然好起来。只这晴好的天气，就是给我的最好的生日礼物了！

从那个恬静的小镇来到呼和浩特市已有8个年头。在这个繁杂的城市穿行，每每怀念小镇的宁静，无论晴天还是雨天，坐在芳树村音乐喷泉边的凉亭里，在柔曼的乐曲声中，观水波妙舞，看蜜蜂们在橙色的郁金香花丛中忙碌，蝴蝶在身边翩翩起舞，夕阳把喷泉、凉亭、楼宇、花草、树木渲染成一座人间仙境，此等感觉已被城市的喧嚣消磨得无影无踪。

暖和的阳光洒在身上，我并没有感到自己比昨天老了一天。抬起手看看，那双不停写作的手依然泛着红润的光泽，我希望在耳顺之年、古稀之年它们能依然如故。

没过多久，喜鹊的叫声被汽车的引擎声盖住了，一辆披着迷彩绿的越野车，"气喘吁吁"地停在了门前的马路上。郑总穿着一身洁白的运动服，戴着墨镜，从车上下来。他看到我说："嫂子，你今天依然像昨天一样年轻。"

我们在越野车的护送下出发了。哈拉沁水库位于呼和浩特市北部的大青山中，水域面积达66万平方米，是呼和浩特市周边最大的水库，距北二环20多公里的车程。水库不仅有依山而建的蓄能电站，还有钓鱼场和老爷庙。

车进哈拉沁沟，两侧的山峰雄伟秀丽，景色秀美，成片的白桦林、松树林郁郁葱葱，每一片树林都是一个极好的栖息地。进了景区大门，便是曲折迷离的盘山路，途经梅花湾、葡萄架、迎客松、老爷庙，方才进入水库库区。

我们在水库边的一个鱼餐厅门前下了车，不远处便是钓鱼场了。站在高处远眺，便觉豁然开朗，烟波浩渺。天水茫茫的湖面、沙鸥翔集，好一幅舒展的一望无际的山水画卷。

"时间尚早，我们钓会儿鱼，然后再野餐。"先生边说边和郑总从车上拿出折叠的水桶、钓竿和马扎。我背上摄影包，跟在他们身后，爬上一面土坡，又走了一条沙石沟，才找到了两个钓鱼点。郑总调好了鱼饵。先生第一次钓鱼，感到十分新鲜，郑总教他放好钓竿，他便目不转睛地盯着钓竿上的瞟子，等着鱼儿上钩了。坐在先生旁边的郑总是位钓鱼高手，一会儿工夫就钓了几条小鲫鱼。他说："别急，大鱼在后面。"

我给他们拍了几张垂钓的照片，便拉着郑总夫人小君在湖边漫步。百步之外，是一个装饰得十分漂亮的婚纱照摄影点，湖边上是一大片金黄色的向日葵，湖面上是用深咖啡色茅草搭成的凉亭，周边是一簇簇莲花、荷叶，以及由五颜六色的绢花装饰成的月亮门。穿着各式婚纱的新娘们，手捧鲜花，在摄影师的指导下摆着姿势。望着她们的倩影，我也按下了相机的快门。生活在草原上的人们，最想看的莫过于大海吧！在草原首府的周边有这么一片水域，风景独好，不失为年轻人拍婚纱照的好去处。跨入结婚时代的80后，以"后现代感"婚纱照演绎着他们欢畅、浪漫、充满幻想的爱情。婚姻就是互不相识的两个人牵着手，不离不弃地一起慢慢变老，一起走向生命的尽头。婚姻中相爱依旧的人很少，但能白头偕老的人却很多。

关在铁笼子里的藏獒、落在电线杆上的小鸟、开在草地上的野花，都成了我拍摄的对象。再向前走，便是那座老爷庙了。不知什么缘故庙门紧闭，我们只能拍张照片。

从老爷庙下来，走在绿肥红瘦的草地上，小君像哥伦布发现了新大陆一样，叫我看地上绿茵茵的苦菜。这种在"瓜菜时代"能救命的野菜，想想已有好多年没有亲手采摘过了。在酒店聚餐时偶有吃到，已没了儿时熟悉的味道。我把相机放在摄影包里，便和小君拔了起来。望着手中的苦菜，想起了小时候。那时，父亲被打成了右派，我们全家老小被下放到了农村。当时，人们的生活本来就很苦，还常常要吃"忆苦饭"。每当拴在树上的大喇叭里播放那首《不忘阶级苦》："天上布满星，月牙亮晶晶，生产队里开大会，诉苦把冤申……"我们大人小孩都拿个碗，去生产队吃忆苦饭，同样是玉米等杂粮和苦菜，煮的一大锅稀粥，除了苦味，也吃不出其他味道来；歌听多了，就能一字不落地唱下来，可以说是那个时代最流行的歌曲。

我们将拔的菜送到湖边的鱼餐厅，想洗净了野餐时吃。厨师说因为过了季，苦菜有些老了。我还是让他用开水焯一下，这好歹也是我们俩的劳动成果呀！

我们再次来到钓鱼者的身边，先生仍是一无所获，郑总却收获颇丰，有小半桶。

望着活蹦乱跳的鱼儿，我说："郑总，你这技术还真不错，居然钓了这么多，就是它们还小。"

郑总说："关键是钓到一只小乌龟，你看，它是来给你祝寿的。"说着他把它放在地上。小乌龟披一身墨绿的衣裳，像极了载我们来的越野车。它伸长了脖子，懒洋洋地向前爬行。

小君说："嫂子，龟象征着长寿，太好了。"

先生收了钓竿，也来凑热闹，他说要带回去养。

郑总也收了钓竿，说："龟留下，鱼放生，全当为嫂子贺生了。"

我说了声"谢谢"就迫不及待地和小君一起，提起桶将小鱼倒入湖水中，鱼儿们欢跳着，连个招呼也不打，就消失得无影无踪。

我们在湖边的大柳树下，找了一块平坦的草地，摆好一张桌子，铺上整洁的白桌布。小君把一个用草莓、提子等水果拼出图案、写着"生日快乐"的蛋糕摆在中间，从不远处的鱼餐厅端来几个冷盘，还有我们拔的苦菜。

我们围坐在桌旁，吹着山风、赏着野花、观着湖景，开始品尝第一道菜：烤羊肉串。在欢声笑语中、在酒杯的碰撞声中、在烧烤的香味中，我对野餐的不良印象全部消失了，没有什么能比得上这样一个奇妙的庆生经历了，尽管腿上和胳膊上，被蚊子咬了包，但心情舒畅极了。

鲜活的鲤鱼经过几个小时的煎熬，端上了桌。清蒸的、红烧的、油煎的鱼虾摆满了桌。阳光仿佛被此刻的欢愉所吸引，经不住诱惑，从树梢的缝隙探进头来，被香味熏醉了，摇晃着不肯离去。

野餐进行到一半，吃生日蛋糕时，点了蜡烛，我许了愿，亲手切了蛋糕，还收到了一张很实际的生日贺卡：幸福生活从退休开始！

那红色的大字，让我忘记了我已年近半百。生活如此美妙，50岁真棒！

我们像一群庆功的英雄，频频举杯，饮着白酒、品着红酒、喝着啤酒，各取所需。酒足饭饱之时，我们举着杯到湖边散步，望着海鸥在头顶上盘旋、在湖面上翱翔。

野餐进行了4个小时，人们已进入了饱食之后的休息状态，昏昏沉沉的，连聊天说话的速度都放慢了。

不经意间，一阵风吹来，雷声从远处传来，抬头望时，已是乌云密布。雨，这久违的"客人"，就要光顾了。我们手忙脚乱地收拾起东西。

雨，追着我们的车轮跑。车进了市区，雨便停了。

走进院子，绿的黄瓜、红的西红柿、紫的茄子，依然生机盎然地迎接着主人回来。

先生把钓来的小乌龟放在玻璃容器里，希望它和我50岁以后的人生一同成长。

望着渐渐隐身的那轮夕阳，先生问我："不像以前那样讨厌野餐了吧？"

我说："比起繁忙的工作来，我爱死野餐了。"

这人啊，不管到了什么岁数，只要有事做，有所期待，日子就是幸福的！

# 心中最美的白杨树

　　离开乌拉山发电厂已近10年，无论桃花盛开、槐树结荚、小鸟呢喃，还是细雨蒙蒙、寒风朔雪、斜月清照，都能勾起我对故乡小镇的回忆。就像老战士留恋战场一样，思念那片曾经战斗生活过的热土，更思念那片热土上百折不挠的白杨树，我心中最美的树。

　　白杨树实在是大众化的树。1984年，我来到乌拉山发电厂。入厂的第一天，我就发现厂区里随处可见的就是白杨树。它们挺立在道路旁、楼房下、厂房旁，像穿着绿军装的卫士，寸步不离地坚守着脚下的那片土地。每天上班，只要看一眼伟岸挺拔、枝繁叶茂的白杨树，总能感觉到一种蓬勃向上的气势，总被美好的憧憬和向往感动着、激励着，身上总有使不完的劲。这些树在参与电厂建设的兵团战士眼里，就像他们亲手培育的孩子一样。1968年，电厂筹建时，这一带的山是光秃秃的，地是赤条条的。方圆几公里，不见一棵树，被当地老乡称为"光红滩"。1975年，两台5万千瓦机组相继投产后，厂里开展了大规模的植树造林活动，厂区绿化任务按车间、科室分片包干，从栽种、灌溉到成活实行"一条龙"负责到底的制度。连家属、小学生也投身到绿化大军里来，挖树坑、刨石头，不甘示弱。凡是能种树的空地都栽上了树苗，还都浇透了水。在乱石滩上种树，成活率不高，树苗死了再种。历经三载春秋，"光红滩"终于变成了绿洲。乌电人在播撒光明的同时，也播下了希望和梦想。十年树木，百年树人。这里的人和树有多深的感情啊！后来，我成了白杨树的守护者。厂区里的环境卫生像当年种树一样，也按车间和部门分片包干。我们宣传部门负责清扫的那条马路，是从厂大门到各个车间的必经之路。道边是两排白杨树，与它相伴的是成天吞云吐雾的水塔。也许是成年累月被水雾润泽，它们就成了厂区里最茂盛的树。每周我们都要打扫两次马路，多是扫落在路面上的树叶。秋风扫落叶的时节，我们把树叶堆在道牙上，有人会用麻袋装了，运回家里或喂羊或烧火做饭。闲暇之时，我们徜徉在白杨树下，为落叶抚上肩头，写上一首诗；为它四季色彩的变幻，拍下许多照片。白杨树是平民化的树，也是最高贵的树，它可以当劈柴烧，也可以做家具；可以做屋檐栋梁，也可以做农具。

白杨树实在是极普通的树。每年春天，我们都要进行植树造林。那一年，我们拿着铁锹、洋镐，来到生活区后面的一片乱石滩上挖树坑，一锹踩下去，碰到了石头上，挖不动，只能用镐刨；一镐下去，刨到了石头上，震得虎口生疼。每人3个坑，就挖了整整一上午。下午，树苗运到后，我们两个人负责栽一棵树。树苗不及我的手腕粗，放在树坑里，露在外面的部分还没有一米高，一副弱不禁风的样子。我把树苗扶正，同事向坑里填土，他用脚把树苗周围的缝隙踩实，我将树坑浇满水，一棵树就算种上了。心里惦记着种下的树，吃过晚饭，常走过去看看。怕它干死，每周都去浇水。有位师傅告诉我，白杨树是普通的树，刚种下浇一次水就够了。水浇多了，树苗就有了依赖，根就扎不下去；缺了水，树苗就会死。树也和人一样，在变化的环境中生活的人，才能练就独立自主之心，才能经得起困难的考验。因为树种得多，样子也差不多。为了能认出我种下的3棵树，我用红漆在它们的腰部画了个圆圈做标记。雷电轰击过它，狂风肆虐过它，雨雪侵蚀过它，最难忍耐的还是干旱和贫瘠。它们拼命地扎下了根，顺势生长，以蓬勃向上的内驱力和饱满的激情，终于苗壮成一片林。人们常在林间乘凉、散步、拉家常。顽皮的孩子，用树叶玩过家家的游戏，用石头当食物，用树叶做盘子、碗碟，充满了乐趣。10年后，这片树林被规划成一幢住宅楼的地基，我们只能望林兴叹，为树的命运担忧。厂里决定把这些白杨树移植到厂区的小公园里。"人挪活，树挪死"，这树还能活吗？移树的那天，我们在山脚下的乱石滩上挖坑，这次的坑是用尺子丈量好了的。那些树移栽得美观极了。白杨树真的是普通的树，在这片阳光地带，没用多久，它就生根抽枝了。起初，稀稀疏疏的枝叶肆意地伸展着，虽没有高大挺拔的姿态，却展示出固执顽强的生命力。为了让它有一个良好的生长环境，到了野草疯长的时节，我们就去林子里除草。有一次，我边拔草边和同事聊得开心，突然感到握在手里的草很沉。定睛一看，一条绿皮黑纹的蛇盘在绿草上，我手挨着它的肚子。我惊叫一声，拔腿就跑，生怕被它追上来咬一口。保卫科的一个小伙子跑过来，抓起正在游走的蛇的尾巴，像悠跳绳一样，在空中晃动几圈，甩到了不远处的山坡上。一位浙江老兵团战士跑过去拣起，说要拿回去吃，还请我去品尝，我有些作呕。历经数载，这片树林卓然有成，树形挺拔，风姿绰约，使小公园成了小镇上最美的风景区。茶余饭后，人们携妻带子，相随漫步，听小鸟呢喃，看叶绿叶黄，园中有诗情，林中有画意，流连忘返。

白杨树实在是平凡的树。从2001年开始，厂里连续几年开展创建"花园式工厂"活动，从厂区到生活区，所有的空地上种上了国槐、垂柳、油松，还有火炬和桑树，种上了丁香、樱桃、玫瑰等灌木和草坪。小镇花草遍地，绿树成荫，亭台楼榭，鱼鸟相戏，成了110国道边一道亮丽、独特的风景线。从那时起就很少种白杨树了，也许它春夏之交会飞杨花，秋冬之时会落叶，惹得人不喜欢；也许它太过平凡，常常对它视而不见。在我看来，它虽不像国槐一样开花飘香，不像垂柳那样风情万种，不像火炬那样红极一时，但它保持着自己朴实无华的本色。它们饱经风霜，走过时间，走过历史，成为电厂发展壮大、走向辉煌的见证人。我离开电厂之后，与白杨树相守相望的水塔作为节能减排、"小机组关停"的标志被炸掉了。

白杨树实在是不同寻常的树。离开了一个地方，就离开了那里的风景。

2016年7月，因为参加朋友孩子的婚礼，我独自一人开车回故乡，顺路去探望那些白杨树。常有朋友在微信上发帖子说，有时间回老厂区看看吧，来晚了，它就会消失了。我真的不相信，离开时，还流彩滴翠的厂区，怎么会说消失就消失？那些白杨树怎么样了？到了老厂区，我谁也没有惊动，直接把车开进去。在这个似曾相识的地方，我找不到前行的路，野草丛生，幸亏行道旁有白杨树的指引。我把车停在路上，走进小公园，许多树种因缺水已变成了枯木。所幸的是，我亲手栽下的那些树，吸天地之精华仍秀于园中。它们凝视远方，俯瞰大地，深情地注视着我这位不速之客。我泪流满面地奔过去，抚摸着它灰白色的躯干，当年的那条红线已长得一人多高，变成几个不起眼的红点，隐藏在树干上像眼睛般的黑色斑点中，树的主干粗得伸开双臂也搂不住，墨绿色的叶子在云端哗哗作响。我想，岁月真是捉弄人，人非草木，人生很短暂；树木无声，却在这片荒凉的土地上，活得有姿有色。人生苦短，青春易逝。树还年轻，我却老矣！我含泪蹲在树下，拣起几片沉寂的落叶，想带回去或作书签或为标本。叶子金黄金黄的，呈心形，边缘呈锯齿形。人心如叶，一生一落，一落一生。我们每天都在重复着相同的生活，被磨平了最初的锋芒棱角，被磨损掉一切新鲜、勇气与激情。这些树看似独立，但它们的根须在泥土中紧握在一起；看似孤寂，却开出小鸟般的花朵，结出鸟巢般的果实。已近黄昏，树的影子照在斑驳的地上，风儿吹起枝叶的声音，分明在向我倾诉生生不息的希望和梦想。我幡然醒悟，白杨树不正是电力工人的象征吗？他们扎根在充斥着噪音污染的地方，忠于职守、无私奉献，朝气蓬勃，积极向上。他们无论身在何处，都牢记责任，勇于担当，是播撒光明与幸福的先行者。

　　参加婚宴时，我告诉朋友我去了老厂区。朋友说，应该去新厂，老厂早成被人遗忘的角落。还问，此去做何感想？我说，只可惜了那些白杨树！我心中最美的树！真希望它们不曾有年轮，也不曾有风雨圈，它们就不会死；只要把遗落的美握在手里，不需要人气，只要有空气、阳光和雨露，它们就会生生不息，依然以自己的生命染绿故乡的一方土地……

## 飞鸿印雪

　　大雪纷纷扬扬落了一夜，清晨还没有停歇。伫立窗前，雪花像调皮的玉色蝴蝶扑向玻璃，又扮起鬼脸躲到一边；窗外的几株槐树，挂满了琼花玉串，犹如超凡的仙子，搔首弄姿，招引我踏雪寻景，去领略冰魂雪魄的世界。

　　推开门，多情的冬天，已铺上了厚厚的天鹅绒地毯，直通粉妆玉砌的天地间。爱犬钻石颠着碎步在前面开道，晶莹剔透的地上便印上一行小脚印，似披着羽纱的仙子，轻歌曼舞时抛下的一串素雅的花瓣。没过多久，凹痕里又落了雪，便像舒展的素色宣纸，等待文人墨客的妙手来写诗作画。

　　我生长在北疆，尤其喜欢雪。每每忆起那些大雪纷飞的时节，便有一种无以言表的冲动和激情。孩提时，下雪天是我最开心的日子，和小伙伴们一起打雪仗、堆雪人，忙得不亦乐乎。记得有一次，因为堆雪人而冻掉了我左手食指的指甲。长大后再看这残缺的手指，脑海里浮现的就是那幅雪中嬉戏图，不由得发自内心地想笑。上学后，我读了许多关于雪的诗篇，更喜欢鲁迅笔下北方的冬雪，"朔方的雪花在纷飞之后，却永远如粉、如沙，他们决不粘连，撒在屋上、地上、枯草上"。我不禁缩了缩脖子，感觉有雪球塞进后的一丝冰凉，居然笑出声来。

大雪纷飞的清晨，似乎万物仍在冬眠，静谧安详中只闻脚下发出的"咯吱咯吱"声。抬头望，天空呈铅灰色，飞舞的雪花如柳絮、如棉花、如羽毛纷纷扬扬地挂起了天幕雪帘。

好大的雪啊！那房屋、树木、假山、河道、草坪……所有带棱角的地方，都变得异常光洁而圆润，掩去了水瘦山寒的冬天的骨感，显得妖娆而丰满。近看，缟素粼粼状的瓦棱，红白相映，分外吸目；道边褪去盛装的群树，枝杈上积了雪，玉树琼枝，正是"千树万树梨花开"。寻食的鸦、雀瞪着圆圆的小眼睛，晃动圆润的体态，瞅着冰柱的空隙展翅、跳跃，振落枝上的积雪，叽叽喳喳几声，就振翅飞去了。透过稀疏的雪帘远望，萧索的楼群，隐隐约约，弥漫在雪的烟雾里，宛如在云中，变成了烟灰色，构成一幅烟雨图，别致好看。再远些，是一片看不清的青幽幽的建筑，融入迷茫的空际，自己也变得迷茫了。

沿着镶着银边的路面前行，身边那些常青的松树、柏树，雪积枝头，挂满了蓬松松的雪球儿，白色的锦团华盖下透出几丝绿意，像一株株圣诞树；树下的草坪、衰草都淹没在白雪里，偶然露出些头角，随风摆动，刷着雪作响，像是在倾诉衷肠。停放在楼下的排排轿车，被雪捂住，像陷在脂粉堆里的小甲虫，更像童话故事里的雪原木屋。

步入那座凉亭，望着石阶上堆积的水沫似的雪，心境也静谧下来，能感到落雪的多姿多彩。世间有哪一种花能像雪花一样如此大气？如此洒脱？如此大手笔？"忽如一夜春风来，千树万树梨花开"——这是雪的神奇；"山舞银蛇，原驰蜡象"——这是雪的豪迈；"风物过霜华渐落，苍山碧水成冰魄"——这是雪的绮丽；"风雨送春归，飞雪迎春到，已是悬崖百丈冰，犹有花枝俏"——这是雪的浪漫；"千山鸟飞绝，万径人踪灭"——这是雪的孤寂隐逸。其实，我最喜欢的还是"岁寒，然后知松柏之后凋"，言大寒之后，松柏形小凋衰，而心性犹存，寄寓着冬思。解读这些诗句，总会被冷冷的冬怨包裹着，独自啜饮慢慢膨胀的忧郁、孤独和失落。冬的景色离不开雪，寒风蓟雪，换了不同的心境对诗句的感悟就有所不同了。

天放晴了，太阳出来了。人们变得异常好动，气氛变得异常活跃。每个人都感觉到内心有一件快活的事情，使自己不能在雪后安静地待在屋里。行人踩在雪地上的咯吱声，清洁工扫雪除冰的铁器敲打声，堆雪人的孩子们的呼喊声，狗在雪地上打滚儿、追逐、咬架的叫声……夹着烟霭和忙碌的气色，将小区热闹成一团。

　　雪有声，细化于我的心境，于是思念起我生活工作了23年的乌拉山发电厂。每逢下雪，上班后的第一件事就是扫雪。每个部门都有自己的环境卫生区，政工部负责的是一条去厂里的必经之路。扫雪要趁早，雪下得大了被过往的车辆一压，便冻成了冰。扫除路面上的冰是力气活，既费时又费神。时间长了，露在外面的脸先被冻住，接着就冻手、冻脚。冻脚是很纠结的，手上铲着雪，两只脚乱蹦，坚持一段时间，冻过了劲，脚就疼痛、麻木起来。将雪推到路边，顺手堆几个雪人，像一个个护路工，能坚持一冬，直到春归才消了它的容颜。

　　走在回家的路上，雪堆、雪地、雪人被太阳一照，像砂糖似的闪闪发光，幻映出一道道五光十色的彩虹，凝聚着纯洁无瑕的感情。大雪小雪又一年，在冬雪营造的安详宁静里，在白雪轻柔的抚慰下，我们还能有什么浮躁的心事放不下呢？雪花似蝶，它也是作茧、破茧成蝶的吗？雪花是花，它也会质本洁来还洁去吗？蝶也好，花也好，雪花独具冰魂雪魄，以薄如蝉翼的翅膀舞蹈，飘舞一次，美丽一次，在等待和希冀中度过一生。做人也是这个道理，成功的背后有无尽的艰辛和付出，只有不断超越自我，才能达到一个新的高度。

　　雪天里，一个人关在屋子里，难免胡思乱想，真实的和虚幻的着实分不清楚，许多经历和没经历的事情都交织着若隐若现。在悠悠的灯光下，泡一杯热气腾腾的奶茶，听羽泉的《爱浪漫的人》："雪夜床头，烛光中几个朋友，点着烟再聚首探讨活着的理由……"也是"别有一番滋味"在心头了。"过去的日子如轻烟被微风吹散了，如薄雾被初阳蒸融了，我留着些什么痕迹呢？我何曾留着像游丝样的痕迹呢？"朱自清笔下的《匆匆》令人感叹不已，每个人都只是大千世界里的匆匆过客，在匆匆的时光里，珍惜属于我们自己的每一天。

　　"明月照积雪，朔风劲且哀。"谢灵运的《岁暮》让人在这漫天飞雪的冬天里，盼望一岁之首的春天了……

# “塞外明珠”乌梁素海

春节前夕，有朋自巴盟来，还带来几条乌梁素海的黄河鲤鱼，一下勾起了我对乌梁素海的记忆和思念。

我出生在乌拉特前旗西山嘴镇，小的时候常常听父母提起乌梁素海。那时，家里生活困难，仅靠父亲一个人的工资养活我们一家六口人。母亲没有工作，为了补贴家用，一到冬天，父母就要去乌梁素海打苇子，回来编席子。那时，家家户户的炕上都铺席子，母亲编席的手艺好，编出的席子十分平整，所以销路很好。从那时起，乌梁素海就深深地印在了我的记忆里。

初识乌梁素海是在1986年的秋天。乌拉山发电厂雄踞在乌拉山前，而我们的水源地位于山后的乌梁素海边。有一天，我们和中国电力报社的记者一起去水源地采访后，顺路去了乌梁素海。路上，听着水源地值班的同志们对乌梁素海的介绍，很欣喜也很激动。

乌梁素海，蒙古语意为“红柳海”，这里曾生长着茂密的红柳林，河套地区有“烧红柳、吃白面”之说，现在这里是内蒙古重要的鱼和芦苇的产地。乌梁素海位于巴彦淖尔市乌拉特前旗境内，处于呼和浩特市、包头市、鄂尔多斯市三角地带的边缘，距乌拉特前旗政府所在地西山嘴镇13公里。古时候，乌梁素海是黄河的一部分，黄河改道后形成了河迹湖，现在是黄河流域最大的湖泊，是中国八大淡水湖之一，总面积293平方公里，素有"塞外明珠"之美誉。

经过一段土路的颠簸，我们到达了目的地。

乌梁素海碧波入目，形似一瓣橘，偌大的湖面被茂盛的芦苇和蒲草分割成大小不同的几个水域。站在湖岸望去，远山如黛、近浪起舞。辽阔的湖面碧波荡漾、水天一色、苇丛如画、满目清绿，呈现出大湖气派，令人赏心悦目。

乘上一叶小舟，在芦苇和蒲草中穿行，唯见绿荫如盖。空气中弥漫着带有湖水的凉意和芦苇的清新香味，沁人肺腑。雁、雀从头顶掠过，鱼儿在水中浅游。这里是鸟的世界、鱼的乐园，有近200种鸟类和20多种鱼类繁衍生息。这里尤其以盛产黄河大鲤鱼而蜚声内蒙古。那时，渔民们从湖里舀一盆水就能煮鱼了。

1997年，乌梁素海成了集湖泊、额尔登布拉格草原和乌拉山为一体的综合旅游区。每到春、夏、秋三季，这里绿荫绰绰，湖水和蒲草相得益彰，蓝天与碧波交相辉映，平中溢情、野趣天成。我们或带孩子或带朋友或带客人来。每次来做的第一件事，就是去买烤好的白条鱼。整条鱼烤成了金黄色，掰一块送入口中，肉质细腻、味道可口、百吃不厌。

有一次，我与同事们约好了一起去玩。船刚刚离岸，一位女同事不小心滑落水中。由于不会游泳，她手忙脚乱地扑腾。船上的人笑作一团，并不急着救她。一位男同事喊道：你站起来呀！水中的女同事停止了挣扎，站起来一看，水才齐腰深。后来才知道，这海水最深处4米，最浅处还不到一米。

晴好的早晨，这里充满了野趣。远看，天与湖之间，一条银白色的线熠熠生辉，一群野生的白天鹅在湖面上飞翔；近看，到处都是鸟儿，黑色的野鸭、白色的白鹤、杂色的鸳鸯，还有好多叫不出名字来。人走近了，鸟儿就向后飞，飞飞停停，有的在空中盘旋，有的浮于水面，有的落在栈桥上。在这全球为数不多的鸟类迁徙地和繁殖地，你能真切地感受到人和大自然的和谐共存。

如遇风天，风吹芦苇叶子发出"沙沙"的巨响，仿佛惊涛骇浪声。湖面波浪卷起千堆雪，湖水惊涛拍岸，犹入大海之境。

最难忘的还是乌梁素海的日落。夕阳映在湖面上，像一条金色的彩带，在湖水中翩翩起舞、连绵起伏。鸟儿掠过时，溅起一片诗情画意，仿佛在惜别黄昏。

2006年，我离开乌拉山发电厂时，乌梁素海已不像先前那般可爱了。由于大量营养物质入湖，致使水上植物面积不断扩大，水下形成片状草原，使这个很年轻的湖泊已呈老化趋势。之后，乌梁素海曾出现面积达50多平方千米、持续近5个月的黄藻，使核心区域水面被覆盖，水体受到严重污染。黄藻是一种生长在湿地的藻类植物，在温度适宜、水体富营养化加剧时迅速生长蔓延，覆盖水面，对水生植物、鸟类和鱼类等能造成致命危害。可叹的是，昔日每年鱼产量达500多万公斤的内蒙古第二大渔场，变成了汇集工业污水和生活污水的"污水池"。

2016年7月，我再次来到乌梁素海。除了黄藻外，乌梁素海的部分水面已经被芦苇覆盖。可喜的是，乌梁素海被再度开发，生态旅游区已初具规模。我们又可以在这由海水、草原、山峦构成的绝妙的自然景区里，领略北国的湖光山色，探索珍禽候鸟的活动奥秘，体验额尔登布拉格草原的风情，观赏小天池的奇观……

# 情系山乡

　　初到内蒙古丰泰发电有限公司时，我负责精神文明建设工作。在整理图片资料时，一张上书"扶贫解困，情系山乡"锦旗的照片，映入我的眼帘。这是两年前中共清水河县窑沟乡委员会和人民政府送给公司的。我被这张照片所吸引，终于了解到公司为清水河县窑沟乡刹木沟村建造400多个羊圈的事情。

　　今年4月，为了拍摄创建文明单位活动的专题片，我们决定专程去一趟刹木沟村，看看我们扶贫解困的效果如何。

　　车出呼和浩特市一路南行，进入清水河界，黄土丘陵的自然景观便闯入了视野。清水河地处黄土高原北缘，地势东南高西北低，山高坡陡，河谷深，地理条件十分恶劣。望着这块满目疮痍的土地，不禁平添了几分苍凉和惆怅。

　　车在蜿蜒曲折的黄土路上爬行着，土腥味儿夹杂着炎热从车缝中挤进来，呛得人直咳嗽。透过滚滚黄尘，却见果树的枝头舒展着点点嫩绿；地上的小草冒出丛丛新绿；蓝天白云下、梯田里，时有扶犁耙田的身影闪现，凄婉的心情得到了些许安慰。

　　听说我们要来，窑沟乡的乡长已在路边等候了。在他的引领下，我们穿过

162

几个村庄，终于到了刹木沟村。

村民们的房屋依山势而建，高高低低地散落一片，屋前房后的空地上种着各种果树，开着粉的、黄的花，给沉寂的村庄带来了生气和活力。进得一家农户，却别有一番洞天。圆顶的、粉刷得雪白的窑洞里，靠北墙放着白色的组合柜，靠西墙放着沙发；南墙宽敞、明亮的玻璃窗下便是炕，雪白的羊毛毡子上，铺着黑、白、红三色图案的毯子。窑洞的整洁和色彩的协调，使人感到一种舒适和安逸。

一位老人进来，招呼我们在沙发上坐下，乡长边给我们倒水边说："这是刹木沟村的前任村主任。"

"老村主任"76岁了，黑里透红的脸上洋溢着热情的笑容。握着他粗糙的双手，我想起了鲁迅笔下的闰土："那手也不是我所记得的红活圆实的手，却又粗又笨而且开裂，像是松树皮了……"然而，他比闰土结实得多。他说："村里的青壮年劳力都外出打工了，留下的是些老人和孩子。这几天耕地，一晌午来回走的路有30多公里。村里最老的人已90多岁了，照样下地干活。大前年，电厂给我家盖了羊圈，就开始养羊，现在有10只了，生活也比以前好多了。"

乡长接着说："那年电厂给每家每户建了羊圈后，全村230多户980多人，家家户户都养起了羊，多则100只，少则6只。这些年，县里响应国家号召，免征农业税和种粮补贴资金，两项政策的落实可使农民每年人均减负增收45元，现在年人均收入在5000元左右了，同比增长了17.8%，农民得到了真正的实惠。"

当我们问起发展前景时，乡长说："我们将以农副产品的生产拉动畜牧业的发展。我们种植的小香米、荞面、芸豆等多种杂粮，质优味美、远近闻名；农作物的茎、叶可以用来养牛、羊，可以说是一举两得。"

我们将摄像机、照相机的镜头锁定在那些砖木结构的羊圈上，它们还完好如初。圈养的羊群，有的咀嚼着玉米秆，有的如白絮般游动。聚集在周围的村民交口称赞国家的富民政策，都夸电厂为他们做了一件大好事！

回来的路上，我脑海里萦绕着那首满是"家乡情结"的西北民歌："我的故乡并不美，低矮的草房苦涩的井水。一条时常干涸的小河，依恋在小村周围；一片贫瘠的土地上，收获着微薄的希望。住了一年又一年，生活了一辈又一辈……"这正是这些贫困山村的真实写照。歌中既唱出了农村的落后，也体现了许多无奈。使人欣慰的是，如今大多数的山村，已经脱贫，走上了富裕的道路。

春华秋实，天道酬勤。让我们情系山乡、走进农村，伸出援助之手，去了解和帮助那些山村里朴实忠厚的农民乡亲们吧！我相信：在建设和谐社会、奔小康的征途上，文明、富裕、和谐的新农村离我们不会太远的！

# 畅游草原

我生在内蒙古，对草原的热爱是与生俱来的。每当听到那首《美丽的草原我的家》、读到那首《敕勒川》，清风碧水、鲜花绿草、骏马牛羊、蒙古包以及"天苍苍，野茫茫，风吹草低见牛羊"的塞外风情总在脑海中浮现。草原是我们草原人心灵的故乡，更是我们草原人的天堂，我渴望去畅游草原。

2009年夏，一个偶然的机会，一次从东到西的旅行让我领略了呼伦贝尔、锡林郭勒、格根塔拉3个大草原的不同风情。经历黄沙漫漫的大漠征程，去探访那神秘辽远的马背民族的故乡；在那淳朴的原生态乐园里，挥洒自己澎湃的激情，体味游牧民族浪漫的生活……

## 一

呼伦贝尔草原是世界四大草原之一，被称为世界上最好的草原。

走进大兴安岭腹地，就走进了呼伦贝尔草原。它位于内蒙古自治区东北部，大兴安岭以西，因呼伦湖、贝尔湖而得名。总面积约10万平方千米，3000

多条河流纵横交错，500多个湖泊星罗棋布。地势东高西低，海拔在650至700米间，是世界著名的天然牧场，被誉为"北国碧玉"。草原绿海茫茫、云凝峰峦，举目远望，草原夏花如海。绿茵茵的草地上，黄色的小花、红山丹和紫野铃兰点缀其中，随风摇曳、花香扑鼻。一幅四季分明的五彩画卷，一个纵横天地竞自由的欢乐谷呈现在你面前，让你用心感受阳光、空气、蓝天、碧水、森林、花草……

黄土路面在绿色的草原上迂回转折、起伏连绵，像一首悠长的诗歌，缠绵悱恻。路边间或有一两处牧民的家园，木条栅栏、砖瓦房舍，如童话般的境界。

# 二

锡林郭勒大草原位于内蒙古中部，"锡林郭勒"系蒙古语，意为"丘陵地带的河"。

这里草长莺飞，杂树生花。信步林间，依稀可见敖包晨雾如纱，那时隐时现的小河飘出郁郁葱葱的森林，飘向茫茫草原，那阵阵松涛和涓涓流水鸣奏出草原的辽远悠长。

阿斯哈图石林是国家AAAA级景区。"阿斯哈图"系蒙古语，意为"险峻的岩石"。这里的石林是花岗岩地貌与石林地貌相结合的一个新类型，属花岗岩石林，是目前世界上独有的一种奇特地貌景观。冰石林由片状花岗岩堆积而成，层次分明，景色十分壮观，至今在世界范围内还是首见。因冰水冲蚀岩体侧面，很多石林侧面都有悬沟槽，就像一块块石头堆叠在一起，亦像千层糕一样。

极目可见大兴安岭的主峰，青山茫茫，魅力纷呈。偶尔在草原上看到星星点点的蒙古包和牛羊，真是人烟稀少，地大物博。

草原的夜是那样的静寂。躺在蒙古包里，头枕蓝天白云的缥缈，呼吸着闲花野草的清香，伴随着马头琴的悠扬，沉入迷人的草原之梦。

# 三

格根塔拉草原，蒙古语意为"避暑胜地"。这里是一片天造地化的净土，是游牧民族历史的摇篮，是现代文明的见证（神舟六号飞船返回地面的着陆点），是理想的家园。

格根塔拉草原，我先后去过3次。印象最深的是第一次来这里参加的"草原骏马聚"那达慕大会。7月的草原，由近及远地看，草明草暗，天光云影，铺展得无边无际。如茵的草地上点缀着五颜六色的花朵，红的、白的、黄的，如旋转的万花筒，令人目不暇接。草原湖在蓝天的映照下，湖水幽蓝，清澈见底，红柳倒映，波光潋滟，层次分明，极富神秘感。远远望去，几百顶洁白的蒙古包整齐、有序地排列在绿地之上，令人叹为观止。

神思飞扬间，一队插着彩旗的骏马飞驰到我们的跟前，这是好客的草原人专程来迎接我们这些远道而来的客人的。身着艳丽民族服装的姑娘们手捧银碗，捧着哈达，唱着蒙古语歌曲向我们走来。歌声浑厚沧桑，长调拖音在苍茫的大草原间悠扬回荡，产生心灵的撞击。我接过马奶酒，弹酒向上敬天，向下敬地，抹在额头敬父母，然后一饮而尽。

3天里，我们参加了开幕式，参与了拔河、接力等比赛，观看了马术、摔跤、射箭、套马等表演，还参观了神舟六号飞船模型。在可容纳千人的宴会厅里就餐，更是别有一番风味。日食三餐，都离不开奶与肉。以奶为原料制成的食品，蒙古语称"查干伊得"，意为圣洁、纯净的食品，即"白食"；以肉类为原料制成的食品，蒙古语称"乌兰伊得"，意为"红食"。十人围桌子坐下，品尝着奶茶、蒙古包子、蒙古馅饼及蒙古糕点新苏饼，还有烤全羊、手抓羊肉、浓烈的草原白酒，再加上炎热的天气，那气氛、那场面让人乐不思蜀。

站在草原上，吟唱"风从草原走过，吹散多少传说。留下的只有你的故事，把酒和奶茶酿成了歌……"遥想草原的辽阔和浩瀚筑就了成吉思汗的伟业，蓝天碧水承载着草原人民的生命和激情，伴随着梦想与期望，在这个羊欢草长的季节，在格根塔拉草原上，开始了一段难忘的追梦之旅……

我们与天堂般的草原意犹未尽地挥别了。无论在何处的草原，人们都可以欣赏到美丽的草原风光，领略大自然之美，体验别具特色的民族风情。置身机器轰鸣、车水马龙、繁华喧闹的城市中，洗去征尘，挥不去的是脑海中那天堂草原的牧歌，忘不了的是对蓝天、白云、苍山、绿水的神往……

# 一次难忘的井下探秘

7月的一天，我随呼和浩特市作家协会几位副主席，应邀前去高头窑煤矿采风。其间，我不仅有幸目睹了北方联合电力有限责任公司目前最大的现代化矿井的风采，而且进行了一次难忘的井下探秘。

车驶入高头窑煤矿的大门时，整洁、漂亮、蓝白相间的厂房、办公楼、住宅楼映入眼帘，不见煤的踪迹，便觉与其他矿井不同。记得在乌拉山发电厂工作时，有一次，厂长要求全体中层管理人员去乌达煤矿体验生活。进了矿区，到处都是黑乎乎的煤堆，风起时，混沌一片。顷刻间，脸上、身上化了"煤粉妆"，人们戏说演"包公"都是现成的。下矿井那天，男同志从头到脚"全副武装"，尤其是安全帽上的那盏矿灯，衬托出他们的神气。我能做的只是把男同志们的神采奕奕摄入镜头，把那种"不准女同志下矿井"的遗憾印在心灵的底片上。

我们被迎进了装修精美、设施齐全的视频会议室，吃着沙甜的西瓜，听着煤矿党委书记所做的介绍。原来，高头窑煤矿位于鄂尔多斯市达拉特旗境内，井田面积196平方公里，资源储量12.3亿吨，可采储量9.35亿吨。

接着参观了"荣誉室"。那里陈列着高头窑煤矿在短短几年的建设中所获得的荣誉。墙上装点着创先争优活动园地，图文并茂地向人们倾诉着"企地共建"中的感人故事。他们为当地的牧民修路、打井、通电，为属地小学捐款、捐物、扶贫帮困献爱心，那一份份鲜红的感谢信，道出了老师、学生和家长们的心声和深深的谢意。

走过那条内容丰富、图文并茂、新颖别致的安全文化长廊，那些激扬的文字和鲜活的图片，折射出高头窑煤矿人的冲天干劲和精神风貌。

来到煤矿，最想了解的就是神秘的井下世界。煤矿工人怎么采煤？采煤机械如何运作？这一刻终于到来了。我们先"更衣"，因为很少有女同志下井，所以给我找一套合适的工衣、雨靴非常困难。我只好穿了一身小号的工衣，40码雨靴，虽然不合适，但也算"整装待发"了。想想工人师傅们就是这样，不论节假日都要换上刚刚清洗过的带着皂香的深蓝色的矿工服，腰上挎着沉甸甸的急救器，头顶闪着耀眼矿灯的安全帽，脚踏绝缘的胶靴，走向通往地下的路，我们异常激动。在副井前拍照留念后，我们经过安检，依次上了一辆"人车"，开始了一次井下"探秘"的特殊体验。

车在蜿蜒曲折、幽暗的斜副井中缓缓前行，灯光照在两壁上，半腰的黄色标志线亮起来了，仿佛在穿越现代的海底隧道，行驶1100多米后，经过一个转弯才进入巷道。短短的几分钟，我们穿越了井上、井下两个世界。人只要离开了陆地，无论上天还是入地，都缺乏一种安全感。

下了"人车"，我们沿着幽暗的巷道前行，时有煤层渗水滴落，打在安全帽上，地上是时深时浅的积水。我把脚步放慢，边走边看，生怕漏掉每一个细节。随处可见的安全标语、标志，提醒你注意安全。我相信，在每一位矿工的记忆深处，都有关于瓦斯、顶板、透水、爆炸事故的记忆，无论哪种，都诠释着生命的脆弱，唤醒人们珍惜生命。

一列电力设备车停靠在巷道里，矿工师傅们在综采支架内穿行，排查隐患。站在狭窄的液压支架旁，我被他们认真负责的工作态度震撼了。平生第一次感到：在这个世界上，震撼一个人的不一定非要什么惊天动地的伟业，把一份平凡的工作做到极致，就是对别人、对自己的尊重。

我们从100多根标着号码的、红色的、液压支架的缝隙走过，到达了地下90多米的首采工作面。综采机像一辆坦克雄踞在轨道上，因为正在检修，工作面一片沉寂。这里没有原始的普采、炮采，有的是综采，大大地降低了劳动强度。综采机工作时，采下的原煤会落在宽大的皮带上，直接传输出去，再不用车拉人扛。我们感叹于这里的现代化程度之高，在生活中，我们永远像一个仰望星空的孩童，充满了好奇心。

一台巨大的送风机工作着，井下空气清新，比地上凉爽多了。可以说，一部鲜活的现代煤炭开采史，从这里展开了。

我们此行尽管没有看到现代化的采煤设备工作时热火朝天的景象，但看到了检修工们忙碌的身影，我们可以自豪地说：我下过了年生产能力800万吨、配套1000万吨的洗煤厂的现代化的矿井了。

这次"井下探秘"必将成为我一生中不可多得的生命体验，人生如果没有一些落差做比较，就没有多少趣味了。

# 生命中的常春藤

一个难得的阴雨天，片刻的闲暇，我精心地整理着去张家界采风时拍摄的照片。目光流连于奇山异水间，令我情有独钟的却是这样一张照片：一块巨石上爬满了常春藤，我身着红色风衣，站在这绿色的屏障前，脸上露出烂漫的笑容。记忆中，这是我与常春藤的第四张照片。照片上的常春藤仿佛伸出了丝蔓，勾起了我对旧时踪迹的寻觅，回忆的果实满是蜜汁，浸润着心田。

我喜欢常春藤，因为它平凡而普通。我与常春藤的第一张照片是从事摄影工作的父亲拍的。照片上，我光着脚丫在沙地上跑，周围的灌木丛上爬满了一种绿色植物。父亲告诉我：那种绿色植物叫爬山虎，它易栽培，生长迅速，一旦扎根就一根筋地向上疯长，有股韧性和顽强的生命力。父亲希望我像常春藤一样茁壮成长。

我欣赏常春藤，因为它的生机勃勃、团结向上。我与常春藤的第二张照片是同事拍的。照片上我和几个同事围坐在凉亭里的石桌前开心地笑着，凉亭上长满了轻盈、舒展、柔软的爬山虎。那是我们同心协力完成20周年厂庆文集编制工作后的留念，可见同事们的用心良苦。那次我才知道爬山虎就是常春藤。

我喜欢常春藤，因为它的寓意就是感化。我与常春藤的第三张照片是我先生拍的。我面壁伫立，常春藤似攀缘者，先吐出丝蔓附着在攀缘体上，然后腾空而起，勇往直前。常春藤与人十分相似，它以顽强勇敢的特质与自然抗争，人也以环境所不能抑制的向上毅力，坚强不屈地求生。

回放珍藏于心的照片，勾起了我在雨中欣赏常春藤的冲动。烟雨中的花草树木、小桥流水、亭台楼阁有些许南国情调。然而，最吸引人的当数挂在家家户户的围墙、栅栏、墙壁、阳台和曲线长廊、山石、灌木丛中的常春藤了。墙壁上常春藤如绿色瀑布倾泻，它伸出碧绿的手掌，阴天捧起一片湿润，晴天捧着一缕阳光。在常春藤园中生活，每一次的绿色行走，都穿越着童话世界，期待着一次与白雪公主和七个小矮人的奇遇。每当与常青藤的相遇，总令我记起裴多菲的诗句：只要我的爱人/是青青的常春藤/沿着我荒凉的额/亲密地攀缘上升……总有一丝感伤和凄美；令我忆起"艺术的常春藤"蔡琴，她以通透、醇厚而富有感性的声音，以不断学习和提升、不断坚持和超越，成为流行乐坛从年轻红到老的歌者。也唤醒我"穷一生之力而追逐"的文学梦想，在"中国梦"的感召下，从书海中汲取养分，在创作的艰辛中感受精神的愉悦。

太阳出来了，一缕柔和的阳光照在常春藤的叶子上，和谐中透着一份安稳，闲适里有着一份期待。我将常春藤如照片般珍藏于心，随时接受它的感召，作为我人生的策励：在生存的奋斗中、在梦想的追逐中，永不服输……

# 盐碱滩上江南景

朋友，你去过乌拉山发电厂吗？你到过这里的秀水山庄吗？沿包兰线或110国道西行，进入巴彦淖尔界不久，映入你眼帘的那道亮丽的风景，就是秀水山庄了。

秀水山庄坐落在乌拉山发电厂大门以南，是乌拉山发电厂美化家的"三园、六包、一洗浴"工程之一，它的诞生有着不同凡响的经历。这里曾是一潭死水荒地，杂草丛生、蚊蝇苟存、垃圾成堆，与一流火力发电厂生活区、厂区的景致很不匹配，于是厂领导班子决定改变这里的环境，提高职工的生活质量。全厂职工齐心协力，自己动手挖土、筛砂、填土，经过一个多月的苦干和能工巧匠几个月的精雕细刻，一座集餐饮、休闲娱乐于一体的秀水山庄便诞生了。这里成了人们休闲娱乐的好去处，成了乌电人的欣慰和骄傲，成了美丽的天地，一方净土！

在秀水山庄梅花砖铺就的红红的曲径上漫步，仿佛步入城市的公园，绿绿的草坪上五羊开泰的雪白雕塑下，一只公鸡伸颈鸣啼；再向前行，7只黑白分明的松鹤有引颈长鸣的、有低头觅食的，活灵活现；九曲回转的花坛内鲜花盛开，向人们展示着秀水山庄的风采；秀水山庄的最西边，是一幅腾飞的骏马雕塑，它不正是企业腾飞的象征嘛！园内还有供游人小憩的圆形石桌、石凳、仿古的红柱、黄色琉璃瓦装扮的六角凉亭、3个白色的蘑菇状凉亭。坐下观景，不由得想起2001年8月18日，美化家园工程竣工剪彩时的情景：天上下着绵绵细雨，将时常有沙尘暴光顾、多风少雨的乌拉山的一草一木一物冲刷得格外清新，草坪更绿了，鲜花更艳了！真可谓好雨知时节。"三园"建成后，乌电人终于有了休闲的场所。你可以到"芳树村"听音乐、观喷泉，看鸽群在空中盘旋；你还可以到"长寿园"跳舞、健身和打牌。那份景致、那份乐趣，正是乌电人"安居乐业"好心情的真实流露。

秀水山庄最具特色的建筑是被春桃、夏荷、秋菊、冬梅、山丹5个小蒙古包环绕着的盖世包，此包可同时容纳300多人用餐。每天伴着晨光，乌电职工们来到这里，吃一顿种类繁多、品味齐全、卫生可口的自助餐；电厂职工婚嫁、孩子过生日，也在这里摆上几桌，喜庆盈满了盖世包，更洋溢着乌电人与人之间浓厚的感情。乌电人的忠厚朴实，乌电人的热情好客，更是远近闻名。

夜幕下的秀水山庄别有一番情趣。它被树影、物影、灯光弄得阴暗交错、陆离斑驳。在灯光的映照下，排排绿树滴翠，盏盏灯光将夜幕点缀得五彩缤纷。那块写着"祝您一路平安"的大型红色招示牌，映入路人的眼帘，泛起丝丝暖意。

秀水山庄既是娱乐休闲的好去处，也是乌电爱国主义、集体主义、传统教育的基地，这里能弘扬传统、凝聚人心、鼓舞士气。这郁郁葱葱的园内吸引人的是3座各具特色的"功德碑"。绿色与丰碑相伴，引发人们对过去、对未来的思考，也为秀水山庄增添了几分庄严神秘的色彩。节假日里，乌电职工携妻带子在碑前驻足，读着曾并肩战斗过的伙伴的名字，讲着当年艰苦奋斗的故事，没有了"前不见古人，后不见来者"的惆怅，凭着感情的羽翼，回顾乌电昨天的历史。树纪念碑，乌拉山发电厂领导的初衷是：可歌可泣的创业史是乌电企业精神的基石，是企业文化的源头。让乌电的每一位年轻人成为企业精神的弘扬者，成为企业文化的创新者，就要对他们进行光荣传统教育。

3位年轻人手捧"红宝书"的雕塑，是以"拓荒创业、青春永驻"命名的献给建厂初期所有的兵团战士的纪念碑。墨绿色的大理石上用金黄色的字体刻着来自五湖四海、曾经在乌拉山脚下"战天斗地"的兵团战士的名字，他们在乌拉山下这片盐碱滩上，靠着"与天斗其乐无穷，与地斗其乐无穷"的精神，住着干打垒的平房，喝着苦涩的碱水，啃着咸菜、窝头，顶着风沙走石，冒着严寒酷暑，肩负着建设我国自行设计、研制的火力发电厂的重任，虽苦犹甜……往事已成过眼云烟，但他们艰苦奋斗、吃苦耐劳的精神激励着一代又一代人。

老中青三结合的雕塑，是以"团结奋进、爱岗敬业"命名的，献给为电厂辛勤耕耘20年以上的先辈们的纪念碑。墨绿色的大理石上刻着每一位先辈的名字，他们都把人生最美好的青春年华献给了乌拉山发电厂，他们中有千人上煤大会战中的一员，有汽轮机机头着火时奋力灭火者，也有顶着凛冽的寒风在后山水源地抢修爆裂的供水管道者……乌拉山发电厂前进的步履，都展示着他们无私奉献的风采。

蒙古包西边耸立着的是以"率先垂范，把光明洒向人间"命名的献给电厂历任领导和中层干部的纪念碑。从刻在碑上的名字我们可以看到，乌拉山发电厂的厂长已换了8任、党委书记换了5任，这些承前启后的领路人，把乌拉山发电厂从一个无名的小厂造就成达标企业、星级企业、一流企业和国家电力公司的"双文明单位"。他们造就了一个企业，也造就了一代又一代人。迄今为止，从乌电调走的干部职工已达2600多人，可以说祖国东西南北中的发电企业中，都有乌电培养出的人才。他们有的是生产骨干，有的走上了重要的领导岗位。难怪有人说：乌拉山发电厂是"干部的摇篮"。随着电力建设的迅猛发展，乌拉山发电厂从主力厂变为一个小厂、老厂。为了生存与发展，乌电人正以前人留下的精神和魄力，变"干部的摇篮"为"人才的宝库"，抓住一线希望，寻求更大的发展。

穿越时间的隧道，回到阳光明媚的现实，做一名乌电人多么快慰、多么自豪。地理位置偏僻、远离城市的乌拉山发电厂在30多年的建设中，焕发出独特的魅力和生气，有了"三园、六包、一洗浴"工程，乌电人扬眉吐气了！

回眸过去，展望未来，我们心潮澎湃，发人深思的秀水山庄，激励我们珍惜属于我们自己的每一天！

# 感悟春天，感悟生命

2003年的"五一"长假为"SARS"病毒所困，只能留在家里，原想这会是有生以来最没意思的假期了，不曾想5天之中，竟经历了春光明媚、沙尘飞扬和细雨绵绵，于是对即逝的春天、对大自然以至于对生命有了新的感悟，真是"别有一番滋味在心头"了。

5月的小雨淅淅沥沥地下个不停，想着"好雨知时节，当春乃发生。随风潜入夜，润物细无声"的诗句，被"SARS"困扰的烦躁不安的心情，忽然好了许多。于是，想去领略无尽的自然风光，想去饱览小镇风情，想在小雨中漫步……

雨中的小镇宁静而清新，被雨洗刷过的世间万物，绿的滴翠、红的娇艳，气息甜润，多了几分惬意，多了几分思绪，与世隔绝的心被打开。在芳树村游乐园凉亭里的石桌旁坐下，放眼望去，在梅花砖铺就的鲜红的地上，几十位穿着鲜艳服饰的妇女翩翩起舞，有几份"快乐老家"的轻松、欢快，一举一动透着欢乐和豁达。此时此刻，想到"SARS"病毒仿佛就是一篇童话故事，虽可怕但离我们很遥远。近来，小镇周围的城市都发现了"非典"疑似病例。为了人民群众的生命安全，小镇实行了全封闭管理。每个路口都有人24小时值班，风雨无阻，这也是我们切断感染源，保卫这片"净土"的最有效的手段。那好看的舞蹈，舞出了轻松，舞出了快乐，也舞出了人生的真谛。

园的那边有几个孩童嬉戏，一阵哭声传来，原来有一位小朋友不小心滑倒，几位小朋友边扶他起来边帮他拍打身上的水。是啊！连小朋友都懂得互助互爱，不由得又想起整天都在救治病人的白衣天使，面临"SARS"病毒的威胁，他们没有退缩，而是毫不犹豫地以自己的生命做代价，换取成千上万人的幸福和安康，这不正是白求恩精神的再现和真实写照吗？我相信：有了医疗战线上那么多无私奉献的最可爱的人，我们打赢这场没有硝烟的战争，指日可待。

小雨又淅淅沥沥地下起来了，"SARS"病毒侵入人的肉体，吞噬人的灵魂，拉开人与人之间的距离，撕破友情、乡情和爱情，在"SARS"的魔爪下，多少个家庭被葬送。"SARS"是无情的，正是它的无情为人类敲响了警钟！人类的劣根性只有在危难之时，才会暴露得淋漓尽致！那些唯利是图的、自私自利的、贪得无厌的，都应该省视自己，在危难之时，我们都做了些什么？我们能做些什么？

伴随着"咕咕咕"声，一群鸽子如一道白色的闪电落在花坛边上，像汉白玉雕塑一般千姿百态。我感叹于这和平使者的化身！进入21世纪，有那么多意想不到的事发生，美伊战争与"SARS"病毒几乎同时向人类发起进攻，爱好和平的人们习惯了幸福、安宁，经受了这些考验之后，更能战胜自身的弱点。人类就是在一次次灾难的考验中不断战胜自己、战胜困难而生存的，进而换取更强的生存能力。每经过一次灾难的洗礼，人类就如涅槃的凤凰在烈火中再生，这种再生比生命本身更美丽。我相信在奔小康的征途上，我们的生活会越来越美好。

雨终于停了，太阳从淡淡的云层后面钻了出来，仍是春光明媚，我们还是在这个春天里感受一下春光吧！请相信，乌云遮不住太阳，一切不幸都将成为过眼烟云。面对"SARS"，我们不必惊慌，只要我们的心中充满阳光！

# 轻松愉快"千禧年"

俗话说：小孩儿盼过年，大人望插田。这句话道出了小孩子和大人们对于过年的不同心境。是啊！小孩儿的年越过越多，而大人们的年越过越少。无论年过得多与少，过年在中国人的眼里无疑是最休闲的时间。忙了一年，我们只有在农历年来临之时才能好好地休息一下，养足了精神，在新的一年里继续劳作。

新年到了，今年的心情与往年有了许多不同，究其原因，就在于"千禧年"又值龙年，而年"三十"这天又逢立春。诸多说法欢聚在这一年中，即使这年的本身没有什么意义，也给人们平添了许多回顾和反思，心情轻松愉快在所难免。大人们对这个"千禧年"都十分重视，购买的东西比往年要多。从小年开始就忙碌起来，除尘去垢、置办年货……从这天开始，年一直要过到正月十五送龙王爷上天才算完。

小年过后，对农家来说就是休闲的日子了，再没有人外出干活了，上班族却不行。人们到花市买回一些含苞待放的花——郁金香、水仙……盼望它能在正月里开放，给"年"增添一些活力和色彩，加深对"千禧年"的印象。

腊月二十八那天，大人们拉来了大块的碳，在楼下堆起了煤山。今年的冬天与往年不同，年前像模像样地下了5场大雪，孩子们堆起一个大雪人。此时，白白的雪人与黑黑的煤堆遥相呼应，仿佛倾诉着一个世纪的情愫，只等那"爆竹一声除旧岁，桃符万户迎新春"了。

腊月三十的上午，上班族还要上一会儿班，然后才能回家贴由红纸写成的对联、从商店里买来的"福"字和各种剪纸，还要把该干的活都干完。吃了年夜饭，一家人围坐在一起，边看中央电视台播放的"春节联欢晚会"，边包年夜饺子。欢声笑语在家家户户荡漾着。大人们、小孩儿笑逐颜开，真可谓"人逢喜事精神爽"。新年钟声响起的时候，大人们点燃旺火，小孩儿点燃鞭炮开始"接神"了。从大人、小孩忙碌的身影、一幅幅热闹非凡的情景和持续不断的炮声、礼花声中，人们感受到"千禧年"在每个人心中的分量，也有了今非昔比的快乐和欢欣，年的气氛格外浓了起来。除夕夜是大团圆之夜，纵然是浪迹天涯的游子，这一天也要赶回家来过年。万一因工作忙未能赶回来过年，家里也要为他摆上碗筷，虚位共享。此刻便有了"遍插茱萸少一人"的真实感受。现在人们的生活条件好了，鸡鸭鱼肉、饺子长年不断，但除夕夜的饺子还是格外香。最高兴的还是孩子们，穿新衣，戴新帽，吃过年夜饭，大人们还给了比往年多得多的"压岁钱"。

初一，人们成群结队、挨家挨户地给长辈、领导、同事、邻里们拜年。不管见了谁，都要高高兴兴地问一声"过年好"。脸上洋溢着喜气，嘴里说着祝福的话，人与人之间的真诚和友善体现得淋漓尽致。

初二，女人们带丈夫、孩子回娘家给父母拜年。孩子们在外婆家里想住多久就住多久，玩得不亦乐乎！

初三以后，同学、同事、朋友们聚在一起吃喝玩乐，挨家挨户地轮着乐，一直乐到初七、初八，人们极不情愿地去上班了。上班的头一天，静不下心来的人们还要回味一下过年都做了什么，交流后得知：有回家与父母团聚的，有外出旅游的，有网络上过年的，也有去蹦迪的……于是人们发出感慨：这年过得太累了，但愿下个世纪我们多挣一些钱，乘飞机去南方过年，看看异地春节的风俗人情，领着孩子去见见世面。

正月十五很快就到了，五彩缤纷的焰火渲染着夜空，真有点给龙王送行的意思。在家家户户响起的鞭炮声中，"千禧年"悄悄去了……记得有人说过这样一句话：人生最要紧的不是你站在什么地方，而是你朝什么地方去。那就让我们以"千禧年"为起点，创造多彩的生活，创造新世纪。

无论如何，这个年过得还是轻松愉快的！在年的余味里，人们发出同一声感叹：这年过得可真快啊！

## 五月，槐花香

搬入新居的时候，每户的院外已种下一排龙爪槐。

每天从车库门出入，很少顾及院门前的风景。偶有一日，站在自家的小院内，香气闯入鼻息、沁入肺腑，真可谓"东风随春归，发我枝上花"！惊觉：槐花开了。那浓郁的、熟悉的香气搅动了思绪，似数年未曾谋面的好友突然重逢，封存在心底的、最美好的、最深刻的记忆，像决堤的洪水一泻千里。

记得故乡老屋的院里长着一棵高大的槐树。树根深深地扎进土地，历经岁月的沧桑而苍翠挺拔，犹如站岗放哨的士兵，屹然不动。每逢春天，春风抚过，先有毛茸茸的、淡青色的嫩芽，怯生生地在枝头绽开。然后，沐浴春夜喜雨，蓦然长大，像水洗过一样，圆圆的叶子整齐地在枝梗上对着生长。常有几位年过古稀的老人聚在树下纳凉、闲聊，老人们慈祥的面容依然清晰。

有时偷偷窜上房顶，在母亲的呵斥声中，小心地采摘下一串串绽开的槐花，坐在树荫下，咂舌品尝。那一丝丝的细甜，穿过舌尖，遍及每个细胞，便有了关于美味的遥想。而如今再也尝不出当年的味道，如苏东坡笔下的荔枝，如鲁迅社戏里的茴香豆……有些东西是混杂着某种感觉、某种氛围和某种时代吃下去的。许多年后，时过境迁，物是人非，再入口时已失当年的滋味。

至今还记得工作过20多年的电厂办公楼前那排粗壮的槐树。远远望去，花团锦簇，沉甸甸的，似要压弯了不堪重负的枝头；洁白的花朵与碧绿透明的叶子交相辉映，像披肩的长发飞扬。记得那是安全文明生产双达标活动中，美化、绿化厂区环境时我们亲手栽下的。槐花开时，一串串、一朵朵像吊铃一样，饱满而羞涩地下垂着；每到秋天，槐豆荚挂满枝头，落下一地。槐树执着而尽责，它既无少女之娇羞，也无老妇之颓废，恰如女人的一季嘉年华，风华正茂，隐忍又张扬，内敛又妩媚，它就这样迎来送往，伴着我们挥洒青春岁月。

许多个夏天过去了，当年那个天真活泼的小女孩已过不惑之年，而槐花仍寄存在我的记忆深处。冬天里，灰褐色的槐树没有新意，白雪压顶时，落一地风尘，寒寂中像一位沉思的智者；春来时，折射出青春的骚动和生命的蓬勃，抵御着摇曳的春风，洒满院子的香；夏日里，尽情地宣泄着冬的沉思和春的积累，洁白的花绽满枝头似乎意犹未尽，留一地清凉；秋天里，挂满树的黄叶，随风飘落在黄褐色的土地上，洒遍大地的黄金，那挂满树梢的树荚，给人以无限向往和期盼。

5月的槐花，开在院外，开在心头。打开窗户清香扑鼻，挥之不尽的思乡之情涌上心头，不知道身在何处，仿佛在画中游。槐花一簇一簇开放、一簇一簇凋谢，如东逝水，来去匆匆，不为谁而驻足。

# 庭院小记

"种花好，还是种菜好？"站在庭院里，我笑着问丈夫。

"花种得好，姹紫嫣红，满院芬芳，可以养眼；菜种得好，嫩绿的叶，肥硕的根，多汗的果，可以养生。"丈夫笑着作答。

"那就既种花也种菜。"还是我做了决定。

农谚说："谷雨前后，栽瓜种豆。"所以"五一"休假，我们就买来了秧苗。在靠近窗户边的地上种了一排月季。然后，把左边大点儿的地一分为四，种了辣椒和豆角，还撒了水萝卜、白萝卜、香菜、小白菜籽；把右边小点儿的地一分为三，种了黄瓜、西红柿和茄子。

播下种子，就像播下了希望。每天下班，我们都要站在院子里，观察一番。由于土壤肥沃，阳光充足。秧苗扎根之后，就疯长起来。又过几天，播下种子的那两块地里也长出了又绿又嫩的新芽，每棵新芽就是一个绿荫、一片希望。

闲暇之时，我们就浇浇水、除除草。很快，西红柿该掐枝了，我和丈夫都不会。邻居家的大嫂热情地过来指导，还帮我们搭好了栽种黄瓜和豆角的架子。她说："种菜如绣花。"当初，我也没有什么体会。后来才知道，种菜是细活儿，认真干起来也很累人。邻居家的大嫂已退休，有的是时间来打理菜地，菜的长势和地的整齐程度都比我家的好，她家的菜地成了我们学习提高的样板。

我看着地里的菜欣欣向荣地生长，也品出了种菜过程中的乐趣。像苏东坡在《菜羹赋》里所说的"汲幽泉以揉濯，持露叶与琼枝"，以及他在《后杞菊赋》里所说的"春食苗，夏食叶，秋食花实而冬食根，庶几西河南阳之事。"种菜的过程，随时都有乐趣。施肥、松土、整畦、下种，是花费时间最多的劳动，那时，还看不到蔬菜的影子。可是"种瓜得瓜，种豆得豆"，就算种的只是希望，那希望也带给人很多鼓舞，因为那希望也是需要用辛勤的汗水浇灌的。就拿锄地来说吧，在地里蹲得时间长了，人便觉腰酸腿麻的，站起身活动活动，也不失为一种很好的运动。

人勤地不懒。浇地时，站在地边，温暖的阳光照在身上，一种说不出的舒畅。清新的泥土气息，素淡的蔬菜清香，沁人心脾。先生边浇地边坐在家门的台阶上抽上一支烟，喝上一阵绿茶，感觉到的是真正的田园乐趣。他说："等我们退了休，在这院里栽上两棵葡萄树，既可乘凉，又可品尝，又多一番庭院风趣了。"

夏末秋初，白的萝卜、紫的茄子、绿的黄瓜豆角、红的黄的西红柿、红的绿的辣椒，还有那开得正旺的五颜六色的月季花，把庭院装点得色彩斑斓、生机盎然。

有朋友来家时，摘些黄瓜、西红柿，用清水一冲，送到嘴里，清香可口。我说：这地里的菜，不喷农药、不施化肥，绝对是绿色食品。朋友笑着说："在这以假乱真的时代，种块菜地，既可以吃到放心菜，又可享受田园之乐，真是一种不错的选择。"

天凉了，黄瓜先下了架，西红柿还结了不少，吃起来甘甜爽口，似乎有些梨的味道。我还把通红通红的辣椒穿成串晾干，挂在家门口的栅栏上，一直能挂到过春节。

入冬之前，从未干过农活的儿子主动承担了翻地的任务。由于拿铁锹的姿势不对，没翻几下，手上就打起了血泡。院外，一位正在打扫马路的老大爷进院指导。他说话声音洪亮，干活干脆利落，锹起锹落间，便翻好了一块地。他说："就你这干活的样子，要生在农村，会被饿死的。"在老人的示范下，儿子很快学会了翻地。

我们给地施了肥、浇了水，就等着来年的播种了。

# 春的心情

每年的春天，总是在盼春归的急切心情中姗姗来迟。那个望眼欲穿的早晨，我第一次在缠绵的寒冷中感受到了春的气息、春的温柔。心情沐浴在无边的春光里，思绪被春风揪扯着飘来荡去……

在漫长的冬天里，在冰天雪地中，曾经想有一支歌如春光般洞穿我的心，让所有的心情染成春暖花开的颜色，让所有的梦想如春草般蠢蠢欲动；想让思绪化作一只风筝在春风中扶摇直上，去仰望那锦云簇拥中的春月，想她如醉如痴的样子，似多姿多彩的春梦。

感春的时节，我更喜欢站在空旷的田野上，想春耕农忙时的情景，想秋收时丰收的喜悦，想雪被包裹着禁锢了的寂寞。然后，漫步在那片树林里，白杨树的躯干泛着青，踩在卷曲着的枯叶上，发出一阵呻吟，布谷鸟轻轻鸣叫着，增添了一种春的韵味，抬头看看蓝天白云渲染着的天空，那种清新而又深远的情绪油然而生。面对枯木逢春，却有了些许感悟：桃花、春雨、江南……春天已被骚人墨客描绘得淋漓尽致：翩翩飞舞的彩蝶，嬉闹花丛的蜜蜂，清晨放歌的布谷鸟，带你步入每一个春天，缤纷的梦想也会挤破心墙，越长越高，越唱越响。

　　想人世间的每个人都会在这万物萌动的季节里，寻找一年之计在于春的感觉。背对流走的岁月，迈上365个台阶，常常感到如银似水的时光从你的指间悄悄滑落，带走了风霜雨雪，带来了春夏秋冬；带走了喜怒哀乐，带来了酸甜苦辣。饱经了春天的花、夏天的雨、秋天的风和冬天的雪；一次次触摸春天的心跳、聆听夏天的韵律、品味秋天的绚丽、享受冬天的蕴藏，在时间的天平上称出你人生的价值和分量……

　　春天是放飞梦想的季节，春天是播种希望的季节，春天是繁花似锦的季节，春天更是舒展灵魂的季节。在这繁盛的春天里，多一份快乐，少一份烦恼，耕耘那份春的心情吧！享受和煦阳光的沐浴，放松自我，亲近绿草、亲近泥土，让自己的心回归自然，倾听大地的天籁，感受轻松的释怀。

　　天更蓝，云更白，草更绿，花更红，阳光更明媚，笑意写在脸上，春天真的来了吗？春天来了，收获的季节还会远吗？

# 叶落秋正好

春生夏长秋收冬藏，四季轮回，岁月如风，又是一年秋。

秋来时，我总要回归自然去感知秋天。于是，在一个阴冷的日子里，走进那片喜欢的树林。踩着沙沙作响的树叶，抬头望去，又一片树叶离开了枝头，缓缓落下。是啊！一叶落知天下秋。愁，心之秋也。秋叶飘零，及物及人，悲从中来，正如陆机《文赋》所言"悲落叶于劲秋，喜柔条于芳春"，物之枯荣引发心之悲喜。

穿过那片丛林，静坐在漫地黄叶中那孤零零的长椅上，思绪在秋声中徘徊。欧阳修名篇《秋声赋》，起笔即赋予"秋"以悲切凄凉的秋声；又从草木的零落凋残联想到人生的秋天，急景流年，默思"秋"之无声。秋声入耳，总有忧伤的风在身边吹过。

秋是什么？秋既是收获的季节，也是万物凋零的季节，给人的感觉总是喜忧参半。因为人们春天里种下的希望，经过夏天的酝酿，到了秋收时节，劳作时所付的辛劳淡去，收获着硕果和快乐。看着"洗劫一空"的土地，就感到了秋的萧瑟；落叶飘零时，更觉所有的生命会在这个季节里停息。草木无情之物，尚有衰败凋零之时，何况有灵性之人呢。人生之秋，是四十开外的光景，回首来路，冷暖自知，沧桑的滋味尽在秋的有声无声中审视，生命如此的脆弱，时光怎能留得住。

不知不觉中，飘起了小雨。一场秋雨一场寒。一瞬间，听觉、视觉直接转换成触觉，淅淅沥沥的雨声，夹杂着雨打落叶的声音，越听越凉，越品越寒，想起李商隐"留得残荷听雨声"的诗句，倍感秋意的浓重。

漫步自家门前，那几株垂槐，经雨水洗刷后，依旧青绿着。细看时，少了夏的盛绿与活力，显出几分疲惫；再细看，顶端的叶子已脱落，裸露的枝条直指苍穹。叹人间万物总是躲不过时光的洗礼，如暮年的白发，如蒙尘的眼眸。

我悲秋，也恋秋。一片落叶，掠过柔软的发际，伸手间，我竟然把秋攥在了手心里。树叶完成了一个轮回，把自己交给大地，交给粗壮的根，它燃烧了自己的生命，在蜕变中孕育新一轮的成熟。因此，秋又是落叶对根的情思，秋天给人的境界是深远的。

伴叶落，秋正好。秋天是炽烈的、喧闹的、跳动的，秋天也是人们必然经历的季节，无论是时令之秋还是人生之秋，有了阅历、苦难和沧桑，才有秋天的成熟与丰收，才有艺术的苍老之境。刘禹锡曾为秋唱响嘹亮的赞歌："自古逢秋悲寂寥，我言秋日胜春朝。晴空一鹤排云上，便引诗情到碧霄。"

## 🌸 盐碱滩圆梦曲 🌸

离开乌拉山发电厂已经10多年，每当清风送爽、丹桂飘香的时节，总要拿出这篇我为那片热土写下的最后一篇稿件看了又看，思绪又回到了那些激情燃烧的岁月⋯⋯

站在乌拉山发电厂三期扩建工程开阔平坦的施工场地上，南听黄河涛声，北望乌拉山耸立，心胸顿时开阔，有了一种倾诉的欲望——这个名不见经传的小厂，终于抓住了西部大开发的历史发展机遇：2004年8月23日，乌拉山发电厂三期扩建工程2×300MW项目获国家发展和改革委员会批复；2006年，这两台空冷机组实现"双投"。昔日在这片盐碱滩上播撒的希望，今日终获丰收，挂满喜泪、热泪的乌电人，历经沧桑，和着改革、发展和繁荣的主旋律，一路吟唱拓荒谱、守业曲和创业歌，37年风雨路，终于一步一步走出了一片新天地⋯⋯

### 旋律之一：拓荒谱——耐人寻味

该厂诞生时就与"一八〇"结下不解之缘。历史赋予了它特殊的内涵，它

191

却成了一个时代的缩影、一种精神、一种风气、一种战天斗地的凝聚力。

还是从乌电秀水山庄耸立的3座功德碑说起吧！

一座是以"拓荒创业、青春永驻"命名的献给建厂初期所有的兵团战士的纪念碑，另一座是以"团结奋进、爱岗敬业"命名的献给为电厂辛勤耕耘20年以上的先辈们的纪念碑，还有一座是以"率先垂范，把光明洒向人间"命名的献给电厂历任领导、中层干部的纪念碑。树碑的初衷是：可歌可泣的创业史是乌电企业精神的基石，是企业文化的源头，让乌电的每一位年轻人成为企业精神的弘扬者，成为企业文化的创新者，就要对他们进行光荣传统教育。白色的蒙古包、绿色的草坪与丰碑相伴，常常引发人们对过去、对未来的思考，增添了几分庄严神秘的色彩。节假日，乌电职工携妻带子在碑前驻足，读着曾并肩战斗过的伙伴的名字，讲着当年艰苦奋斗的故事，浮现在脑海中的是一个个鲜活的身影和感人至深的故事。没有了"前不见古人，后不见来者"的惆怅，凭着感情的羽翼，回眸乌电人拓荒的历史。

1968年，建设的这个2×50MW电厂是国家的重点工程，编号为"一八〇"，属中国人民解放军序列，后称"一八〇电厂"。由于特殊时期的特殊需要，根据"靠山、隐蔽、分散"的基建方针，厂址选在了"面对盐碱滩，背靠乌拉山"的内蒙古巴彦淖尔盟（现巴彦淖尔市）乌拉特前旗境内的这片穷乡僻壤上。与当时其他电力企业不同的是，这里的拓荒队伍由3部分组成：工程技术人员和专业骨干来自内蒙古电管局和包头一电、二电厂，其他80%以上的人员是来自冀、鲁、江、浙等地区的热血青年和退伍军人。他们从祖国的四面八方汇集在这片盐碱滩上，住着四面透风的干打垒房子，喝着苦涩的碱水，啃着咸菜窝头，顶着风沙走石，冒着严寒酷暑，历经六年零七个月，建起了我国第一座自行设计、研制的火力发电厂。

投产初期，两台机组半年内平均每四天就发生一起事故和障碍。在乌电人的记忆里，难以泯灭的不是哪年提干，哪年受奖励，而是一次次抢险、一次次抢修、一次次钻进高温的炉膛打焦、一次次冒着刺骨寒风抢修后山供水管道……

往事已成过眼烟云，但在艰苦的工作条件和生活环境中，历练出了拓荒者艰苦奋斗的优良传统、吃苦耐劳的精神和战天斗地的凝聚力，这就是"人和"的关键所在！它激励着乌电人一代又一代奋斗不息！

## 旋律之二：守业曲——引人入胜

作为特殊时期的产物，乌电先天不足，在艰难中起步，在干扰中发展，以顽强的毅力迎接一次次的挑战。1987年，该厂扩建的一台100MW机组投产后，在长达十几年的时间里，发展机遇再也没有光顾过。面对来自大电厂、大机组的严峻挑战，面对"先天不足"给企业带来的沉重包袱，人们发出这样的感叹：创业难，守业更难！企业的出路在哪里？该厂的领导班子定位在：转变经营理念，调整经营发展战略，以提高市场竞争能力为出发点，加紧创一流工作，全面实施"人才工程""凝聚力工程"和"美化家园工程"，使企业的面貌发生根本性的转变。

通过双达标、上星级和创一流工作的开展，企业的管理体制不断完善。由于措施得力，政令畅通，人员知识结构、业务能力和综合素质普遍提高，设备调整，机组自动化水平和运行可靠性不断提高，生产经营局面日渐乐观，企业凝聚力空前高涨，呈现出"人和万事兴"的局面。在"团结奋进，务实求新，把光明洒向人间"的企业精神感召下，乌电人"两个文明一起抓，两个成果一起要"取得了很大成绩：原能源部"双达标"企业，华北网局"三星级企业"，内蒙古电力系统"一流"企业。连续保持了自治区文明单位、单位标兵和国家电力公司双文明单位称号。2005年10月，该厂被中央文明委命名为："全国精神文明建设工作先进单位"。曾4次创下安全运行一千天长周期记录，为西电东送和地方经济的发展做出了积极的贡献。该厂还被系统内人士称为"干部的摇篮"。的确，经过这个特殊环境的锻炼和考验，多人成为内蒙古电管局的局长、总工，多人成为电力系统二级单位的厂长、书记，从乌电走出去的3000多人遍及全国各省市电力系统，可以说"一八〇"的智慧之花开遍祖国的大江南北。这么多人调走也映衬出乌拉山自然环境和生存条件的恶劣。为了转变荒凉的面貌，乌电人从建厂的那天起就用自己的双手改造它。从2000年开始，该厂把"美化家园，提高职工的生活质量和生活品位"作为主要目标，制定了创建文明小区三年规划，使建厂开始的绿化、美化环境工作达到了一个新的高度。

2000年，正式启动了美化家园"三万一千工程"。"三万"即种植草坪一万平方米，摆放鲜花一万盆，三年养殖一万只和平鸽。"一千"即3年内在厂区和生活区种植一千棵成年大树。面临美化家园艰巨的任务，职工们放弃了休息，从挖土筛石、换土清石、施肥种草等艰苦的工作做起。2001年，建成了芳树村游乐园、长寿园、秀水山庄和员工洗浴中心。秀水山庄的"六包"是蒙古包式餐厅，可容纳近400人同时用餐，并为职工供应自助早餐及婚丧嫁娶包办酒席，还为职工茶余饭后提供了一个好去处，同时也为110国道增添了一道亮丽的风景线。

逐年建成了25栋员工住宅楼，900多户员工全部搬出六七十年代的干打垒平房，就连大龄未婚青年也分到了楼房。

环境的改变，带给人们的是更高、更新和更远的追求。乌电职工正是在"风正、气顺、劲足"的厂风中一代代成长起来的。

## 旋律之三：创业歌——催人奋进

在乌拉山下这片盐碱滩上求繁荣、求发展靠的是"人和"，只有"人和"才能产生共鸣、产生合力，才能众志成城，才有敢为人先的勇气和智慧。1999年，承前启后的第八任厂长张健上任了。当时，乌电一、二号机组已运行25年，设备老化、效率低下，不能保证稳发满发，属于关停范围内超期限服役机组，但该厂又在蒙西电网中处于十分重要的位置，是乌海经巴彦淖尔盟（现巴彦淖尔市）到包头长达400多公里的电力线路上唯一的电压支撑点。在电力市场日益激烈的竞争中，面对电力体制改革的严峻，一个小厂还有前途吗？领导班子达成了共识：企业要想生存和发展，必须抓住企业工作的生命线——企业的安全生产、经济效益和企业的不断发展。没有安全生产，就没有企业的效益；没有企业的效益，企业就无法生存；没有发展，企业在激烈的竞争中就没有立足之地。发展抓重点，起步最关键，厂领导班子把企业求发展作为"十五"之初的第一要务。他们在确保经营稳定、有序的前提下，多方宣传，积极争取政策支持。

对于乌电人来说，2002年5月23日是一个特殊的、有纪念意义的日子。这一天，时任内蒙古自治区书记储波同志来厂视察了，在全面了解和掌握该厂的历史和发展现状之后，储书记做出指示："适应形势发展和市场要求，以大代小，发展大机组。"内蒙古电力公司的主要领导就此指出："乌拉山发电厂特事特办，超常规工作，全力以赴三期扩建。"一次大发展的机遇终于降临了，干部员工群情激奋，多少年望眼欲穿，多少年翘首企盼，乌电人铆足了劲儿等待梦圆的那一天！2002年7月，前期工作正式启动，经过内蒙古电力设计院对多个扩建方案的反复论证，最后确定为扩建2×300MW空冷燃煤发电机组，2004年8月23日正式获得批准。经过4年的建设，2006年6月12日和9月28日，扩建的两台机组分别投产发电。几代人梦寐以求的凤愿化为现实，包含着多少人的心血和汗水，但为了乌电更加美好灿烂的明天，他们以苦为乐、以苦为甜。

乌电三期扩建项目是北方电力公司年内首家获批的重点工程，也是解决全厂员工吃饭问题的工程，倍受国家发改委和自治区领导的关注。扩建的这两台机组主要是向巴盟地区供电，属地区性电厂，以保证巴盟地区工农牧业发展和人民生活用电的自给，提高地区供电能力和质量，保证蒙西电网西电东送的容量，对于蒙西电网、巴彦淖尔盟地区、乌海地区的电力平衡，对整个电网的安全稳定运行起到积极的作用。

三十七年风雨路，一路艰辛一路歌。如果说当年的建设者还是蹒跚学步，到如今已是步履稳健、迈向成熟，它的每一个足迹都浸透着每一位员工的心血和汗水。我们相信：在拓荒时期历炼出的优良作风和创业中形成的正气的感召下，乌电的明天会更美好，前途会更加灿烂。

# 择青城而终老

我最喜欢两句话：一句是"人生不止眼前的苟且，还有诗和远方"；另一句是"择一城而终老"。事实上这两句话也是我一辈子在做的事情。

读冯唐的《择一城而终老》，开篇的一句话使我记忆深刻：如果腰缠大把的时间，让我选择一个城市终老，这个城市一定要丰富。每当想起这句话，我总要进行一番思考——我会选择哪一座城市养老？没曾想，N年之后，来到了内蒙古自治区首府呼和浩特市。这座青城，起初，以为是她选择了我；而后，才知是我有缘于她。

从上小学到参加工作，我一直没有离开过家乡那个小县城。小时候，我像一只生活于井底的小青蛙，偶尔抬起头，也只能望到头顶的那片天，想着蓝天之外会是怎样的世界？长大后，想的是遇见自己喜欢的人，谈一场恋爱，25岁之前把自己嫁掉，30岁之前生一个孩子。生活如我所愿，按部就班地进行着，只是平平淡淡。伴侣没有显赫的家世，儿子听话从不惹祸。在这里过着和别人差不多的小日子，不用花很多钱，只花一点小心思，小小的家也会变得舒适好看。没有做菜的天分，每天填饱肚子的无非是面条、米饭、西红柿炒鸡蛋。对于诗的热爱，缘于书籍中的旅行。以读书疗精神之饥渴，补心灵之贫寒。真正走向远方的旅行，是在参加工作之后。每次远游，去不同的地方，领略不同的风景，总觉荡气回肠。随着年龄的增长，诗已不足以表达我的情怀，所以每到之处，便寄情于散文。我渐渐懂得，生活不是写文章，不能只突出一个主题。我知道外面的世界很精彩，也知道许多年轻人背井离乡，满怀奋斗热情，去城市里打拼。有些人如鱼得水，很快便成了城市的新宠；有些人望洋兴叹，最终回归故里。小县城虽没有大城市的繁华与喧嚣，却有一分安详与宁静。上下班，没有被堵在路上的烦恼；上班时，也没有多少压力和竞争；下班后，三五好友相约打球、吃饭、K歌，365日不失"知足者常乐"的阳光心态。原以为这样的日子会一直延续下去，没曾想，年逾不惑，这种平衡和平静一夜之间被打破，令人束手无策。

2004年，因工作需要，丈夫被调到青城工作。消息传来的夜晚，想到马上就要离开生活了数十年的家乡，我流着泪说，不想离开这里。丈夫说，那我先去，你留下来。两年后，儿子考入了青城的一所大学，我不得不调到青城工作。

刚来青城生活很不习惯。一个新的工作单位、一张张新面孔；住在出租的房子里，常常感觉待在家里，还有一种想回家的冲动。家在哪里？我就像一个迷路的孩子，站在秋风里，再怎么努力，也找不到回家的路，只能揣着飘荡的灵魂，毫无目的地奔走。

城市里，高楼林立、车水马龙、寸步难行……这里的一切与我格格不入。这里的人高傲、疏离、淡漠，这里的东西精致、高档、昂贵，这里的湖是人造的一潭死水，这里的天空像蒙着面纱死气沉沉……我开始感到恐慌，像一粒系错位的纽扣无所适从。我固执地认为，我不属于这个城市，这个城市也对我不理不睬。想逃离，却又无可奈何！

丈夫和儿子与我的看法不同，他们十分喜欢这座城市。丈夫说，以前都是活着，来这里才是生活。儿子说，这里四季分明，才是最宜居的城市。他们对青城的好感，激发了我从书本里了解她，在生活中感知她的兴趣。青城有着悠久的历史和振聋发聩的故事，匆匆的过客是难以领悟其精髓的。这座千年的沿边开放城市，因为她的身体里蕴含着太多的文化元素，不知从何说起。青城是怎样一个所在？因为找不到恰当的词语来描述，只能彷徨。后来，我知道，青城作为塞外名城，因汉代昭君墓、辽代白塔、明代大昭寺、清代五塔寺、伊斯兰清真寺、大窑文化遗址等，早已声名远播；青城作为草原明珠，更因内蒙古博物院、内蒙古图书馆、国际会展中心、呼和浩特市体育场、海亮广场等颇具地域特色的标志性建筑而大放异彩；青城作为中国乳都，更让青城人拥有了自己的伊利、蒙牛等城市品牌。如今的青城形成了六大优势产业，经济发展成就斐然，已成为"中国北方经济增长四小龙"之一。所有这一切让人感受异域之容、古朴之貌、人文之根和民族团结的诗情画意的同时，不禁羡慕起了大自然对青城的宠爱和惊叹草原儿女的智慧。

2017年，是内蒙古自治区成立70周年，也是我家居青城的10周年。通过10年的融合，我已有了身为青城人的自豪感。因为这里是人类的发源地，早在旧石器时代，大窑文化便拉开了历史的帷幕，北方民族在这里生息繁衍。早在明清两代就是中国面向俄罗斯和东欧的跨国贸易的大通道。最有名的草原丝绸之路"绥蒙商道"从这里出发，浩荡北行；最有名的民族贸易商"大盛魁"总号在这里运筹帷幄、名扬天下。作为商城，这里曾是人烟密集的"蒙古第一大商业城市"，茶马互市、旅蒙商业、驼道运输，生动再现了历史的辉煌。青城一带曾俗称"十里一边城，五里一鄂博"，虽然歌曲中被认为是"遥远的地方"，但她与伟大的祖国血脉相通，心心相印，从古至今，未曾改变过。

青城像所有的家园一样，人们通过告别而与之重逢，你只要离开几日，便会百感交集地发现，这里是世界上最动人的所在。离开她，是一种失误；而背弃她，则是命运永远的遗憾。家在青城，房子不是豪宅，车子不是名车，但每天都要把生活当成一种理所当然来经营。随着朋友圈的扩大，感觉自己也是一个有着浓厚和丰润气场的人，生活有了仪式感，乐在其中。春天，去连绵的大青山里踏青野炊；夏天，坐在绿茵茵的庭院里，品着香茗看星星；秋天，四处游玩，领略祖国的大好河山；冬天，不出小区即可玩赏飞鸿印雪。母亲节有了鲜花家宴，春节，中秋收获许多祝福。在这里，拼的是存在感，过的是幸福感。现在慕名而来的人，不只为"青冢拥黛""胡服骑射""白塔耸光"了，而是将青城放在日新月异的变化中去欣赏和品味。

如果不是调动工作，择青城而终老这件事恐怕还要晚上许多年。青城，给了我一种赖以生存和生活的美好心境，我深情而温暖地生活其中。我常常低调地炫耀自己从小县城来到首府青城，仍然老有所为、老有所乐的自豪感，这是一种找到真实的自己，找到自己独有的尊严和乐趣的满足。这种感觉正如一首歌中唱到的：一万个美丽的未来，抵不上一个温暖的现在……每一个真实的现在，都曾经是你幻想的未来……

# 大窑文化遗址：国内外罕见的古人类石器制造场遗址

  2018年是内蒙古大窑文化遗址发现45周年。大窑文化遗址位于内蒙古自治区呼和浩特市东北33公里处大窑村南的兔儿山、骆驼山和凤凰山上，面积约200万平方米，是中国北方地区旧石器时代的石器制造场。它面积之大、出土文物之多、场面之宏观，在国内外实属罕见；它延续的年代很长，地层剖面清楚，出土石器很有特点，代表一个新的旧石器文化，被命名为"大窑文化"。

  如今，大窑文化遗址已经名扬中外，但发现它的中国第一人却鲜为人知。这一重大考古遗址的发现者，是中国文物考古学界著名专家汪宇平先生。

  1951年，汪宇平从北京来到青城。他"半路出家"后开始从事文物考古工作，本着"多读书、多跑路、多钻研"的精神进行探索性的工作，将所有的时间和精力从撰写新闻转向追溯远古。他用20多年的时间，骑自行车行驶8000多公里寻"根"，终于寻到了"大窑"。1973年春天，汪宇平骑着破旧的自行车先后多次沿大青山进行调查。9月，他被派到呼和浩特市东郊榆林乡征集文物时，在乃莫板村东山坡找到了有地层的旧石器。但此地石料质地不太好，遗址规模不大，不是理想之地。汪宇平认为古人类在生存过程中离不开硬度大、有韧性的优质石料，只要通过对有优质石料地点的寻找，就很容易发现古人类活动的场所。于是，他游走乡里，向当地的老乡打听出好石头的地方。老乡告诉他："你骑车往北走20里地就到了。"他兴奋不已，顺路而去，来到了青城东郊保合少乡大窑村。大窑村南山的海拔为1400多米，占地面积约2平方公里，在山的周围分布着硬度很高的燧石块，被老乡称为"打火石"。这是拉骆驼走西口的男人们抽旱烟、拢旺火必不可少的火种石。自清末至民国年间，专门有人来这里开采燧石，制成"打火石"售卖。开采久了，南山被挖出了一些窑洞，就有了"大窑村"。他在南山坡上，找到了硬度很高的适合制作生产、生活用具的燧石矿脉，并在这里发现了他梦寐以求的古人类石器制造场遗址，即"大窑遗址"。10月，汪宇平已采集到人工打制的石核、石片、石斧等石器387件，引起内蒙古文物部门的高度重视。1976至1983年，经过多次的调查和考古发掘，从黄土层中发现了大量的石片、石器和少数赤鹿、普氏羚羊角的化石，其中以刮削器、钻具、尖状器等居多。根据古地磁、放射性碳素断代、石器型制等考古学测定等断代方法，大窑遗址年代为距今50万年至1万年前，分旧石器时代早期、中期、晚期3个阶段。1996年，大窑文化遗址被确认为已知的国内外面积最大的古人类石器制造场，也是我国罕见的大型旧石器制造遗址。遗址分属旧石器时代早期第一、第二阶段，旧石器时代晚期，中石器时代和新石器时代。遗址延续的年代很长，地层剖面清楚，出土石器很有特点，代表一个新的旧石器文化，1979年国家文化部命名为"大窑文化"。它的发现为研究中国旧石器的制作程序和工艺技术，提供了重要的实物资料，在旧石器时代考古学上有重要意义。现建有大窑文物保管所。1988年，国务院公布大窑遗址为全国重点文物保护单位。

除文化遗迹外，这里的自然风光也非常美丽，知名景点"大窑八景"使慕名而来的游客大开眼界。第一景是举世无双的"无字天书"，位于兔儿山四道沟人工发掘的百米长廊中，高15米，是一个完整的地层剖面，土质层次分明，虽然无字，但鲜明地记载着大窑文化的历史年代（1万年前到50万年前，人类旧石器时代初期到新石器时代晚期）地球所经历的沧海桑田的变化，是一部难以读尽的"历史巨著"。第二景是"磨光巨石",也可叫"飞来石"。此景突兀的两块巨石,质地坚硬,表面十分光洁,它的存在证明我国蒙古族地质学家李四光的一系列地壳变化运动的理论的正确性。第三景叫"凤凰展翅",它与兔儿山的兔头毗连,形似凤凰双展翅,飘然欲举。第四景为"双龙戏珠",它位于兔儿山南坡八道沟之西侧,蜿蜒的山脊是两条龙的身子,龙头昂首向东崛起,龙口大张,二龙各含圆形巨石一块,似双龙戏二珠,形象逼真。第五景为"莲花并蒂",也叫"试剑石"。这块巨石的东西有一罅隙,一分为二,一人可从中间穿过。据说,清圣祖康熙皇帝西征噶尔丹凯旋路过归化城(今呼和浩特市),并在此打猎,试剑时将巨石一劈两半,因此得名。第六景为"百米古洞",洞曲蜿蜒,幽深莫测。据说是清代人为取燧石人工开掘的,大如窑洞,"大窑村"因此而得名。第七景为"登临远眺",站在兔儿山的兔背上,登临高点,极目远眺,则青山如嶂,河水蜿蜒,层层梯田,黄绿相间,美不胜收。第八景"遗迹斑斑",在无字天书下有猿人烧火的灰烬遗迹、古人吃过的肿骨鹿和普氏羚羊残骨化石,还有人工打成的大量的石器和半成品石器等,其中以龟背形刮削器最富特色,反映了一定的地方性。

　　长期以来,人们都认为人类发源于黄河流域,而北京周口店就是中华民族的摇篮。由于大窑文化遗址的发现,我国北方地区古人类生存活动的时间向前推进了60多万年,他们与北京周口店人共存,对研究呼和浩特地区及祖国北疆古老经济、历史文化和草原文明的起源和发展,以及研究民族起源都提供了新的史料和充分的证据。

# 钩沉·岁月

# 生不逢时的孔子

我最初知道孔子，是在上小学的时候。那时，全国掀起了"批林批孔"运动，孔子的主要罪名就是"克己复礼"。初中时，读过孔子的几句名言，因年幼，不能理解其中的道理，只是"晓其言而不通其意"。今读《真实的孔子》和《论语》，始觉字里行间透着孔子的大智慧、大品德，难怪颜回对孔子曾有"仰之弥高，钻之弥坚"的由衷感叹。

公元前551年9月28日，孔子降生。传说，浊浪滔滔的黄河也因此一时清澈见底。"圣人出，黄河清"的典故由此而来。他幼年丧父，家境贫寒，年少时做过许多卑贱的工作。母亲颜氏教给他许多做人的道理："君子有三思：一是年少不勤学，年长了一无所能；二是年老不讲学，死后无人纪念；三是有财不施，穷了无人救助。君子有四恕：有君不能事、出仕求差使，不是恕；有亲不能孝，有子望他报，不是恕；有兄不能敬，有弟要他顺，不是恕；有友不先施，有施望厚报，不是恕。"这些都使他对读书识字产生了强烈的愿望。他15岁时就以学为志，专注地学习礼、乐、射、御、书、数"六艺"；30岁时就学有所成，主张"有教无类"。他创立私学，杏坛设教，有弟子三千，身通"六艺"的有70多人。后世尊之为"至圣先师"。

孔子生不逢时，一生坎坷。他认为，愈是乱世，贤者愈是要肩负起匡正时弊、改良社会的责任。他以"仁爱"为本，"礼乐"兴邦，"变易天下"的雄心壮志，直到"知天命"之时，经季桓子力荐，他的仕途才露出一丝曙光。孔子倡导"为政以德""朝纲正，则民风正；吏治清，则天下清""家和万事兴，国强君相睦"。他认为治理国家有9条基本措施，即修身、尊敬贤者、孝敬父母、敬重大臣、体察群臣、体恤百姓、招徕百工、体恤商贾行旅、亲和诸侯。他51岁时担任鲁国的中都宰，提出治理国政的根本，就是要先使老百姓富裕起来，然后便教育他们。为了使老百姓富裕起来，他带领弟子们走村串户，了解民情，主要做了3件事：一是改良地方风化；二是实施预防水旱灾荒的规划；三是提倡节俭，革除奢侈恶习。为了做好这3件事，他让少年修学、壮年修业、长者修身。经过治理，中都的面貌焕然一新。一年之后，孔子由一个小县官破格升为司空，掌管全国工程和制造工作。孔子想：为政首先在于富民。经考察，他把鲁国的土地，按土性分为山林、川泽、丘陵、坟衍和原隰五等，根据不同的情况进行开垦种植，同时兴修水利，第二年就获得了丰收。于是，民间开始流传："要丰收，找孔丘""孔丘真乃圣人"。孔子安抚万民，礼仪兴起，国家安泰，大夫信服，不少诸侯都派使者前来学习取经。由于政绩卓著，不久他就擢任为大司寇，掌管司法。进入鲁国政权的核心后，他决心抓住机遇，一展抱负。然而，中都的振兴、孔子的政绩、鲁国的强盛，成了邻国齐国的心头之患，于是他巧使"美人计"赠女乐文马，使鲁国国君贪恋美色、荒怠政事。孔子数次进谏都被拒之门外，他在齐国离间，举步维艰之时，离开了鲁国，踏上了漫漫的周游列国之路。他志高行洁，正而不谲的风骨于此可见。

孔子周游列国，从55至68岁间，颠沛流离，先后到过卫、曹、宋、郑、陈、蔡等国，但他济世救民、行道天下的宏愿始终没有实现。他晚年修《诗》《书》，定《礼》《乐》，序《周易》，作《春秋》，对后世儒学的发展奠定了坚实的基础。孔子曾对自己一生的修养过程做了一个总结，即吾十有五而志于学，三十而立，四十而不惑，五十而知天命，六十而耳顺，七十而从心所欲，不逾矩。他认为在50岁以前，是求知的阶段，60岁是向智慧飞跃的开始，70岁则是这一飞跃阶段的完成，达到了自觉、自由的程度。逝世前，他曾叹息：生不逢时，不遇明主，仁道之说不能行于世。

公元前479年4月11日，孔子溘然长逝。

孔子是中国人的文化鼻祖，百代儒宗的先师和万世景仰的至圣。我们今天的所思所想、一言一行，无不渗透着他的气息。他的体仁、中庸、修礼、行道的思想体系，从为人治学到为政治国，至今仍具有很高的参考价值。1988年，75位诺贝尔奖获得者在巴黎会议发表宣言：如果人类要在21世纪生存下去必须从2500年前的孔夫子那里汲取智慧。随后，联合国教科文组织以中国政府名义正式设立"孔子教育奖"；自2004年以来，全球共有154个国家（地区）建立了548所孔子学院和1193个孔子课堂，孔子的诞辰成为世界公认的纪念日，孔子的思想及学说对后世产生的极其深远的影响逐渐显现。

# 最是民族魂

在历史文化名城绍兴的东南隅，有一处极具清末民初环境风貌和江南水乡风情的历史街区，青瓦粉墙、池台掩映、亭榭错落，散发着独有的乡土情韵，街巷、小河、老树、古井……见证了许多不朽的文学作品诞生，如今仍留存着一个文化巨人的成长历程和生活印记，它就是鲁迅故里。我们怀着无比敬慕之心，步入庭院深深的文化殿堂，感受鲁迅先生的大家风范、智慧、独特的生命历程，寻觅一个弘扬民族文化的伟大教育家的生活踪迹。

## 童年幸福

山水育人，伟人鲁迅给故乡增添了无限光彩。街区口的一面墙上，再现着他那"板刷头、八字胡、身着长袍"的经典形象。

1881年9月25日，鲁迅诞生于临街石库门。他未满周岁时按绍兴乡俗寄名于长庆寺，拜住持龙祖和尚为师，师傅赠以银八卦一件，还有牛绳、百衲衣等避邪物，鲁迅后来写了一篇杂文《我的第一个师傅》。鲁迅幸福而自由的童年，是在百草园中度过的，鲁迅在《从百草园到三味书屋》中写道："我家的后面有一个很大的园，相传叫作百草园……其中似乎只有一些野草；但那时却是我的乐园。"百草园在鲁迅故居的后面，占地近2000平方米，原为周家新台门族人所共有的一个荒芜的菜园，平时种一些瓜菜，秋后用来晒谷。如今我步入园中，找到那段"短短的泥墙根"，寻找鲁迅童年时的"无限乐趣"，企盼"油蛉在这里低唱，蟋蟀们在这里弹琴"的情景。想当年，鲁迅和小伙伴们在碧绿的菜畦、光滑的石井栏、高大的皂荚树、紫红的桑葚的陪伴下，夏天在树荫下乘凉，听蝉在树叶里长吟，看肥胖的黄蜂伏在菜花上；冬天在雪地里捕鸟，看轻捷的叫天子窜上云霄；在无穷的意趣中一天天长大。他的母亲鲁瑞是一个意志坚强、品格高尚的女性，她自修到能看文学作品的程度，对鲁迅的思想影响很大。鲁迅在文章中写道："我生长在都市的大家庭里，从小就受着古书和师傅的教训，所以也看得劳苦大众和花鸟一样……但我母亲的母家是农村，使我能够间或和许多农民相亲近，逐渐知道他们是毕生受到压迫，很多苦痛，和花鸟并不一样。"他的继祖母蒋氏，常给鲁迅讲一些民间故事和传说。无忧无虑的童年生活、良好的家庭熏陶和教育，开发了他的创造力与想象力，培养了他刚毅耿直、勤奋好学的品格。

## 家道中落

鲁迅7岁进私塾，先后师从几位叔祖。12岁进入"三味书屋"，从师学问渊博的宿儒寿镜吾，接受中国的传统教育。三味书屋与鲁迅祖居周家老台门隔河相望，是当时绍兴城内一所颇负盛名的私塾。参观了书屋，才懂了"三味"的含义为"谈经味如稻粱，读史味如看馔，诸子百家味如醯醢"。鲁迅在此读书时，博闻强识，虚心好学，很受寿先生的褒赞。他不囿于四书五经，多方寻求课外读物，从小说、野史、笔记和各种民间文艺中吸取养分，掌握了许多历史文化知识。他13岁那年，祖父因故入狱，父亲病重，作为长子的鲁迅，不得不为父亲当物买药。有一次，他为给父亲抓药而迟到，受到寿先生的严厉批评，就在桌子的右上角刻了一个一寸见方的"早"字以自勉。"三味书屋"的沉静和丰富，为鲁迅开拓了广阔的精神空间。家道中落后，寄居外婆家，被亲戚称为"乞食者"，在周围人的歧视与侮辱下，感受社会的冷酷与势利。我们在《朝花夕拾·锁记》中就能读出鲁迅当年所受的刺激是非常深的。正因为民族的灾难、家庭的败落，这些都极早地为他关注民族和祖国的命运埋下伏笔。

## 求学自强

1898年，18岁的鲁迅揣着慈母多方筹措的8块银圆，也怀揣着梦想离开了家乡，到异地去寻求新的出路。因为家里没有钱，就得搜寻不用交学费的学校。他先考入了南京水师学堂，后又考进矿路学堂。在求学期间，鲁迅开始接触物理、数学、化学等现代自然科学知识，并阅读外国文学与科学著作。特别是严复翻译的英国人赫胥黎的《天演论》，更给他带来了一阵惊喜。他从《天演论》所介绍的进化论学说中，接受了一种自强、自立、自主的人生哲学，他开始感受到在这样激烈竞争的世界里，处于落后地位的中华民族面临着如何紧迫的危机。在这种紧迫感的催促下，1902年，他怀着"科学救国"的梦想，东渡日本留学。为了改变国人的精神，鲁迅又弃医从文。1909年8月，鲁迅回国后，走上了救国救民的文学道路。

## 以笔为矛

这座以"老房子、新空间"的设计理念建造的富有江南特色和时代特征的绍兴鲁迅纪念馆于2004年5月落成。

一进纪念馆的大门，我们就瞻仰到鲁迅先生的石雕像。他身穿长袍，坐在圈椅上，两臂自然地抱在一起，右手放在椅上，眼望前方，沉思着。右侧正面墙上书金黄色大字"横眉冷对千夫指，俯首甘为孺子牛"，这是他一生的真实写照，令人肃然起敬！

鲁迅先生投身写作，就是"为人生""而且要改良这人生"，为了引起"疗救的注意"，他既不是因为自己写作快乐，也不是为了当一个流芳百世的大作家，他用细微、沉稳的心，为中国民族文化的发展做出了非凡的贡献，为中国文化留下了宝贵的财富。1918年，他用白话文发表的第一篇小说《狂人日记》，就确立了中国白话文的创始人的地位。此后，他用手中的笔书写、翻译了800万字的著作，刻画了无数经典人物，传达时代精神。在后人的眼中，他是刚毅坚强的"民族魂"。与普通百姓之间的精神联系是鲁迅生命和创作中最显著的特征。他的笔下几乎都是阿Q、祥林嫂、孔乙己等这些生活在社会最底层的小人物，写他们的生存困境，他们的爱憎，他们的喜怒哀乐，他们的不幸与不争。这些鲜活、生动、艺术魅力持久的人物形象，从书斋到市井，口口相传，家喻户晓。新文化运动、五四运动、五卅运动、三一八惨案、四一二反革命政变以及九一八事变等现代中国的重大事件，通过鲁迅笔下的军阀政客、遗老遗少、绅士清客、"革命小贩"、"第三种人"、"洋场恶少"、"巴儿狗"、"落水狗"、"假洋鬼子"等跃然纸上；对章太炎、李大钊、瞿秋白、柔石、殷夫、刘和珍等革命先驱的生动描绘，更是感人至深。

## 英魂永存

1936年10月19日，这个秋日萧索的早晨，鲁迅先生在上海寓所溘然长逝，这位为唤醒沉睡国人的斗士，走完了他55年凄风苦雨、顽强奋斗的坎坷人生。令人最难忘的一幕是上海民众上万人自发举行了公祭。葬礼由宋庆龄亲自主持，整个仪式肃穆庄严。在哀乐声中，一面由上海民众敬献，请沈钧儒先生题写"民族魂"3个大字的长方形白色锦旗，轻轻地覆盖在鲁迅先生的灵柩上，引起了瞻仰者无限的哀思……鲁迅先生遗体葬于虹桥万国公墓。1956年，移葬虹口公园，毛泽东为重建的鲁迅墓题字。毛泽东在《新民主主义论》中说："鲁迅是中国文化革命的主将，他不但是伟大的文学家，而且是伟大的思想家和伟大的革命家……鲁迅的方向，就是中华民族新文化的方向。"这是对他传承和创新中国优秀文化的尊崇。

　　每当物欲的大潮冲击民族精神堤坝之时，人们都要从鲁迅先生那里汲取精神力量。鲁迅先生曾经说过："唯有民族魂是值得宝贵的，唯有它发扬起来，中国才有真进步。"一个民族必须有不可亵渎的文化精神；敬仰鲁迅先生，是一个人品位的标志。鲁迅先生是中华民族追求真理、无私无畏的强大精神力量，鲁迅先生就是不朽的中华"民族魂"。

## 天地一沙鸥

　　上学的时候，常读一些古诗，对唐代伟大的现实主义诗人杜甫的诗歌情有独钟，并背诵了不少。从他早期的五言古诗《望岳》到晚期的五言律诗《旅夜书怀》，都向人们展示着他的心路历程，耐人寻味。

　　10年间，我去了3次成都。每次都要去拜访位于成都西门外的浣花溪畔的"杜甫草堂"，这里是有关杜甫生平资料与创作馆藏最丰富、保存最完好的地方。浏览之后，我便久坐柴门，幻想当年杜甫在此赋诗题画的情景。

　　杜甫生活在唐王朝由盛到衰的转折时期，一生坎坷，终不得志。公元759年暮冬，因避安史之乱携家人流落到四川成都。次年春，在亲朋旧故的资助下，于成都西郊风景秀丽的浣花溪畔，盖起了一座小茅草屋，这便是他诗中提到的"万里桥西宅，百花潭北庄"的成都草堂。他在这里居住了4年，留下诗作240余首。

　　虽然茅屋简陋残破，但也给他带来了宁静的生活。这里绿水缭绕，群鸥相伴，偶尔友人来访，也可享受片刻的欢愉。诗人的愉悦之情常在诗中表露出来："两个黄鹂鸣翠柳，一行白鹭上青天。窗含西岭千秋雪，门泊东吴万里船。""好雨知时节，当春乃发生。随风潜入夜，润物细无声。""盘飧市远

213

无兼味，樽酒家贫只旧醅。肯与邻翁相对饮，隔篱呼取尽馀杯。"也有烦忧的时候，茅屋刚盖起不久，就在这年的8月遭到一场暴风雨的洗劫，屋顶的茅草被刮走，屋内彻夜漏雨不止，诗人一家在寒冷中度过了一个难眠之夜。这就是千古绝唱《茅屋为秋风所破歌》中所描写的景象："自经丧乱少睡眠，长夜沾湿何由彻！安得广厦千万间，大庇天下寒士俱欢颜，风雨不动安如山！"诗人在破屋、湿床之上，彻夜难眠，由自己的苦难，想到广大穷苦人民的苦难，并且把自己的命运和广大人民的命运联系在一起，并从中升华出"宁愿牺牲自己而能普济天下穷人"的崇高理想。

在草堂，还发生过一段感人至深的友情。杜甫与西川节度使严武在文字与政治上极为投契，严武曾多次造访草堂。他十分感谢严武的知遇之恩，吟诗云："元戎小队出郊坰，问柳寻花到野亭。川合东西瞻使节，地分南北任流萍。"

严武还推荐他为检校工部员外郎，这官职地位并不高，但属中央官员，政治上较有前途。诗人一生都渴望在政治上有所作为，为危难深重的国家与民族尽力。严武死后，他无意在此逗留，便带着家人离开成都草堂，乘舟返乡，于岷江、长江漂泊，《旅夜书怀》便作于此间。他站立船头，仰天长啸：

细草微风岸，危樯独夜舟。星垂平野阔，月涌大江流。
名岂文章著，官应老病休。飘飘何所似？天地一沙鸥。

在杜甫的一生中，有"会当凌绝顶，一览众山小"所表现出的一种敢于进取、积极向上的人生态度，也有"白日放歌须纵酒，青春作伴好还乡"的狂喜，还有"安得广厦千万间，大庇天下寒士俱欢颜"伟大理想与高尚品质的集中体现，更有"飘飘何所似？天地一沙鸥"内心漂泊无依的感伤。无论哪种情怀，真是一字一情一景，感人至深。清人浦起龙在《读杜心解》中说："杜子心胸气魄，于斯可观。取为压卷，屹然作镇。"

尽管诗人处于乱世，没能实现他的政治抱负，但他实现了他"语不惊人死不休"的追求和"读书破万卷，下笔如有神"孜孜不倦的精神。可他还要以"天地一沙鸥"自喻，真不愧为我们敬仰的"诗圣"。如今，我们生活在太平盛世，过着安居乐业的生活，更应该以"诗圣"为楷模，认认真真做学问，使中国的传统文化发扬光大。

# 安得浮云相往来

　　我不是画家，绘画于我仅限于欣赏。在众多的绘画作品中，我尤其喜欢沈周的文人山水画。究其原因，除去他精湛的绘画技法外，更喜欢他的品格、生活方式以及反映在其作品中的意趣和精神。因此，我认为他的文人画最能体现中国传统文化思想和审美精神。

　　认识沈周是从《明人画沈周半身像》开始的。画像上，他戴着高耸漆黑的帽子，一袭厚重的衣衫，面容清瘦淡定，面颊上的老人斑清晰可辨。望着画像，何曾想这个慈祥的像田舍翁的老人，居然是明代"吴门画派"的开宗大师，与文徵明、唐寅、仇英同为"明四家"。他学识渊博，诗文书画均负盛名。他重振了文人画传统，在画史上影响深远。于是，品其画、诵其诗、读其故事，被他的温和敦厚、平淡天真、悠游自在所打动，试图用他自己的一句诗："安得浮云相往来"，来诠释他的"另类隐逸"的生活方式、"合乎自然"的审美境界和"诗意栖居"的艺术人生。

# "另类隐逸"的生活方式

沈周11岁游历南京时，写下百韵长诗，被认为是唐代才子王勃的转世再生。28岁时，他婉拒了苏州知府的推荐，决意终生不入仕途，专心于诗词文字，"以丹青以自适"。

从历代史书"隐士传"中的人物来看，"隐逸"主要是指有才学和能力而不仕的一种生存选择，也就是或明或暗地表现为"不与统治者合作"的姿态，但被列入《明史》隐士传的沈周，终生未仕，以"隐逸"终老，有着与众不同的隐逸特点：其一，"隐逸"的主要原因是隐逸家风熏陶下的出处选择，率真个性与审美趋向使然和江南雅士文化传统的浸润。其二，是隐逸地点的自然本真。他的"隐逸"之地就是从小生活的家园，自然而生活化，而不是另辟幽静之处，与世隔绝。其三，隐逸心态的平和以及隐逸目的的去功利化。他的隐逸并非大张旗鼓，刻意而为。不像陶渊明表示"不愿为五斗米而折腰"，也从不标榜自己的遗世独立，他只是选择了一种随性自在的生活方式。这种生活方式糅合了南宋以来江南雅士传统以及明中期世俗审美情趣，从而形成一种有别于传统类型的新型生存方式。他将注意力集中在与自身密切相关的事务上：经营家业、奉亲养老，甘于草野。沈周"另类隐逸"的生活方式，秉承了隐逸这一雅士传统，同时又凭艺术才能结交于官绅之间，以建立良好的生存环境，强调治生而不是治世，具有浓郁的庶民性，给后人以范式和启迪。沈周在诗作《朱泽民山水》中写道："微官缚人万事拙，安得浮云相往来。宦海黄尘迷白发，云壑风泉清入骨。思家看画方兀然，叫落西窗子规月。"在他看来，与其心处仕途的牢笼中，不如身处江湖，心灵自由，令人愉悦。这令人想起荷兰近代哲学家斯宾诺莎，他宁愿磨镜过活，也不愿意当大学教授，因为他怕妨碍了自己的自由。沈周虽未入仕，但已不同于放荡江湖、不问世事、不入仕途的逍遥"隐士"，或许"中庸"平淡地对待生活才是其生命的真谛。他的《堤决行》等诗堪称涕血带泪之作，真实地表达了对穷苦百姓及其苦楚生活深切的关注及同情，具有深深的民族忧患意识。他选择主动隐逸，安于恬淡宁静的生活状态，因而能坦然做到名利两忘，寄情于山水，将艺术作为精神寄托，挥洒性灵，畅写天意，得到心灵的安慰。

## "合乎自然"的审美境界

具体来说，"合乎自然"包括两个方面：其一，自然指的是自然万象，是人与大自然息息相关，"偶尔与物会""其心共天游"；其二，自然是指人的未经雕饰的本真状态。"合乎自然"就是保持这种本真状态，不被外物异化。审美境界是指从人生境界中升华出来的超脱了自然境界、功利境界和道德境界的愉悦情怀和情境，为人生的最高境界。沈周的心灵极度自由，冲破一切束缚，浑然天成。"江不阻水逝，天不碾云浮"，这就是"合乎自然"的审美境界。沈周将诗歌作为人生表述的一种途径，他在《送山阴秦复正谒华光禄》中写道："酒榼诗囊尘外物，山光水色眼中人。"要想不沉溺于尘海，须懂得尘外之趣，能体悟"从容一杯酒，消散五弦琴"的旨趣，才能"悠悠万虑闲"。不做无用之事，怎遣有涯之生？从而达到"合乎自然"的境界。沈周把诗看成"尘外物"，这是一种高雅旨趣，是保持自己内心纯粹的一种"合乎自然"的生存方式。他在《西湖竹枝词》写道："妾在船头偷看郎，郎骑白马好风光。锦样荷花三十里，中间一对紫鸳鸯。"整首诗清新亮丽、自然和谐，洋溢着民歌的情调。选择隐逸的诗人沈周没有功名利禄的追逐与焦虑，没有建功立业的野心。作为自然之子，真正体会到生活的本真与美好，实现了"独抒性灵"的自然表达。他自称"漫叟"言："画本予漫兴，文亦漫兴。天下事专志则精，岂以漫浪而能致人之重乎？并当号予漫叟可矣。"他用"漫兴"来评价自己的诗画作品，这就是强调不事雕琢，即"合乎自然"的创作观。他在谈自己的创作状态时说道："或坐而咏，或行而歌。声随意发，亦不能沮。"（《五十八自赞画像》）其意就是性情，诗歌因性情而起，自然成文。只有达到这种自然本真的状态才是最好的境界，这样的诗歌才自然感人，所以"合乎自然"不是简单的随性。

沈周的画作以日常生活为主要题材，都是从自然角度选择的，不事雕琢，不拘一格，承载了形象和情感艺术在其中，形成了特点鲜明的审美境界。不同的山水画审美境界与特点是不同的，审美的主体也能感受到不同的乐趣、情感，从而获得情感的依偎和心灵的慰藉。中国绘画，主要讲究的是意境美，意境是中国山水画的灵魂。中国画的意境，就是画家通过描绘景物表达思想感情所形成的艺术境界。它能使欣赏者通过联想产生共鸣，思想感情受到感染。我们根据沈周的《庐山高图》来感受他"言有境而意无穷"的审美意境。《庐山高图》是沈周41岁时祝贺老师陈宽70岁寿辰而创作的巨幅山水，也是"细沈"之代表作。画作采用全景式构图，以高远法布置画面。先用渲染的手法描摹景物，塑造意境，再通过意境来烘托人物情感。由近景的山坡虬松，中景的瀑布、巉岩、峭壁，远景的庐山主峰，自下而上，由近及远，近、中、远景相连，一气呵成。主峰雄伟，两边奇峰兀立，云雾浮动，给人以崇高雄浑、厚重质朴之感，似乎寓意老师宽厚博大的人格魅力。他所表达的庐山思想境界超凡脱俗、含蓄空灵，令人心之向往。

## "诗意栖居"的艺术人生

"诗意栖居"以中国传统的文化阐述，就是中国文化主导意识中的多元和谐、至善至美、圆润求真的生活理念。它不仅仅表现为外在形式，更重要的是人们在其栖居的地方营造什么样的生活内涵，追求自然、人、心灵的整体和谐，既是人类生活的最高理想，也是一种人人相和、圆融完美的人生境界。生命的"诗意栖居"就是一种自由和谐的生命状态，一种审美的人生境界，体现的是一种艺术化的人生。沈周的这种"诗意栖居"的生命境界是通过他的诗与画而实现的，是他对生命存在的意义和本真追求的结果，是一种对人生的豁达，对生活的热爱。

远离闹市、"隐逸"生活是沈周寻找生命"诗意栖居"的途径。在诗歌和书画所描绘的理想境界里，他将自己的情趣融入大自然中，体现出他对生活的关注和真实感情，展示出他非凡的艺术人生。《魏园雅集图》是沈周43岁时的画作，取材于五人山亭雅集之事，是一幅典型的写实性作品。画中营造了一种山水亭榭、林泉雅集的氛围。远处峰峦陡起，轻披薄雾；近处山顶与中部山腰，露出多处缓缓向上的台地，泉水从山涧飞流直下，汇成小溪。溪水旁有一小桥，茅亭内四人席地而坐，书童侧立一旁听候主人吩咐，一老者拽杖而来。山上山下，草本葱郁，火红枫叶点缀其间，更添几分胜地雅集之美景。构筑的画面气魄雄浑沉静，画中六人题咏，实为诗、书、画集大成的山水佳作，传递了吴中文人士大夫钟情于结庐尘世、隐逸之情怀和"诗意栖居"之生活态度。《落花诗意图》为沈周81岁时所作。那时他刚刚经历了丧子之痛，又年老体弱，一病数月，身心受到极大的摧残。病愈后，适逢春夏之交，见花未尽，睹景观物，一时情思无限，因而作画赋诗。画的右上角沈周自题"山空无人，水流花榭"，字的右边是刻着"启南"二字的印章落款。然后是画面主体，再后面是他与朋友们的落花律诗。由诗、书、画、篆刻为一体，构成了此画的全部。这幅小画虽不及早年的《庐山高图》那么气势恢宏，精致繁复，但却是作者自我性情、心境的自然流露，可以说是因心造境，因境演法，真正具有诗意、生命和灵魂的神来之作。

沈周寻找生命的"诗意栖居"，不仅安顿了自己的灵魂，而且以经典的诗画诠释智慧，演绎出"安得浮云相往来"的人生至高境界。他像一面镜子，折射出我们内心的隐秘和狂妄。他用画笔开创的人生辉煌，也给面临种种心理失衡的现代人以无穷的启迪，是古往今来极好的励志范本。

# 雷锋精神永存

　　憋了整整一冬的雪，终于在这个春夜里，宣泄得淋漓尽致。凝望窗外那连绵的圣洁，感觉今年的3月5日与往年不同。细细思量，是因为在学雷锋纪念日这天下了雪而不同，还是因为雷锋精神作为中华民族传统美德，积淀着太多的感动而不同？

　　记得上小学的时候，教室里悬挂的画上面写着"毛主席的好战士雷锋"。两幅共16张图片，每张图片下面都有说明。课间的时候，通过看图识字般的学习，我对雷锋的事迹也略知一二。后来，因种种原因，学校不能正常上课。老师怕我们荒废了学业，就把语文课变成了故事会。她讲的第一个故事就是《雷锋的故事》。她说的话令我记忆犹新："雷锋1940年12月18日出生于湖南长沙望城县简家塘一个贫苦农民家里。1962年8月15日，在辽宁抚顺市望花区不幸因公殉职。虽然他只度过短短的22个春秋，可是他那闪耀着共产主义思想光辉的崇高精神却长留人间。1963年3月5日毛泽东主席亲笔题词，号召全国人民'向雷锋同志学习'。因此，把3月5日定为'学雷锋纪念日'。"从那时起，雷锋成了我学习的榜样，他日记里的话也成了我的座右铭："力量从团结来，智慧从劳动来，行动从思想来，荣誉从集体来""在工作上，要向积极性最高的同志看齐，在生活上，要向水平最低的同志看齐""对待同志要像春天般的温暖，对待工作要像夏天一样火热，对待个人主义要像秋风扫落叶一样，对待敌人要像严冬一样残酷无情"。无论是同学间的互助还是学工学农劳动，我都表现出极大的热忱和主动性，由于表现突出，年年被评为优秀学生。

上初中后，学校组织了一次演讲赛，我演讲的题目是《怎样做一名雷锋式的好学生》，便是以《接过雷锋的枪》这首歌曲为开头的。读了贺敬之的长诗《雷锋之歌》，我倍受鼓舞，也写了一首诗《榜样的力量》，被刊登在校报上。

在乌拉山发电厂参加工作后，从1986年开始，每年的学雷锋纪念日这天，我都组织全厂的团员青年走上街头，开展益民服务活动，我们的益民服务项目有修理自行车、煤气灶、为电视机除尘和为"五保"户、军烈属清洁卫生等，受到职工群众和当地居民的欢迎。

每年的3月5日，都是乍暖还寒的时候。在寒风中，我们坚持了20多年，在我们的心中，学雷锋就是一项助人为乐的公益活动，就是"做好事"，这比用"无私奉献"来概括"雷锋精神"更显贴切和平实。

无论何时何地，只要听到《唱支山歌给党听》这首歌，我都会想起雷锋，都会想起学雷锋纪念日，都会想起所做的每件好事。雷锋离开我们已50多个年头了，但是那种全心全意为人民服务，把有限的生命投入到无限的为人民服务中去的精神，那种干一行爱一行，立足岗位艰苦奋斗的螺丝钉精神，那种对同志、对群众像春天般温暖，舍己为人，助人为乐，我为人人，人人为我的精神，随着时代进步而不断发展，潜移默化地影响着一代又一代人，凝聚成构建和谐社会中不可或缺的、与时俱进的精神，在全社会得以发扬光大。

# 用爱心谱就的生命之歌

过去属于死神，未来属于自己。——雪莱

在人来人往、聚散离合的人生旅途中，你会不会被一些事情所感动？你会不会把一份份情愫镶嵌在默默的关爱中？她，茗倩，19年前就因多发性骨髓瘤被医生判了死刑。十多年来，她与众不同的心路历程和生命轨迹，犹如一张沉重而弥漫的大网，过滤着我的痛苦、忧伤，沉淀着我的快乐、幸福。她的幸与不幸常常在我心灵的屏幕上演，和着她用琐碎而沉重的岁月之琴弹奏出的轻松而优美的旋律，倾听她用信心、毅力和爱心谱就的生命乐章，品茗浓浓的回忆和深深的震撼。

一

我和茗倩同在一家发电厂工作，认识她是在1986年。那年，我从锅炉运行部调到宣传部编辑厂报。一位文学爱好者引起了我的兴趣，她经常投稿，字写得漂亮，有很深的文学根底，文章写得颇有新意，后来我知道那些文章都出自茗倩之手。那年厂里扩建，我去基建处采访，听说了这么一件事儿：打字员茗倩将自己的奖金连同丈夫的全国五一劳动奖章获得者所颁发的奖金，全部捐给了电厂子弟学校。那天我见到了久闻其名的她：身材适中，举止优雅，说话言简意赅，最吸引人的是那双会说话的眼睛。我了解到：丈夫小范是她的"保护神"，他俩"青梅竹马"。小的时候，一起上学，一起嬉戏。6岁的时候，他就用从父亲那里学来的木工手艺，为她做了一个能推拉的木制铅笔盒。17岁那年，她就去锡林郭勒盟兵团屯垦戍边，为边疆建设奉献青春。5年后，因退休补员她才回到了父亲所在的学校做打字员。成家以后，更是夫唱妇随，情投意合。1982年，为了支持丈夫的工作，她从呼和浩特市调到了地处偏僻山区的这家发电厂。当时好多人不理解，认为她太傻。报上的一篇人物通讯《志在深山比翼飞》，对此事做了详细报道，给当时因条件艰苦、环境恶劣，不安心工作的广大职工和家属以巨大的震动，好多人放弃了调到城市的念头，扎根山区。我问起她当时的想法，她说："我做人的准则就是以平常心待人。"其实，这就是她经历了好多不幸和磨难后，坚强地活下去的座右铭。

## 二

再次见到茗倩，是她被医生判了死刑之后。听说她在家休养，我便前去看她。她瘦了许多，那双大眼睛显得触目惊心。想到她的不幸遭遇，我忍了再忍，还是流下了泪。1988年，厂里的基建工作全部结束，她调到党委办公室做信访员，不管做什么工作她都十分投入。当时，有很多人羡慕她有一位心灵手巧、体贴入微的丈夫，还有一位聪明漂亮、天真可爱的女儿。就在幸福生活对她倍加青睐的时候，厄运降临在她的身上。这一年，她常常感到四肢无力、身体迅速消瘦，还经常流鼻血；严重时连端杯水的力气都没有，几乎瘫在床上。坚强的她硬挺着去上班，没有请过一天病假。就在她力不从心的时候，她听到了这样一件事儿：一位老职工故去，留下4个孩子，最大的女儿只有19岁，刚参加工作，全家只能靠她那点微薄的工资为生，非常困难。茗倩夜不能寐，她给正在上夜班的丈夫打电话，说要帮助他们。第二天，她和丈夫一起把家中的立柜、洗衣机、床、餐桌、衣服等送到他们家中。因为自己也不宽裕，全家在地毯上睡了半年，才存了一些钱做了床和立柜。1989年4月8日，她第一次休克在工作岗位上。几经休克的她，转院到内蒙古医院血液科。化验结果：全血项减少至低级以下。为了确诊，她3次颠簸在内蒙古医学院附属医院和北京人民医院之间，经过7次抽骨髓化验，确诊为：多发性骨髓瘤。因为没有特效药，无法根治，患者生命期最长不超过3年。无意中听到了医生对丈夫说的话，她没有感到震惊和崩溃，只是安静地躺在病床上。她仿佛是个放了暑假的小学生，如释重负，边跑边丢掉沉重的书包，冲向绿油油的麦田，向着朝阳狂奔，寻找生命的归宿。她说："那一刻，我感到现在我还有生命真好，我还能有机会去爱、去做想做的事情。即使我伤痕累累，只要血液在体内流动，即便是有毒素的，那也是真实的生命的律动。

茗倩病重的消息在厂里传开了，同事们、朋友们都不相信这个面带笑容、乐于助人的好人会徘徊在死亡的边缘。重病缠身时，她先后几次住进医院，其中最长的一次住了整整一年。和她住在一起的都是白血病人，几乎每周都有病友被病魔夺去生命，病房笼罩在死神的阴影里，弥漫着恐怖的气息。为了让病友们像自己一样轻松地面对死神，她除了帮她们打饭、打水之外，还给她们唱歌、跳舞，尽量给她们带来欢乐。她说自己是一只快乐的燕子，即使面对死神也要快乐地飞来飞去，也要与病魔共舞。万事随缘不攀分，她和垂危的病人长谈，把死讲得那么透彻，让她们看淡一切，反正是死，死也要去极乐世界！

## 三

冥冥之中，仿佛有一双无形的手，不断地从她身上夺去珍贵的东西。即使这样，她觉得自己还是幸福的，因为她有牵挂着她的老母亲，有疼爱她的丈夫，有需要呵护的、可爱的女儿，还有信赖她的朋友。经过一年的治疗，病情稍有好转，她就回厂上班了。在上下班的路上，她常常因为体力不支而摔倒，但她在寻求精神上的一种自然超脱，她要返璞归真。她觉得自己的身体条件不能胜任信访员的工作，就主动要求调出。1993年3月，单位照顾她，便安排其去管堆废品的库房。工作轻松了，病却还在不断发作。她不想坐着拿那份工资，便于次年办理了提前退休手续。

她常常把目光锁定在需要帮助的人们身上。有一名老兵团战士，因为患了精神病，冬天还穿着单衣单裤，她就亲手织了毛衣毛裤送给他。丈夫车间的一名蒙古族职工因妻子患恶性乳房瘤，精神负担重，经济负担更重，他们夫妻为他那一贫如洗的家，捐助了600元，并送去了组合柜、折叠茶几等物品。她用2000元资助两名失学儿童，每逢过年、过节，还为两名学生家中送去带鱼、牛肉、鞭炮等以示关心。内蒙古自治区包头市、河北省张北县、新疆维吾尔自治区喀什市等地发生地震，漠河火灾，锡林郭勒盟白灾……她每次至少要汇去1000元钱，向受灾人民献上一份爱心。

其实她自己才是最需要帮助的人。2003年1月10日，茗倩遭受了第二次厄运。那天，她从呼和浩特市接母亲去包头市过年，车行驶在呼包高速公路上，由于方向盘失灵，车撞在了路边的水泥护栏上，她们母女身负重伤。事发后，从此经过的两位好心的司机及时将她们送进了医院。检查结果：茗倩造成了胸十二腰——椎体粉碎性骨折。医生认为将导致下肢瘫痪，换脊髓手术费在3万至6万元。她80多岁的老母亲左腿骨、胫骨骨折，也需要及时治疗。茗倩知道，为给她治病家里已倾其所有，没有多少积蓄。长达10多年累积的医药费，她没去单位报销，全部自己掏了。她说："我早就是被判了死刑的人，多活一天就赚一天。"她在医院只接受常规治疗和牵引，她控制自己，不让自己的下肢完全麻木。她坚信：生死自如，生不由己，但死要由自己。就是她这种信念让她一次次化险为夷。在她与病魔的10多年抗争中，先后做过甲状腺瘤和胆切除手术。对一个血液病人来说，每次手术都很危险，但她一次次战胜了病痛。她坚信这次也一定会站立起来的。因为丈夫是纪委书记，正值厂里扩建，工作十分繁忙，没有时间陪她。为了不给丈夫添麻烦，她要求出院回家。丈夫亲手为她做了一个便于操作、实惠实用的牵引架，架在床边。没人陪她的时候，她可以将架子放下来，然后拖着失去知觉的下肢，爬到牵引架上再把自己吊起来，每天至少要吊10多个小时。有付出就有回报，关爱他人的茗倩，此时得到了亲朋好友们的关爱，浓浓的亲情、友情和她顽强的生命力，使她在3个月后重新站立了起来。

## 四

苍天不老，青山依旧。我再次去看望时，她刚处理完母亲的丧事回来，已经行动自如了。她说："老人临终的时候还嘱咐我把节省下的400元，连同他们夫妻的1000元、女儿的500元，向印度洋海啸捐了款。"她的女儿很懂事，从小到大看着母亲受着病痛的折磨，决心救助更多的人，让他们健康地活着。所以，她选择了学医，现在正在医学院上学。

我问茗倩："什么是幸福？"她说："做自己最想做的事就是最大的幸福！"又问她："什么是快乐？"她说："人和人之间和谐相处就是最大的快乐，精神上的疾病比肉体上的疾病更可怕。"

那段蒙着岁月风尘的经历又在她的脑海浮现的时候，她仿佛又真实地触摸到了病魔无情地烙在身上的伤痕，仿佛一切就发生在昨天。追逐她坚定而执着的个性，触摸她身处困境却奉献着的爱心，留在我心灵底片上的是难以磨灭的感动，过多的感伤化作永恒，激励我用平常心态去对待自己、对待每件事和每个人。（文中主人公为化名）

# 感受升国旗仪式

　　到过北京多次，也游遍了北京及周边的景点。细细回想，北京最吸引我的还是国庆节那天清晨的天安门广场的升国旗仪式。那一幕幕难以忘怀的升旗景象，常常在脑海中闪现。

　　第一次观看升国旗仪式是在1999年。那年，我随自治区劳模代表团进京参加招待会，除了在人民大会堂吃国宴、看吴桥杂技表演、去羊房看军事表演外，还有最重要的一项参观内容就是观看升国旗仪式。

　　那天国庆节，因是在金水桥上观看，倍觉升国旗仪式的庄严、肃穆和神圣。凌晨3点，我们集体乘车前往天安门广场。白日里繁华喧闹的长安街仍沉静在梦乡中，天安门城楼上硕大的国徽和巨幅毛主席画像在橘黄色射灯的照耀下，显得无比庄严肃穆，令人肃然起敬！

　　我们列队走上金水桥，远远看见国旗台南面早已排起了人墙。天安门升旗的时间不固定，是随日出时间变化的，当太阳的上部边缘与天安门广场所见的地平线齐平时，则为升旗时间。我们呼吸着北京晨曦甘醇的清凉，注目天安门广场光彩四溢的灯光，怀着万分激动的心情，翘首期盼这一庄严而神圣时刻的到来。62人组成的军乐队现场演奏《歌唱祖国》，乐曲铿锵嘹亮，在天安门广场上空飘荡。

咚！咚！咚！英武而充满朝气的国旗护卫队，迈着整齐的步伐从天安门城楼出发，经过正中间的那座金水桥之后，变成正步走。那整齐划一、铿锵有力的步伐和那嘹亮的军令声震得地面直颤抖，震人心肺。天安门广场上，万籁俱寂；长安街上，川流不息的车流也凝固在这庄严的时刻，所有人的目光全部集中到了那里。在《义勇军进行曲》的乐曲声中，伴随着步调一致的足音，在我们的注目礼中，升旗手手持国旗向上前方奋力一扬，一面鲜艳夺目的五星红旗迎着喷薄欲出的朝阳冉冉升起，昭示着中华民族的个性和尊严，升腾着华夏儿女的期盼和希望。此时此刻，所有在场的人肃然起敬，那激动的心情无法用语言来表述。随着义勇军进行曲高潮迭起，我浑身的热血从心脏涌向全身，似乎每一根头发都直竖着。我握紧手中的相机，把这一庄严神圣的时刻，永久地留在了记忆的底片上。

第二次是在2001年的"十一"长假，我特意带儿子来北京观看升国旗仪式。

看升国旗是一件非常神圣和自豪的事情。凌晨4点多钟，我们就打车去天安门广场。坐在出租车上，司机看见我丈夫脖子上挂着的佳能相机，问道："去看升旗仪式？"我高兴地应着："是的。"他又问："第一次来北京？"我说："我来过好多次了，第一次带孩子来。"他说："让孩子来感受一下更好，多好的一堂爱国主义教育课。"是啊！不知从何时起，北京天安门广场庄严隆重的升国旗仪式，已成为每个中国人特别关注的活动，成为中国父母教育孩子的手段，成为中国公民的义务和荣誉。来北京不看升国旗仪式，比未登八达岭长城更遗憾。

来到天安门广场，天已放亮。国旗台前已经汇聚了近万人，筑起的一道道人墙俨然钢铁长城。刚近人墙，就是一阵骚动，有人激动地叫着："出来了，出来了！"只见人们一齐肃立，齐刷刷地朝天安门金水桥上望去。我们带着孩子来回蠕动，试图找到一个有利的位置，可根本没有一丝空隙，看不见仪仗队的身影。

雄壮的国歌奏响了，升旗仪式开始了。我和先生只能把儿子高高抬起。2分7秒的升旗全过程，面对人墙，聆听国歌悠扬，只有对第一次的观旗过程进行回想：鲜艳的五星红旗缓缓升起，犹如放飞了一只火凤凰，眼前升腾着片片红云，与东方正在冉冉升起的红日遥相呼应。一场简洁而隆重的升国旗仪式，能激活一个人、一个民族、一个国家升腾着的期盼和希望。或阴霾或晴朗的日子，只要国旗冉冉升起，就能看见国人精彩的人生和祖国美好的明天。

升旗仪式结束了，儿子看到了来自祖国四面八方的父母，领着自己的儿女，前来观看升旗仪式，真实地感受到五星红旗的神圣。我想：看升国旗仪式产生的那种精神原动力，将潜移默化地贯穿于他以后的学习和生活中，犹如源泉滋润他茁壮成长。

仰慕天安门广场上那迎风飘扬的五星红旗，毛主席宣告中华人民共和国成立时，那雄宏高亢的声音仿佛又飘荡在广场的上空！仰望那轮喷薄而出的红日，衷心祝愿我们伟大的祖国政通人和，国泰民安，繁荣昌盛，蒸蒸日上！

## 🦋 倾听天籁 🦋

    一首《牵手草原》为弘扬蒙古族文化第一次全国性的大型展演活动——"草原情深"蒙古族长调民歌全国巡演首场走进包头大型演唱会，画上了圆满的休止符。在经久不衰的掌声中，领略了蒙古族音乐深邃意境的广大观众，在"天籁"与"心籁"的交织中，久久不愿离去……

    我用这样的语言，描述那场演唱会的情景。时隔多日，"天籁之声"那婉转的旋律仍在脑海中回荡，留恋之情跃然纸上。

    为了保护和传承蒙古族长调，不同区域的蒙古族长调代表性歌唱家和民间歌手集结在包头市，有新中国第二代蒙古族歌王、著名长调研究专家拉苏荣，蒙古族长调民歌国宝、天籁歌后阿拉坦其其格，一代长调大师哈扎布亲传扎格达苏荣，被乌兰夫称赞为"小宝音德力格尔"的乌日彩湖和随温家宝总理出访日本和法国的乌博长调组合等。他们以深情的表演、娴熟的技艺，展现着蒙古族长调民歌得天独厚、别具一格的艺术魅力。龙梅、哈林、"草原情歌王子"朱永飞等人演绎的现代草原歌曲，以精彩纷呈的演唱，激发起人们对草原的神往。誉满全国的内蒙古广播艺术团的无伴奏合唱，将演唱会推向了高潮。浑厚深沉的长调在马头琴声婉转、悠远中被演绎得淋漓尽致；呼麦伴着马头琴悠扬响起，同台表现草原文化艺术的原生态。倾听天籁，一幅幅画面在脑海中闪现：牧民驰马而过，低沉的歌声悠然而出，穿越草原上空，琴声、歌声融汇着牧人的喜怒哀乐，融汇着牧人的希冀，从牧人的心底飘出，共同奏出一个自然的和声，弥散在整个草原上，仿佛天籁回音。

我生长在内蒙古，虽不通音律，却十分崇拜人民音乐家聂耳。他会唱许多"红歌"，但情有独钟的还数蒙古族长调民歌。每次听到那种梦幻般的"天籁之声"犹如"蔚蓝的旋律"从遥远的地方传来，模糊了虚实的界限，恍惚中呈现出梦中的草原，仿佛行迹于大海之上，为虚无缥缈缀满了真情实感。倾听演唱会，我对充满神秘色彩的长调、呼麦、马头琴有了更深的了解。长调起源于北方草原游牧民族的畜牧劳动，以草原、骏马、牛羊、蓝天、白云为依托，咏唱亘古不变的"爱"的主题，辽阔的草原赋予它悠远、粗犷的旋律，草原儿女赋予它深情、豪迈的性格；"行走的笛音"马头琴纯美甘润，低音深沉，中音明亮，泛音清丽，旋律悠扬，富有感情色泽；"人声马头琴"呼麦，又称"浩林·潮尔"，是蒙古先祖留给后人的一种神奇的歌唱艺术，是大草原赋予人类的珍贵礼物。

蒙古族长调民歌作为2005年联合国第三批人类口述和非物质文化遗产的代表作，从静静的额尔古纳河到辽阔的锡林郭勒草原，从巍巍的大青山脉到广袤的巴丹吉林沙漠，处处飘荡着、征服着不同民族的人们。愿这次"草原情深"全国巡演为蒙古族长调民歌插上双翅，带着悠扬奔放的旋律，从辽阔的内蒙古草原飞向四面八方。

# 一生为梦

追寻一个梦想是一种绝大的幸福和快乐。你也曾体会过这种幸福和快乐吗？——罗兰

2019年的北国之春，像患上了重感冒一样，变得忽冷忽热。已是暮春4月，仍是冷暖难测。推开窗，吸一口晨曦的清爽，梦被春风扯断了。独坐窗前，那青翠的叶、淡粉的花所幻影出的春的幽媚，仍挡不住纠结于心的忧郁，就让困顿的身心，在春风的清香和春光的清亮中接受一次洗礼吧！在这静定的意境中，我半闭上眼去寻梦。

静默中，我迷失在生活的彼岸，抚摸岁月的年轮，犹豫着是否能找回失落的梦想，因为我已过了寻梦的年龄。"中国梦"冲破了笼罩着的雾霾，舞动着信念、精神、爱心的期冀，激扬思绪，共舞在我人生的秋天里，追随着缥缈中浮动的记忆，停泊在人生的五彩窗前。

# 一

徘徊中，我伸出虔诚的双手，推开那扇洁白的窗。年少的我，在田间、草地、河流、树林、课堂……寻觅着人生的梦想。梦想开始于那个动荡不安的年代。我把赋予我梦想的班主任老师，珍藏在记忆深处，无论时隔多久，只要提起，依旧为之动容。那时，那位诲人不倦的女老师，犹如高尔基笔下的"海燕"逆风飞翔。她年轻的心依然热诚地怀着一个梦想，就是把我们这些树苗培养成建设祖国的栋梁之材。她独自艰难地寻觅着、探索着，越过荒漠、披荆斩棘，唯恐有一个孩子陷入迷津，走上岔路。她用祖先留下的智慧和结晶，启迪着我们的心智和灵魂，引领我们在各自的兴趣和信念中，寻求着远大的人生梦想。终于上路了，同学们都有了各自的梦想。我的灵性与文学结缘，开始了我的作家梦。我漫游在童话世界里，以为只要许几个愿，就会梦想成真，可是奇迹未曾出现。随着年龄的增长，我懂得了没有汗水的浇灌，梦想只能永远蛰伏在等待中。于是，我跌落在知识的海洋中，汲取古今中外文学知识的养分，期待像生长在海水中的珍珠，在光线的作用下，放射出彩虹般的光泽。

# 二

恍惚间，我伸出勤劳的双手，推开那扇蓝色的窗。年轻的我在一个偏僻小镇，痴情地追逐着年少时的梦想。命运不曾给我显赫的家世和高等的教育，却为我选择了这个地方。电力技工学校毕业后，我揣着梦想回归家乡，既然改变不了命运的安排，那就改变自己。经过半年多电厂锅炉运行岗位的历练，我以提高技能、增强素质、成熟思想为己任，养成了认真、负责和守时的习惯。因为爱好写作，我有了适合自己的职业，成了一名宣传干事。在纷至沓来的工作挑战、难度渐升的环境压力和永无止境的中文学习中，我懂得了爱，学会了感恩和奉献，也拓宽了视野。在这里闻不到多少艺术气息，见不到多少新生事物，但令人欣慰的是小镇保留着纯朴的风气和浓厚的人情味。那些平凡、朴实、鲜活的故事，经过思想的过滤、感情的加热，都变成探索人生、抒发感情、写人记事的文章。我躺在自己的梦想里，寻找那些飘逸的快感，给精神以愉悦，深深地陶醉其中。那个绝美的梦想，即使在锅碗瓢盆的撞击、柴米油盐的苦涩和生活工作的重负中，也未曾破碎过。在小镇生活20多年，我坚定地走好每一步，专注于自己所做的事情。文学创作早已成了我最忠实的朋友，而作家梦也依然带着一丝凝重、一丝温馨。

## 三

徜徉中，我伸出温暖的双手，推开那扇绿色的窗。已不再年轻的我，在城市的繁华中坚守着年少时的梦想。那一年，我带着梦想，穿过世事的云烟，来到了自治区的首府青城。逐梦的艰辛、苦涩、幸福和快乐，见证了现实就是梦想。在这里，梦想有了更广阔的驰骋天地。我立足在政工部部长的岗位上，在终年忙不完的烦琐工作和写不完的文字材料中提升认知，辛勤耕耘，并收获成果。我扎根于生活的土壤，用创作点亮心灯，从天地万物、文化艺术、社会文明、人间万象中获得灵感，经过现实生活的提炼，再现人们的思想、希望、追求与梦想。通过不断探索、积累、磨砺、提升，我成为各种体裁都能写的多面手，先后有300多篇作品，刊登在报纸、杂志上，获奖20多项，出版了长篇小说《柳暗花明》和人物传记《富泽桑梓梦》，完成了都市情景系列电视剧本《女人都是角儿》，同时也成为内蒙古自治区作家协会会员、中国电力作家协会会员和呼和浩特市作家协会副主席。

## 四

犹豫中，我伸出颤抖的双手，推开那扇灰色的窗。在沉寂的人生的秋天里，年少时的梦想随风飘逝了。凉风拂面，落叶飘零，透过几棵挂着几片枯叶的老树，看着淡淡的夕阳，徘徊在人生的岔路口。冷风起时，无边的黄叶响起寂寞荒凉的呜咽，似我与灵魂的对白：

"你就这样寂寥地走下去吗？"

"我负重前行的路上，亮起了红灯，我只想停下来。"

"人生之旅一路绿灯，也觉单调乏味。在红灯前，你可以观察、思考、欣赏，以至于坚守梦想，珍惜当下。"

"我的心情像脚步一样沉重，许是到了人生的秋天。"

"秋天不好吗？那是收获的季节。能告诉我，你在人生中都收获了什么？荣誉、爱情、幸福、快乐。"

"这些都是我企盼的。只是，如今我感到迷茫、犹豫、沮丧。困顿将我的热情、梦想和希望击破，像玻璃碎成一地。"

"可是现在，你要做的不是收拾碎片，而是重新上路。"

"每个人都行进在通向衰老和死亡的单行道上，如果可以从头再来，我选择放慢脚步，享受美好的生活。"

"漫漫人生路，只要有梦想相伴，你的心有多远就能走多远。"

"我也像许多人一样有过梦想，但穷一生之力也追逐不上。我觉得自己是一叶在风浪中拼搏倦了的小舟，渴望依靠在温暖的港湾；我觉得自己是一只折翅的海燕，已无力飞翔。"

"一个人如果只活在自我的圈子里，脱离火热的生活，失去对未来的希望，那么他的生命已经开始枯萎了。你所追求的梦想幻灭了？"

"尚未得到，也就无从幻灭。"

"快去找回你的梦想精心经营，生命就会回应你所做的每一件事情，成功就会在下一个路口等你。"

# 五

仓促中，我撞开了一扇金色的窗。在人生的第50个金属季，我在丛林中认知我的梦想。拾起一片金黄色的叶子，它弯曲着像一只载着梦想的小船，这就是年少时我编织的梦想。转身时，我与"中国梦"相遇，它为我注入了生机与活力，使我热血沸腾，仿佛迎来了人生金色的春天。"中国梦"饱蘸家国情怀，凝聚亿万人民的美好梦想，大气磅礴地勾勒出了美丽中国的蓝图，在祖国的上空打开一扇光芒万丈的窗，闪烁梦想之光，点燃信心之火，开启力量之源，昭示新的辉煌。于是，在这个春天里，我抖落一身风尘，走进了"文研班"的课堂，为自己"充电"，以实现相伴一生的、成为一名"优秀作家"的梦想，以民族的自豪感和自信心，紧跟时代发展、民族复兴的步伐，用接地气的作品，去诠释人间的至真至善和大美大爱。几年中，中国文史出版社出版了我的作品《福姥姥》，这是改革开放四十年首部直面独生子女健康养老的长篇小说；远方出版社出版了我的长篇童话故事《小勇士波比》。写作不仅出了作品，更可贵的是那份精神上的愉悦。我会这样坚守着，不忘初衷，不改信念，不畏艰难险阻，收获一种幸福和快乐。

我被温暖的春光唤醒，已是中午时分。从困顿中解脱，我分明听到了心灵解冻的声音：一生为梦。从一个梦想开始，那就离成功很近，离幸福不远！

# 饮水思源

　　2015年7月15日，是内蒙古乌拉山发电厂投产发电40周年的日子。早在5月，负责宣传工作的同事就打来电话，说厂里准备出本文集，并向我约稿。在乌拉山发电厂生活、工作了30年，离开乌拉山已近10年了，居然还没有被忘记，我心存感激。拿出珍藏的照片，逐页翻看，那些费心收集的照片封存在塑料薄膜下色彩依旧，那景、那人、那些事，纷至沓来、鲜活如昨。用心感受那些年的生活、工作和坚守，有一幅动人的画面定格在我的脑海里，那就是"饮水思源"。

　　1985年，乌拉山发电厂10周年厂庆前夕，我从锅炉运行专业正式调入党委宣传部工作。俗话说：隔行如隔山。开始上班的几天，我就像一只无头苍蝇乱转。有一天早晨，部长把我叫到她的办公室，先倒了一杯水递给我并说道："你先喝口水，看甜不甜。"我好生奇怪，这水我天天都喝，难道这杯水里放了糖？部长葫芦里到底卖的什么药？我端起来喝了一口，细细品味，并没有喝出与平常不同的味道。部长问："甜吗？"我只好说："甜！"部长高兴起来，有点激动地说："这就对了。你入厂时间短，也许不知道，建厂初期，我们喝的水又苦又咸，喝粥都不用就咸菜了。当时，人们最大的愿望就是早日喝上后山的甜水。你知道，水是我们火力发电厂的血液和动脉，而我们的水源地在一山之隔的额尔登布拉格草原上，输水管长达38公里，这在全国火力发电厂中实属罕见。你今天的任务就是去后山9公里、19公里、28公里这3个水源地的值班点采访，写一篇反映那里的值班员工作、生活的文章，宣传一下这些无名英雄。"

领了任务出来，一辆退役下来的白色警车和在供水站工作的李师傅已等在办公楼门前，我们上了车，开始向后山水源地出发。

## 一

车驶出乌拉山镇时，还一丝风都没有，心情就像春天里晴好的天气，我信心满满的。没曾想，车过乌拉山山脉的卧羊台，驶上前往后山的路时，狂风大作，沙尘暴来了。我们仿佛被罩在一个黄色的套子里，分辨不清路在何方。风像一个醉汉卷起沙石追赶着汽车，敲打着车身。汽车像一匹腿部受伤的野马，颠簸、摇晃着前行，调皮的黄沙从门缝毫不客气地挤进来，落在车座上、身上，一会儿便是厚厚一层。车里弥漫着土腥气，呛得人咳嗽不止。我的兴致荡然无存了，心想：天上的神仙一定都趾高气扬，才会让这狂风如此吹打地上手无寸铁的人们，幸亏我们有车的庇护。

沉默了一路的李师傅突然开口了，他说："这风沙唤醒了我的记忆，你想听听当年水源地建设者的故事吗？"我迫不及待地点点头说："想！很想！"

乌拉山发电厂水源地建设这个庞大的水工工程，对当时经济很不发达的内蒙古来说是一项很了不起的工程。而这个工程最难啃的骨头，就是取水于后山的额尔登布拉格草原上的深井群和供水管线系统。第一场硬仗就是挖一条绕山而行、穿越18条山洪沟、长达38公里长的管沟。1970年秋天，几百名建设边疆的兵团战士在卧羊台下安营扎寨。他们住进了简陋的草棚，吃着窝窝头、咸菜，喝着有苦味的咸水，投身到工程建设中。他们所面临的困难是战线长、地形复杂、交通不便。当时的野外作业条件非常艰苦，机械化工具很少，要想挖出四五米宽、2米或9米深的管沟，只能靠铁锹和洋镐。挖着土质坚硬的地层，手上磨起了血泡硬茧不说，沙石塌方还时有发生；风沙打在脸上生疼，汗水湿透了衣衫，却没有一个叫苦、退缩的。那时候，他们比的是谁手中的铁锤、洋镐磨得更加锃光瓦亮。赶上阴雨天，劳累了一天的战士们，围坐在湿漉漉的草棚里，憧憬着电厂美好的未来，充满了革命乐观主义气氛。冬去春来，冰雪融化，这些战士又回到工地和呼和浩特市政的工人师傅们共同完成下管任务。机运连的几辆"日野"和"罗马"汽车，每天往返于前山、后山拉运管子。他们发扬蚂蚁啃骨头的精神，硬是把3000多根铸铁管和水泥管运到了管沟沿线。大吊车把一根根2米多长、直径90厘米的管子下到沟里，然后再挖1米见方的作业坑。管道衔接的地方，打上灰口或铅口，养护一周时间，才能把沟填平。在后山水源地的建设工程中，兵团战士们吃住在工地上。施工连的施工用水要到乌梁素海去拉，生活用水也要从20公里外的叨人沟去拉，虽然仍是苦咸水，但比乌梁素海的水好喝多了。那个年代，在市场上买不到拉水用的水箱，大家就自己动手连夜焊制。那写着"一八〇后山"字样的绿色水箱，是当时后山施工生活的一个象征。经过3年的苦战，终于把水引向了电厂、化肥厂以及乌拉特前旗地区，引入了千家万户，从此结束了吃苦咸水的历史。管道正式通水的那一天，那奔腾的流水声和那激动人心的场面至今还在脑海里呈现……

吃水不忘挖井人。正是那些水源地的建设者，让平淡的时光在指尖上大放异彩，以苦与乐镌刻出生命的美好。

## 二

汽车在一个青砖围成的大院前停下来了，9公里升压站的值班点到了。

黄沙把砖墙拦腰围住，集结在铁门旁，在风的召唤下，飞舞着拍打着客人的脸。值班员热情地把我们迎进门，倒上水，便和我们攀谈起来。我知道，他们刚来时，生活很不习惯。虽说乌拉山发电厂的生活比较艰苦，但是下了班能和家人在一起也很幸福。在这里值班，看不到高耸的厂房、烟囱、水塔，也看不到骑自行车上下班的行人，一个班短短的3天，也很寂寞难耐。后来，那缥缈的、蓝色的乌梁素海挤入了他们青春的梦乡，才使他们慢慢地爱上了这里的一切。他们说，孤独的执守，比起当年的建设者、维护者来说算得了什么。电厂并网发电后的第一次检修任务就发生在这里。

那是1976年1月19日，变电站南墙外大量的水从地面冒出来。爆管了，升压泵全部停止了运行。如果不在较短的时间内恢复，电厂、化肥厂将被迫停产，后果不堪设想。情况紧急，厂长崔振祥只能带领刚下前夜班的运行二值人员，打前站来这里抢修。那些运行的姑娘小伙们，没来得及换件防寒的衣服，就在漆黑的夜里，冒着刺骨的寒风上了汽车。他们来到事故现场，临时照明还没接好，就借着手电筒的光线开始挖土，就这样一场事故抢修的战斗打响了。虽说管道已停运，但积水仍在上返，在10多厘米深的泥水里，用锹铲、用镐挖、用桶提。时值三九严冬，气温在零下20多度，冰天雪地，凌晨的旷野更是寒风刺骨，而战斗在事故现场的人们，忘却了8小时值班后的疲劳，摘掉帽子、脱掉外衣，争先恐后。他们只有一个信念：尽快把供水管道修好。在泥、水、冰中挖冻土，手磨破了，脚冻麻了，汗水把内衣浸透了。实在累得不行了，就在背风处蹲一会儿，饿了就啃一口冷馒头。正常情况下需要8个小时的工作量，仅用了4个小时，爆破管道周围的水土泥浆已全部清理完毕。天亮了，太阳从乌拉山上升起，破裂的管道被挖出来。检修人员来到了现场，他们分成两个专业组。一组负责拆除破损的水管，小伙子们轮番用10磅重的大铁锤，把破损的、直径70厘米的铸铁管敲碎吊出；另一组负责运输和切割备用管和短节。仍是北风凛冽、寒气逼人，因为需要化铅，现场点起的篝火，也给人们带来了一丝温暖。食堂的同志把中午饭送到了现场，大家替换着吃了饭。管道内的存水比较多，又调来了消防车进行排水。14时40分，终于开始安装新水管了。把水管吊入稳好，再打上3道铅口。20时30分，两台升压泵起动。这次抢修是对全厂职工素质和精神风貌的大检阅，他们以苦为荣、以苦为乐的精神一直激励着后来人！

他们还告诉我，在这里生活工作，每一个清晨都是一份令人欣喜的邀请，令他们的生活与大自然同样的朴实。这里曾是一片人迹罕至的荒原，建厂初期，职工在这里种了上万棵树苗，开垦了13万平方米的荒田，使这里变成了荒漠中的绿洲。是啊，无论在哪里生活和工作，只要按照我们特别的、美好的方式来过我们的生活，那么就完全不被无聊寂寞所困，只要发挥你的创造力，它就能指引你通往一个新的前景。

三

汽车又在坎坷起伏的路上颠簸了，风也刮得更凶了，它在这黄天野径中怪声怪气地呼叫着，似乎想阻止人们前行的脚步。所幸没忍耐多久，19公里就到了。又是一个青砖大院，走进大门，迎着你的是伟岸挺拔、与风沙抗衡的白杨树。我们坐在密不透风的值班室里，风声似乎逃离远去。

这里只有两个人值班，看看他们收拾得井然有序的面板、菜刀、锅碗瓢盆，俨然是一个不错的"小家"。他们乐呵呵地告诉我：起初听着怒号的狂风，有点毛骨悚然。每当夜幕降临时，总担心会有什么野兽会突然跑出来。可是天气越不好越要注意检查设备的安全，常常是彻夜难眠。后来，想想当年的建设者们，他们在荒郊野外搞建设，这点苦又算什么？

有一年春节刚过，二连就奉命到19公里挖输水管道。兵团战士们坐着"解放"牌大卡车，打着红旗、唱着歌，来到了施工现场。任务是挖2米见方的深沟。劳动强度很大，每扔出一锹土，都要使出绝劲儿。头一天下来，胳膊都快抬不起来了。战士们咬紧牙关坚持着，没有一个人打退堂鼓。每天的午饭是用汽车运来的，不管是白面馒头还是玉米面窝头，都吃得狼吞虎咽。午饭后有半个小时的午休时间，他们就穿着白茬皮袄钻到大水管里小憩，真是早出晚归、风餐露宿。每天下午5点是收工的时间，大伙儿又爬上"解放"牌大卡车，举着红旗，一路欢歌，回到驻地。这些兵团战士的一天就是在歌声中开始，又在歌声中结束的，真是苦中有乐，乐在其中。

值班室的桌子上放着一部12英寸的黑白电视机，这在供水站的每个值班点都有配备，反映出厂领导对他们工作的重视。在这些人迹稀少的地方，工作、学习之余，看电视既是最好的消遣方式，也能关心关心国家大事，是再好不过的选择。

## 四

汽车向28公里水源地出发了，风沙挥尽了威力，不甘心地"苟延残喘"。受过风沙的肆虐，嫩绿的小草匍匐着，亲吻着生养它的黄土地。

在我看来，在9公里、19公里的值班员们都是勤劳勇敢的人，他们日复一日地驻守在这些遥远而荒凉的地方，需要怎样的勇气和毅力。那么，在28公里这个主要水源地坚守的又是什么样的人呢？在这里，我第一次见到了在厂里广泛传颂的"夫妻泵站"的主人公贾亮平和焦香叶，历史的年轮将他青春的每一道笔画深深镌刻在了他们平凡而伟大的事业上。

1980年，他们夫妻主动请缨来这片荒原值班。在这里工作对他们夫妻来说没有8小时内外的区别和节假日的概念，一年365天都要绷紧工作的弦，不能有丝毫松懈。因为他们的日供水量最高可达9.93万吨，平均日供水量为4.3万吨，这些水除了满足乌拉山发电厂、乌拉山化肥厂的生产外，还要为乌拉山镇、西山嘴镇的工业及民用提供充足的水源。他们在这个"前不着村，后不着店"的"家"里值班，负责看管的5台深井泵和1座变电站，从未发生过事故。

当我问起他们的打算时，他们笑着说："如果组织上需要，我们就干到退休！"他们就像草原上一岁一枯荣的小草一样生机勃勃，时刻肩负着"为泵房负责到底"的重任。他们虽然远离人群、远离父母和孩子，却依旧勇敢地用自己的方式生活着，用一根精制的楔子把生活的主柱避开，接着再精雕细刻。他们在房前屋后种上了蔬菜和瓜果，养鸡、养羊，开垦种树，他们和当地的牧民亲如一家。后来知道，他们在这里坚守了35年之久。这个泵站成了乌拉山发电厂民族团结的窗口，贾亮平成了全国劳动模范和内蒙古自治区民族团结先进个人。尽管他们的故事鲜为人知，但他们无私奉献的精神任岁月侵蚀、心境变迁，也从来没有改变过。

我们起身说再见。出门前，我端起那杯从100多米的深井打上来的、可以直接饮用的水，喝一口甘甜清爽、滋润心田，似乎品味出了他们成年累月驻守的艰辛和寂寞，这份执着不是每个人都能做到的。他们生活的地方是孤寂的，但他们的内心是充实的。

告别28公里水源地，我们踏上了来时的路。这里是"平沙莽莽黄入天"的混沌天地，这里是"风头如刀面如割"的异域气候。没有沙尘暴光顾时，草原在蓝天白云的映衬下，显得格外宁静而辽阔。汽车的马达声穿过清新宁静的空气闯入耳中，仿佛水源地的守望者们的耳语：没有哪里的土地比这里更辽阔，也没有什么比在这里工作更有意义。在这里，你可以依照你的天性放纵地生活，就像乌梁素海里的芦苇，它们永远都不会像草原上的小草一样，尽管欣赏大地，却从不只想着自己。如果缺乏进取心和信心，人们就会被生活所奴役。感谢岁月，教会了我们热爱与宽容、珍惜与感恩、淡定与从容。

这次后山之行，如同那些弥足珍贵的照片，封存在我的心灵深处，因为在那个无边的世界里，我见到了世界上最美丽的花朵，开在那些寂寞孤独却依然微笑从容的人们的脸上。

回忆不仅仅是为了怀旧和伤感，也寄托着我们的梦想和希望……

## 品味摄影

　　青城夜雨，电闪雷鸣。雷声像载重车队从楼顶碾过，惊醒了沉睡中的人们；闪电像无数盏闪光灯渐次闪烁，仿佛在为湿漉漉的大地拍照留影。于是，有关摄影的片断在我的记忆中复苏，往事历历在目。在"全民摄影"的时代，人人在玩"自拍"，摄影被撕开了"神秘"的面纱，接受着民众的缅想和检阅。我与摄影结下一世情缘，仍固执地认为摄影是一门技术活，好的摄影作品有其旺盛的生命力和强烈的震撼力，它可以撞击灵魂、诠释社会、展现美景、表现人文和揭露人性，不是随手一拍即可为的。

　　镜头有形，光影无限。第一次接触照相机是1985年5月，我在乌拉山发电厂宣传科当干事的第三天。刘科长从锁着的卷柜里拿出那部理光135照相机（科里的宝贝疙瘩）和两个黑白胶卷交给我时说道："中国电力报记者采风团一会儿就到，你陪他们去生产现场和乌梁素海，顺便拍些照片留作资料。"也许父亲是资深摄影师的缘故吧，她竟然没有问我会不会使用照相机，就转身出去了。我捧着照相机，既激动又胆怯，激动的是我终于有了拍照的机会，胆怯的是我根本操控不了它。望着那些像蓝精灵一样簇拥在一起的按钮，感觉它们神圣不可侵犯。小小的镜头能包容天地万物，指落指起，精彩的瞬间便凝成了永恒。本想好好读一下照相机的使用手册，可惜时不待人。只能学着记者们的样子，将相机挂在脖子上，摄影包挎在肩上，跟在记者队伍后面出发了。一路上，记者们都在重复着取景、对焦、按动快门的动作，只有我傻傻地站着。王记者走过来，问我为什么不拍照。我告诉他，我第一次摸照相机，不会装胶卷。他接过照相机，一边给我讲解，一边将胶卷装好。他还从景深、对焦标尺和光圈、快门速度到拍照姿势，给我进行了讲解和示范。他告诉我，摄影技术就像世界上的书籍，永远也读不完，摄影技巧也是无穷无尽的。拍摄时，一定要养成明确选择焦点的好习惯。在一望无际的草原上，一棵树、一匹马都是很好的焦点；拍建筑物时，可以选择门或窗作为焦点。从按动快门的那一刻起，我就被照相机这个神奇的东西吸引住了。无数次欣赏着、感受着瞬息万变的美好。在美丽如画的乌梁素海边，我拍下了几张风景照。当张师傅（宣传科唯一会冲洗照片的人）将一沓照片交给我的时候，在那些黑白世界里，我也感觉出了生活的多彩与美好。我想，一定要向父亲请教，把照片拍好。

摄影是一种苦涩的美丽。这是我从父亲身上感悟出来的。在我的少年时代，照相机还是奢侈品，在傻瓜相机出现之前，摄影更是一件需要学习和摸索的专业技术活。父亲13岁从河南老家来到内蒙古跟师傅学照相，一干就是40多年。在别人眼里，父亲只是一名普通的摄影师，他每次按动快门的时候都会说一些固定的语言，逗得你开怀露齿，尽管那时还不时兴说"茄子、田七、钱"之类的。可在我眼里，父亲的追求并不是按动快门那么简单。早在20世纪50年代末，他就作为自治区摄影界的改革创新能手，多次受过表彰奖励。拍照时，他要根据不同的摄影置换背景、变换灯光，但大量的工作——冲洗底片、洗放照片等，是在暗室里完成的。他的暗房技术炉火纯青，如在照片的左或右上方加上一个圆形的人物头像，美其名曰"回忆照"。用一支狼毫毛笔，给一张张黑白的照片一点点上色，称其为"彩色照"。这也是我见过的最早的纯手工制作的彩照。他常常几小时不动坐在那里修版，用一支削尖的中华铅笔，在一张张黑白底片上一点点修掉瑕疵；这些工作完成在方寸间，比画家作画还难。从他精心处理的每一张照片上，我感受到了美，感受到了力量。我为父亲那双灵巧的手而自豪，也就是因为这双手，父亲不肯将他精湛的摄影技术传给我们姐弟。因为他的一双手成年累月在显影液、定影液的浸泡下，春秋两季便流着黄水，他不愿意自己的子女再受其害。那时，我不理解父亲的一片苦心，认为他自私、保守，对父亲积怨了许久。其实，父亲只是生活中的小人物，做着自己喜欢而浪漫的工作，他将真情融入镜头，触向生活底层。为了给普通的百姓留下美好的时刻，农闲时，他常常背着沉重的照相器材，走乡串村去拍照。拍照的过程，就是一个场景、一个动作、一个眼神的交流，他精湛的技艺换来了十里八乡人们的欢迎和尊敬，觉得他是一个温暖又重要的人。我也被他的敬业精神所折服，由衷地佩服他。当父亲知道摄影已成为我工作的一部分的时候，他毫无保留地传授给我他多年积累的经验。他常说，最简单的照片是最难拍的。摄影是光的艺术，只有不断学习用光及拍摄角度，才能拍出好的照片来。好照片重要的是情深，而不是景深。

摄影是无限丰富的。在父亲的帮助下，我很快掌握了一些摄影技巧，牢记摄影的三大要素。用光是摄影的血肉，立意是摄影的灵魂，而构图是摄影的骨架，这也是不同摄影师展现自己独到之处的手段。好的用光可以打动眼睛，好的立意可以打动心灵，而好的构图能让人惊叹摄影的神奇。学习摄影过程中，我有过许多感悟，比如遇到困难时的沮丧，拍到一张满意照片的喜悦，在不断练习中摸索出的小技巧等。经过不断练习，我终于捕捉到了一些感人的时刻，如焊花飞溅中的女焊工、炉膛里的汗流满面的检修工、驻守在荒漠草原的泵房夫妻……人是最美的风景，所以我拍照时经常会加入人的元素。终于，我手捧照相机时有了一些自信，然而学无止境。从接受协助两位摄影师（从乌拉特前旗文化馆请来的）完成乌拉山发电厂十周年厂庆图片展览的任务那刻起，我知道要学习的东西还很多。起初，我们起早贪黑地深入生产一线、车间班组、机关科室、后勤服务等部门拍各种照片。后来，为了拍一副延时的厂区全景照片，我们在日落前爬上了火车站高高的水塔塔顶，在三脚架上固定好照相机后，进行了一次曝光。等待了两个多小时，夜幕降临后，又用B门线进行了二次曝光。这次胆战心惊的行动，不仅拍出了一张好照片，也让我从中感受到拍一张好照片的艰辛。大量的工作是对建厂初期的老照片的翻拍和冲扩，这些工作需要在暗室里完成。底片就像乐谱，然而制作照片就像一次演奏。一个月里，跟着两位师傅，我学会了配制显影液、定影液，学会了冲洗胶卷，学会了放大照片。图片展览圆满完成之后，我虽然对暗房技术不是很精通，但在暗房中，我可以正确使用全部的暗房器材，有时连续几天都在显影、定影中度过，对繁忙的工作而言，是一种放松和休息。每月更换一次办公楼前的4个宣传橱窗，里面大大小小的照片都是我独立拍摄、制作完成的。黑白和彩色的转换对我来说意味深长。随着彩色胶卷的普及，摄影工作量的增加，黑白照片退出了历史舞台，我再也不用进暗室工作了。我使用最多的是柯达和乐凯的彩色胶卷，通过遍布街头的彩扩店冲洗扩放，终于从繁忙的工作中解脱出来。

　　人，恐怕是有惰性的。政工生涯30多年，我始终保持着对摄影和写作的兴趣爱好。从2003年开始，互联网和数码摄影的结合开启了一个全新的摄影时代。胶片摄影天然地倾向于复制，数码摄影绝对地倾向于传播。写作是个人的事情，但摄影却要介入生命的某一段时光。我的文章不仅仅限于文字的记载，还给文字配上图片，让生命更灵动起来。为了给文字配上满意的照片，每次外出，我都背着沉重的数码照相机，对使用手机拍照不屑一顾。有一次，几个同学相约去张家界游玩。一位同学笑我背着照相机是多此一举，我固执地认为，只有照相机拍出的照片才能散发出难以言喻的美。后来一想，现代的照相机（包括手机上的）有许多曝光模式、对焦工具、照片风格等，拍照只需要按下快门就好，准确曝光已经容易多了。现在的摄影与30年前已经大不相同了。随着传统暗房技术的衰退，数码时代来临，我也掌握了一些图片处理软件，在电脑上随心所欲地制作自己的照片，直到满意为止。外出时，不背相机一身轻，看见美景拿出手机随手一拍，轻松又自在。我也像许多人一样，用1200万像素的手机拍照，看到一切或美丽或精彩或伤感的都拍下来，保存在手机里。将自己认为得意的照片在微信上与众多的微友分享，大众视觉狂欢的体验确实是这个时代的特征，无论如何，照片所定格的迷人世界是不可逆转的。看见、记住、想起、拿出来看、帮助回忆，这就是照片的使命吧！

人生本来就是一部电视连续剧，而照相机就像一个截图工具，把剧中某些幸福的、美好的、忧伤的节点记录下来，可能是你记录了自己看到的一幕，也可能是别人为你记录下此刻的心情。我们生活在一个振奋人心的时代，摄影也要与一种独特的生活观念结合，成为一种学习、观察事物的最好方式，在光与影的境界里感受一种思想、一种高度、一种力量和一种永恒。好的摄影作品不仅是光影交错下的质感，而且是一种心灵的震撼，时代的共鸣。

## 女司炉的梦想

有领导来检查冬季供暖情况，我负责接待。他们到厂时已是下午6点多钟。面对着两扇紧紧关闭的厂房大门，只能站在凛冽的寒风中打电话联系，不禁冻得浑身发抖。想想厂房内的温暖，更觉冷不可耐。

走进厂房，一下子置身于温暖之中，一种回家的感觉油然而生。走进两台350兆瓦空冷、超临界机组的集控室，更觉耳目一新。看见那些面对显示屏操作的运行值班工们，想着他们为发电、供热而夜以继日的付出，我被他们深深地感动，思绪穿越时空，回到了在锅炉运行当值班工的情境中……

那是在1984年，我在技工学校毕业后，被分配到乌拉山发电厂当上了一名锅炉运行工人。这是一座由我国自行设计、制造、安装和调试的高温高压火力发电厂，两台5万千瓦机组于1975年相继投产发电。我也和许多同行一样，在走上工作岗位之前，有两个月的见习期。第一次走进厂房，面对锅炉、汽机那些庞然大物，我有些惊慌失措，感觉自己像堂吉诃德挑战大风车般荒唐可笑。可就是这些设备的铜墙铁壁把运行工们分隔在厂房内的八米和零米，只有在班前会全班的成员才能见次面。一次班前会后，班长带我到锅炉零米的排灰泵房，把我交给了正在值班的师傅。他说："小常，我打听到了，小刘的专业课学得不错，锅炉专业课考试得了95分。我是这样想的，咱们厂投产快10年了，只有一名女司炉。你好好带她，先从锅炉零米学起，没准能培养成女司炉呢。"那时候，我觉得压力很大，尽管理论学得好，但不熟悉那些排灰泵、除尘器和巨人般的吸风机，因此对它们总是心存畏惧，而对比自己资历老的运行工则十分敬佩。常师傅鼓励我说："行动是治愈恐惧的良药，而犹豫、拖延将不断滋养恐惧。"我想：不就是当一名女司炉吗？怕什么？我能行！当时锅炉零米有司磨、除灰、排灰和重油4个专业，我学的第一个专业就是排灰。

从学校步入工厂，我充满了好奇，也充满了求知欲。上班时，除了和常师傅进行一些简单的操作外，其余的时间就是缩在铁板铸成的值班室的角落里学习。读专业理论书，背安全规程，打着手电在杂乱无章的管道间穿梭着倒系统，然后背画系统图。两个月学习期很快结束了，考试合格后，我就要单独值班了。值班的第一天，望着我的臣民们：3台排灰泵、1台小打水泵、10台除灰泵、4台吸风机，感觉既陌生又熟悉，既冷漠又亲切。班长来巡查，指着排灰泵房竖着的一块牌子说："'杜绝水淹排灰泵房事故。'那次是不该发生的事故，多少年来一直是我们锅炉车间的耻辱。由于值班工串岗聊天，操作不及时，水淹排灰泵房，造成了机组全停事故。你一定要吸取教训，绝不能让悲剧重演。"于是，这个牌子对我来说成了安全与否的分水岭。我坚信：神圣的工作在每个人的日常事务中，理想的前途要从一点一滴做起。然而，过了没多久，一件不该发生的事情发生了。有一天夜里，去零米的值班室热了饭，四个人坐在一起吃夜宵，其中有一名是我的同学，他为了吓唬我，就说建厂初期，有一位女兵团战士，在吸风机室里上吊死了，至今阴魂不散。吃饭时，听着他的讲述，由于人多没当回事儿。吃完饭，他对我说："检查设备时，你要是害怕就叫上我，我陪你检查。"我说："我没那么胆小，想吓唬我？没那么容易。"凌晨3点是定期检查设备的时间，外面阴风怒号，听着有排山倒海之势。我使尽全力，才推开了值班室通往除尘器间的小门。刚向门外探出脚去，就被什么东西抓住了，怎么甩也甩不掉，吊死鬼的事儿一下子又跳了出来。慌乱中想起了手电筒，向下一照，原来踩到了一大团细铁丝上，那团东西被风纠缠成球形，来回滚动着，我惊魂未定地窜回了值班室。几次三番想出去，推门时总是推不开。想起自己夸下的海口，又实在不好意思叫人来帮忙，经过几个小时的纠结，错过了检查设备的时间。天亮了，风也停了。我跑到除尘器旁一看，有两台翻滚着的已是清水了，除尘器堵了。（现在的新机组都是电袋除尘了，那时比较落后还是水封除尘）交不了班了？怎么办？一想起班前会上才能见到的老师傅们，一个个板着毫无生气的脸，一副不近人情的样子；给我提出忠告时，更是一副高不可攀的样子，就有点胆寒。也许是急中生智，想起了那把沉睡在工具箱里的铁锤。常师傅说过，一旦除尘器堵了，这铁锤就派上用场了。我很快就失望了，也许是铁锤太大了，也许是我的劲儿太小了，我根本拿不动它。只好硬着头皮向班长求救了。师傅们一改常态，在班长的指挥下，轮番上阵，用大铁锤敲击除尘器上方的管道。两个小时过去了，干灰才铺天盖地吐出来，喷得到处都是。打扫干净下班时，已是中午时分。我说："对不起。"班长却笑哈哈地说："我们过了一个非常有意义的元旦，看你以后还偷不偷懒。"因我而延误的班车寂寞地停在马路上。它总是以冷峻的面孔，见证着我们这个既艰苦又单调，而且责任重大的职业的人们的每一天。运行值班工们工作在厂房里，就像在一座孤岛上，过着与世隔绝、波澜不惊的生活，只有在车上人们才能低声交换一些秘闻轶事，也多是关于疾病、工资和恼人的家庭琐事的。我们的职业注定就是这样：一年四季过着三点一线、周而复始、黑白颠倒的日子，没有节假日之分。他们看似没有生气和活力，每当走上工作岗位，就像注入了兴奋剂，一个个变得精神饱满、神采奕奕，他们有责任、敢担当。每个人都曾经这样，在春季的沙尘暴、夏季的暴风雨、冬季的阴霾中，感受自己是最高的主宰者，是新时代的普罗米修斯，为人间盗取光明。

这次事件使我沮丧了很久。其实，每上一个后夜班，我不光害怕，还很累。由于没养成白天睡觉的习惯，连上两个后夜班，就是两天不能合眼，很难熬的。那天又是一个后夜班，班长来查岗。他看见我坐在椅子上看书，就拿起暖壶倒了一杯水放在我面前的桌子上，然后坐下说："喝口水吧，你这么好学，一切都会很顺利的。"他告诉我："大风大雨这样的天气，你一定要提高警惕，多想想，别人能干成的事情，我也总能干成的。"我又打开系统图，请求他给我讲解了一遍。班长，就像暗夜里的一盏灯，给我带来了光明，令我充满信心。

两个月后，我通过了考试去重油泵房值班。这个值班室不在厂房内，就在山脚下。深更半夜一个人值班，地面上常有我最怕的"油老鼠"出没，真的是怕上加怕。值班时，我只能盘腿坐在椅子上，生怕老鼠会钻到裤腿里。闲暇时，看它在地上散步，它通体棕红色，有20多厘米长，有时会停下来与你对视，眼睛很亮。害怕时，我冲它喊一声，它便闪电般钻入地沟里去了。后来习惯了，有它的陪伴也不会感到孤单寂寞了。夜里油车到了，我就得去螺杆泵房卸油，赶上大风天，后窗户上那块用来挡风的塑料布，随着泵的轰鸣声，起伏不停，匍匐在窗框上，就像趴着的一个魔鬼。每当这时，我就从头凉到脚，大气都不敢出一声。

好天气时，我站在值班室门口，举头望月，看群山隐没在黑暗之中，听明亮的厂房内不停息的机器的欢乐鸣唱，感觉着时光的流逝，生出许多感伤。那时，生的快乐全在早晨那杯热乎乎的、香气四溢的牛奶咖啡上，它使人想到绿茵茵的牧场，思绪便跨越了厂房在整个大地上飘荡。

在重油值班的两个月很快过去了，经过考试我就要值除灰了。面对那扇一堵墙似的大灰门，我胆战心惊，但当女司炉的愿望又使我永不退缩。一个人被工作弄得神魂颠倒，其实是很幸运的。

我没想到，我的运行生涯结束得那么快、那么突然。有一天，班长打来电话说，党办主任在筹备十周年厂庆的事，要借调我3个月，编辑一本《厂庆文集》。为了实现我的女司炉梦想，我拒绝了。后来，又打来3次电话。盛情难却，我只好接受了。完成了《厂庆文集》的编辑工作之后，我调入了宣传部，为我仅仅半年的运行生涯画上了句号，我的女司炉的梦想也终成泡影。但在运行岗位上养成的思维敏捷、作风严谨、反应迅速、遵章守时的好习惯一直伴随着我。

# 洪 姐

又逢"三八节",尽管有人称它"女神节""女王节",我还是比较习惯原来的这个称呼。因为要修改将要出版的小说《福姥姥》的书稿,所以推掉了所有的应酬,把自己关在书房里,过有史以来的第一个"一个人的三八节"。

在书桌前坐下,打开电脑,就在等待电脑启动的一瞬间,我所有的女性朋友们,一个个英姿飒爽地在脑海里闪现。一个问题像躺在幕后的小丑,迫不及待地跳出来,他摇头晃脑地在问:"在这众多的女性中,谁是你最佩服的人?"一个名字迅速冒出来:洪秋月,洪姐!

洪姐,这个"南方美女",在内蒙古生活了几十年,潜移默化、耳濡目染,已变成了"北方女汉子"。她最喜欢的歌是《草原情》,也正如歌中唱的:"我虽然不会讲蒙古语,但我深深地爱着草原;我虽然不穿着蒙古袍,可我爱喝飘香的奶酒。"是草原的山水、草原的风土人情的陶冶,使她发生了蜕变,在草原生了根。

洪姐的大半辈子都是在响应国家的号召中度过的,也是这些号召决定了她的命运和归宿。

洪姐，第一次响应的国家号召是上山下乡。那是20世纪六七十年代，轰轰烈烈的知识青年上山下乡运动像一股旋风，席卷了祖国的大江南北，她像许多热血青年一样，离开了她热爱的家乡热土——舟山，投身到一个名不见经传的小地方——内蒙古生产建设兵团中滩农场，地处乌拉特前旗白彦花。在那里，年仅16岁的她，被选派到大城市、小县城的各种医院的妇产科学习，经过不断的学习和实践，几年后成长为一名合格的助产士。洪姐学成归来，因为人长得漂亮，皮肤白净，一双大眼睛，高挑的身材，成了远近闻名的"大美女"。她出现在哪里，哪里就会引起骚动，也引起她的恐慌。就在这时冒出一位"护花使者"，其人姓沈，尽管其貌不扬，可在她眼里，他就是力挽狂澜的"大英雄"。无数次的"英雄"救"美"之后，最终赢得了她的芳心。他对她的呵护，她对他的感激，都化作了爱，他们成了一对"革命眷侣"。

洪姐，第二次响应的国家号召是计划生育政策。她只生了一个儿子，她把他当作革命事业的红色接班人来培养。她作为助产士，迎接一个个鲜活的生命降临，兢兢业业、任劳任怨。

1975年，在中滩农场西边的乌拉山镇，建成了一座由我国自行研制安装建设的火力发电厂。那是兵团战士肩扛手拉，一锹一镐建设的，历时6年之久。为了支援乌拉山发电厂的投产发电，洪姐的爱人沈师傅，调到了电厂，他们过起了"牛郎织女"的生活，聚少离多。那时刮起了知识青年返城之风，洪姐有条件回到舟山去，但是她的爱人去不了。洪姐左右为难，陷入痛苦的抉择中。长痛不如短痛，为了给儿子一个完整的家，洪姐放弃了回城的机会，经过努力，也调到了电厂。那时，厂子地处偏僻的乌拉山下，生活条件十分艰苦，人们生病、生孩子都成了问题，幸亏厂里有了职工医院。洪姐的到来，给这里的女人带来了福音，因为她已经是一名优秀的助产士了。

我从学校毕业后，被分到锅炉车间当一名运行工，我的班长正好是洪姐的丈夫沈师傅。那时我还不认识洪姐，每次班里组织学习，总听一些单身青年和沈师傅开玩笑，让他传授一下追美女的秘籍，而沈师傅不露声色，一笑了之。我认识洪姐还得从我住进厂里的职工医院生孩子说起。那个时候，厂里的女人们生孩子，只要洪姐守在身边，就像吃下一颗定心丸，所有的恐惧心理都会消失得无影无踪。起初，我和洪姐还是陌生人，她除了认真给我做检查外，还吃住在医院值班室，陪了我三天两夜，直到孩子平安降生。后来，班里的姐妹来医院探望我们母子，说起我的接生医生，才知道她就是沈师傅的爱人。想起洪姐对我的关照，我觉得她不仅人长得美，而且心灵更美。从那以后，我和洪姐成了知心朋友。我生完孩子后不久，洪姐调到了呼和浩特热电厂的医务所工作。洪姐调走后，女人们生孩子得去附近县城或大城市的医院，感觉很不方便。记得，那年的大年初一，人们正沉静在欢度春节的喜庆气氛中，生活区的大喇叭突然呼叫起洪姐的名字：洪秋月，请马上去医院，有急诊！我听到广播有些诧异，洪姐已经不是这个厂的人了，回来过个年，也不得安宁。后来才知道，有一位女工难产，幸运的是正赶上洪姐回家过年，才救了他们母子的性命。

有幸的是几年之后，我因丈夫的工作调动，也来到了呼和浩特热电厂。那时的洪姐已经是厂医务所所长。都是一个"村"出来的，经常聚聚会、聊聊天，成了贴心的好姐妹。每年的体检，她都为我们安排得十分妥当。转眼，沈师傅到了退休年龄，勤奋好学的他，在家里坐不住，就长期在外地帮人监造设备。

洪姐第三次响应的国家号召是"健康中国"的国策。洪姐想，没有全民健康，就没有全面小康。健康中国被提上日程，要如何为大家的健康负责呢？洪姐退休以后，为了老有所为，对人们的健康负责，应聘到自治区总工会的职工体检中心当主任，她还是那么认真负责，废寝忘食。他们夫妻双双退休，有一个活泼可爱的小孙子，本该尽享天伦之乐，可他们还是为了工作各忙各的，发光发热。

有一天，噩耗传来，沈师傅得了重病，在北京的大医院都治不了，转回了内蒙古最好的医院。我去看他时，他半躺在病床上，比以前更瘦了。他的病和他所从事的金相专业有直接的关系，造血系统出了毛病。沈师傅说话的时候，言语中透着坚强，但我感觉到他是对自己的贤妻和儿孙放不下。他说："我还没有好好活，怎么就走到了生命的尽头。早知道会这样，我会好好陪在你洪姐的身边，让她过几天舒心的日子。"

几天之后，沈师傅驾鹤西去，我去吊唁，见到一身素衣的洪姐，在我眼里一向是"女汉子"的她，眼泪哗哗地流下来，抱住我说："妹子，洪姐的天塌了！"

天塌后的洪姐，在哭过、痛过之后，仍坚强地活着。已逾花甲的她，还是那么漂亮，那么优雅，仍坚守在体检中心主任的位置上，为每个生命把好健康关。我们平时各忙各的，逢年过节，互致问候祝福。时间长了，彼此思念，就几个姐妹一起小聚一次，拉拉家常、去KTV唱唱歌。洪姐唱出来的仍是她所钟爱的草原歌曲，她最喜欢的还是那首《草原情》，后来，又多了一首《我的根在草原》。

## 师 情

　　适逢教师节，对我影响最深、受益最多的两位语文老师的一言一行又浮现于脑海中，往事像断了线的风筝跌落在眼前。

　　第一位是隋英芝老师。我的小学时代，正赶上了"学黄帅、反潮流"蔚然成风。学校里整天乌烟瘴气，没有正常的教学秩序。我们的班主任、语文老师隋英芝看在眼里，急在心上：如此下去这些孩子将成为不学无术的牺牲品。她总在每天的自习课给我们讲故事，从"三国演义"到"毛主席的好战士雷锋"所有的故事都离不开忠、孝、礼、义、信。我被那些精彩的故事深深地吸引住了，就问："老师，这些故事是从哪来的？"老师说："从书上读来的。"又问："书上的故事是怎么来的？"老师说："是作家靠灵感写出来的。"

　　从那以后，我就找书读。有一次，借到一本古书《三国演义》，那泛黄的纸、淡淡的墨香、笔画繁多的字体，都深深地印在我的记忆里，我通过向母亲请教、查字典，用一年的时间读完了第一本小说，从此也养成了读书的习惯。细细想：教育是什么？教育其实就是一种从早年养成的习惯。教育只有两个目的，一是教会做什么，二是教会不做什么。在那个"读书无用论"盛行的时代，我能养成读书的习惯，实属万幸，这当然取决于那些有责任心、高素质的传教授业解惑的教师们。

第二位老师是杨明松老师。我上初中的时候，杨老师是我们的语文老师，他那挺拔健朗、潇洒脱俗的板书，给我们留下了深刻的印象。他的字不仅结构严谨工整，而且横直内收，撇捺外放，不但写出线条的弹性，而且转折处看得出转笔的提按力度，从而使每个字的笔画节奏更加动人。我们都爱上他的课，而且语文成绩都不错，有不少同学还学写他的字。记忆最深的是，他上每堂课都要在黑板上写一句名言警句。第一天上课，写的是我国唐代著名诗人、哲学家韩愈的一句治学名句："书山有路勤为径，学海无涯苦作舟。"课堂上，有的学生注意力不集中，他就会写上："学如逆水行舟，不进则退；心似平原跑马，易放难收。"他还写过许多，如"读万卷书、行万里路""书犹药也，善读之可以医愚""读书破万卷，下笔如有神""书籍是人类进步的阶梯"等。每每看到这些家传户诵、脍炙人口的箴言，我都会进行一番思考，从中懂得一些很普通但又非常重要的道理：开卷有益，读书有益。的确，我们中华民族从来就是酷爱读书、勤奋学习的民族，读书、学习是我们民族精神永不衰竭的源泉。多年来，我都在继承和发扬着这个优良传统。

回忆老师之后，浮现在脑海中的总是那句话：教师个人的范例，对于青年人的心灵，是任何东西都不可能替代的最有用的阳光。

# 惊心动魄的生命之战

　　四川汶川大地震，已经过去几年了，但那场惊心动魄的生命之战，仍激荡在我的心中。那场生命之战不仅考验着人们的生命，而且引发了人们对生命意义的思考，每一个人都经受着生命的洗礼。

　　从四川地震中万人罹难的那一刻起，抗震救灾就在华夏大地吹响了集结号，五十六个民族总动员，在同一时间、不同的地点，为了同一目标，开始了一场惊心动魄的抢救生命之战。

　　人们每天都在关注着抗震救灾的直播，每天都被深深地感动着。目睹坍塌的房屋、崩裂的道路、滑坡的山体，13亿国人都在为掩埋在废墟下的生命揪心落泪。

　　党中央、国务院在第一时间召开了紧急会议，抗震救灾的生命之战在紧锣密鼓、紧张有序中全面展开，温家宝总理在第一时间亲赴灾区坐镇指挥，带着全国人民的重托，为阴霾笼罩、余震不断、缺水少粮、缺医少药的灾区带来了温暖和希望。

　　抢救生命的战场上，一个个鲜活的生命，链接着一个个感人的故事，无论是生离死别还是劫后余生，都令人潸然泪下。无数的双眸定格在那双令人牵挂的手上，那是一个妻子牵着丈夫的手失声痛哭。弹指间，一个家庭失去了支撑，一个为人子、为人夫、为人父的人逝去了，他用生命换来了自己的4个学生的重生。从这双手我们联想到许多双手：指挥者的手、挖掘者的手、包扎伤口的手、献血者的手、捐款者的手……在这场毁灭性灾难中，只要手牵手、肩并肩、心相连，就会风雨无阻，战无不胜。

当那些废墟被绿、橘、白三种颜色渲染的时候，掩埋在废墟下的生命有了希望和寄托，那是人民子弟兵、消防官兵和医务工作者们，他们置生死于度外，拯救着无数的生命。15名战士在严重缺氧、没有经过严格训练的情况下，冒着生命危险写下遗书，从5000米的高空毅然跳伞，使隔离了的重灾区与外界通了消息，为营救赢得了时间；有人连续六十多个小时没有睡觉，用扇自己耳光的方式保持清醒；有人在自己的水壶里倒不出一滴水时，也不去动用救灾物资中的一瓶矿泉水，因为要留着它们去拯救生命。

"只要有一线希望，我们就要付出百倍的努力"这是生命之战的动员令，更是救援者的目标和心声。一个那天正是自己20周岁生日的女孩被救，那一刻成了她人生的转折点，她在瓦砾中度过了生命的分分秒秒，她收到的最好的生日礼物是"你不会死"。一个被埋在地下178个小时的生命获救，这短短的几天里，他和死神进行着顽强的抗争，他以顽强的毅力创造了生命的奇迹。我们的耳边时时响起一位获救者的声音："我知道你们会来救我的，我相信你们会来救我。"这不是普普通通的一句话，这是对我们国家、政府和人民的信任，是一种坚持，是对"不抛弃、不放弃"信念的最好的诠释，有这样的信念相伴，再大的灾难也会被战胜。

灾区的生命牵动着亿万颗心的律动，情系灾区献爱心，不同的人种、不同的民族、不同的捐助，或是一笔巨款，或是一条棉被，或是一件单衣，或是一顶帐蓬，或是一箱药物……灾区人民收到的源源不断的援助，寄予一份深情、一种关怀和无尽的力量。每位捐助者都站在抗震救灾的第一线，为受灾者做力所能及的事情。

当救灾物资从天而降、当救援队伍从四面八方奔涌而至、当举国上下集结所有的力量，每个人都置身于生命之战的汪洋大海之中，真情相守、共渡时艰，一双双援助之手紧紧地握在一起，爱的阳光驱散了笼罩在灾区上空的阴云，洒满了灾区人民的心田。

　　领袖的关心、军队的努力、人民的互助，在这场同舟共济、众志成城的生命之战中，真善美得以弘扬、人格得以完善、中华民族的优良传统得以发扬光大。

　　经过苦与痛的磨难和生与死的考验，在全国人民谱就的团结奋进、勇往直前的胜利凯歌声中，13亿华夏儿女与重建家园的不屈的人们携手并肩行进在建设文明、和谐社会的康庄大道上，意气风发地迎来祖国七十华诞！

## 忆苦思甜

　　记得我写的一个小品里，有这样一句话：你满脸的阶级斗争，一张嘴就要忆苦思甜。忆苦思甜对50后、60后的这些生在新社会、长在红旗下的人来说并不陌生。

　　儿子小的时候，我常常与他忆苦思甜。儿子问我："妈妈，啥叫忆苦思甜？"我告诉他，就是回忆在万恶的旧社会被压迫、被剥削的痛苦，对比新社会幸福生活的来之不易，从而提高思想政治觉悟，珍惜今天的幸福生活。

　　我上小学的时候赶上了"文化大革命"。学校里常常请来村子里最穷、最苦的贫农老大爷，给我们讲旧社会受的罪、吃的苦。每当这时，学校就用玉米面、野菜煮一大锅稀粥，我们排着队去盛，每人一碗，尽管苦涩得难以下咽，我们也得全部吃下去，不准倒掉。那时候，有些同学在家里都填不饱肚子，所以也能解饥饿之苦。

　　附近的村子里也要忆苦思甜。每当喇叭里播放那首《不忘阶级苦》："天上布满星，月牙亮晶晶，生产队里开大会，诉苦把冤申，万恶的旧社会，穷人的血泪恨，千头万绪涌上了我的心，止不住的辛酸泪挂在胸……"

我们回家拿个碗，去那个生产队吃忆苦饭，同样是玉米、苦菜等煮的一大锅稀粥。粥除了苦味也品不出其他味来。歌听多了，也能一字不落地唱下来，可以说是那个时代最流行的歌曲。

吃忆苦饭，我养成了爱吃五谷杂粮的习惯。上高中住校那阵子，学校的伙食除了窝头，就是钢丝面，由于热一顿、冷一顿的，终于吃出了胃病。一吃窝头就泛酸水，后来好多年没有再吃。

等成了家，由于先生一看见玉米面窝头就反胃，我也很少自己做了。不过，去饭馆吃饭，我首选的还是玉米面窝头。

儿子小时候挑食，我又想起了"忆苦思甜"这种教育方法。一天，一位家在农村的同学，知道我喜欢吃玉米面，就送来半袋。说是自己地里种的，不施化肥，不用农药，纯粹的绿色食品，而且是当年的新玉米。我就掺了些白面，蒸了一锅窝头。端上饭桌，先给儿子讲：我和你爸就是吃这种窝头长大的。我还没说完，儿子就拿过一个黄灿灿的窝头，咬一口咽下后说："妈妈，原来你们小时候吃这么好吃的东西，为啥不早点给我吃？"我急忙抓起一个，咬一口，真的很好吃。想想新玉米面自然和小时候吃的陈粮大不相同，儿子怎么能懂，哎！"忆苦思甜"以失败而告终。

等儿子长大了些，我想再对他进行一次"忆苦思甜"的教育。于是，从超市买回了钢丝面，想煮一锅野菜汤，泡着面吃。先生说："现在谁还吃那些东西。"不顾他的反对，我做了新鲜羊肉汤，把蒸得软软的、金黄色的钢丝面往里一泡，真的好香！儿子边吃边说："好吃，真好吃。妈妈，你怎么不说这也是你们小时候吃的东西？"那表情有点像"果然不出所料"的情报处处长。我愤愤不平地说："你不是十几年才吃这一顿嘛，让你天天吃试试。"

从那以后，我就再没有提"忆苦思甜"这个词了。

# 让健康之树常青

长达八个多月的买房、装修、搬家……今天终于得以消停了。回想起来，有两件事好久没有去做了：一是读书，二是运动。

闲来无事，急忙找了本书来读。恰恰读到了袁隆平每天下班后、晚饭前，召集老头、老太太打半个小时排球的事，而且是雷打不动。由此，我想到了在乌拉山发电厂工作的日子。那时，每天一下班，我们就跑到灯光球场打排球，生怕去晚了失去上场的机会。这件事对我们打球的人来说，似乎比吃饭还重要。几年后，球技虽没多大长进，却有了强体健身之功效。后来，打排球的人越来越多了，等着上场又太浪费时间，就改成了打乒乓球。几场球打下来，浑身冒汗，感觉又累又爽，运动也成了每天必行之事。如果哪天没运动，总觉得浑身不自在。

2006年，因工作调动进了首府青城，每天忙于工作。头一年，我还主动约了同事打了几次乒乓球，因受时间所限，虽不尽兴，也还可以说延续着运动。后来，买了房子，忙于装修，就成了自己不参加运动的理由。时间长了不运动，上楼就有些气喘，于是，又感叹老之将至，对自己不锻炼身体却毫无感触。

前段时间，厂工会组织乒乓球队、羽毛球队参加第二届"北方电力杯"的比赛，看到我厂的参赛选手大多是50岁左右的职工。他们都是乒乓球、羽毛球爱好者，几十年来就没有中断过打球。望着他们意气风发的笑脸、轻快矫健的步伐、平静温和的心态，从中悟出：现在年纪大的人普遍比年纪小的人更喜欢运动。不过，厂里组织拔河比赛的时候，还是有许多年轻人参加的。

有人说：改革开放30年来最大的变化是中国人失去了闲暇。

还有人说：当一个人什么都不缺的时候，健康就成为他最重要的东西。

这两句话道出了"两个之最"：一个是忙，一个是健康。一般来说，一个人步入职业生涯之后，所关注的问题常常是职务的升迁。为了寻找到一个适合自己的岗位，要花费颇多的精力；为了保住自己的岗位，赖以生存和发展，要承受很大的压力，不惜透支自己的健康。

忙也好，闲也罢。大名鼎鼎的"杂交水稻之父"袁隆平尚能忙里偷闲地参加运动，何况我们这些无名小卒。终不敢以忙为由，不参加运动，不锻炼身体。因为我们都知道：只有拥有健康的身体，才能更好地、快乐地学习和工作，才能更好地享受生活、享受人生。

# 崆峒古镇之行

有人说，甘肃平凉的崆峒古镇是大西北最美的养生福地。起初，我去此地并不是想去养生，而是景仰崆峒仙山，想去那里沾点仙气。

2018年6月初，先生从网上看到，有一个中医养生的实验调理班在崆峒古镇举办，问我去不去。我说"去"。这个"去"字，包含着3层意思：一是学养生，二是赏美景，三是品美食。

6月7日，我们从呼和浩特市白塔机场出发，乘飞机到西安，又乘大巴到平凉，然后打车，几经辗转，于晚上10点冒雨来到了崆峒古镇，被安排住进了崆峒内经中医养生基地的真气运行之家。这是一座方形仿古的二层楼建筑，一进门是青砖铺地，四周是白墙、黄瓦、红色的廊柱和栏杆，中间是一个大天井，显得气势磅礴。我们住的房门左侧的墙上用彩灯、绿草装点着4个大字"天道酬勤"，我很是喜欢，因为这也是我经常激励自己的一句话。由于天色已晚，又下着大雨，进了屋感觉有点冻人。不过，能盖着厚被子睡觉，感觉还是很舒服的。

第二天早晨，被大喇叭播放的音乐声吵醒。站在二楼的露天过道，从偌大的、方形的天井望下去。实验班的老师、助教们有20多人在练功，个个都那么认真，那么专注。我找了个正在拖地的人一问，才知道那功夫叫"五禽戏"。想想以后可能会学到，便收起好奇心，踏踏实实和先生去吃早餐了。

崆峒古镇，还有个好听的名字叫"广成驿站"。在我看来，它与其叫古镇，还不如叫新镇。它西距崆峒山4公里，东距平凉市区6公里，南北居于平泾公路和崆峒大道之间，为崆峒山大景区综合性旅游度假驿站。街道的外墙都有色彩鲜明的中国戏曲脸谱，不仅"脸"大，而且造型生动，十分醒目。这种人们喜闻乐见的民族艺术，为古镇增添了浓厚的文化风韵，无疑是景区的一大看点。天羽广场上，有一组名为"喜迎亲"的陇东民俗雕塑群。雕塑采用铸铜材质，体量为真人大小，浑厚拙朴，人物形象生动传神，乡土气息浓郁，给人以身临其境的感触。运用夸张的表现手法，卖力吹奏的鼓乐手、骑在毛驴上喜不自禁的新郎官、欢天喜地的媒婆……生动地再现了陇东地区百姓喜迎新娘的婚嫁民俗文化场景。美食一条街，位于五色池餐饮区，沿环路分布，入口处的牌坊上书两个古体字，颇费心思地看了许久，才辨出是"食街"两字。此街当地饮食文化特色突出、民族风味浓厚、品种齐全，主要以陇东特色小吃为主，还推出更多的养生美食名宴、名菜和名优小吃，以满足不同消费者的需求，进一步提高"养生平凉"的影响力和美誉度。也许是时间尚早，经营早餐的小店只有面馆、包子铺和豆腐坊，我们吃了两碗臊子面，就开始在古镇转悠。

6月的崆峒古镇处处是美景。宣传图板上写着：2006年7月开工建设，2011年9月建成投入使用，总建筑面积10.7万平方米。整个古镇依照道家太极八卦布局，以道教文化为线索贯穿始末，天羽和社火两个广场分别是太极图的阴阳部分，古镇整体设计为仿明清建筑风格，均为一至二层建筑组群。环境清幽、凉爽舒心，闲适安逸。四面城门创意性恢复了古平凉城门：东门和阳门、南门万安门、西门来远门、北门定北门。其间，道路纵横交织，流水环绕，有机地把古平凉八景、人文故事、历史典故、奇观异景、知名客栈等景点镶嵌其中，既展示了崆峒文化的博大精深，又体现出南方园林的秀丽优美，把传统的人文景观和人与自然和谐共生的生态环保理念贯穿其中。结合地形环境及特色景观的不同形成4个功能区——五色池、五味宫、五音宫以及五行苑。崆峒古镇已成为崆峒山景区的游客接待服务中心，是最大的游客集散地，游客在这里可以享受到景区提供的票务、乘车、餐饮、住宿、娱乐、购物等一站式服务。外观似古时客栈般的旅馆，也会为旅途中的人们带来别样的旅行记忆。

古镇的气候不冷不热，不仅住得舒适、吃得舒服，而且在养生方法上，还有了意想不到的收获。健康长寿已成为现代人追求的一大生活目标，于是中医养生、佛家养生、道家养生、儒家养生、武术养生等，层出不穷、真假难辨。各种养生方法、食疗药膳、心灵鸡汤在网上疯传，弄得人眼花缭乱、无所适从。古镇十日，我在与"真气运行之家"边学理论、边实践的过程中，初步掌握了中医真气运行养生五步功法。

崆峒古镇，这里有远离喧嚣的宁静，残亘的古朴记忆，绿色的地道美味。在这里，你住着客栈，吃着木槌捶打的手工饼，欣赏"织女"手工编织的纸织画……游走于古镇的小巷，两边是青砖灰瓦建造的仿古建筑，随处可见皮影、香包、剪纸等传统手工艺品，透着一股古色古香的韵味，就像穿越到了古代时期的中国，是一个去了就不想离开的地方。不管何时，你也来崆峒古镇中医养生基地，学习一下真气运行五步功法，静思、慢行，让心灵带着身体去体验另外一种人生。

## 抛书便觉心无着

不读书，愚而可悲；只读书，愚而可惜；读书而后思，思而创新是大智慧。就读书而言，我虽达不到"此生原为读书来"的境界，却有"抛书便觉心无着"的感受。读书，可疗精神之饥渴，补心灵之贫寒。担任过有着90万册藏书的阿根廷国立图书馆馆长的博尔赫斯，曾自豪地说过："我一生都是在书籍中旅行。"这样的一生真的令我神往。

书如哲人。古今中外，许多有思想、有智慧、有成就的人，无不酷爱读书。他们把读书当作毕生的嗜好与追求。无论什么时候，诵读之声不绝，与书相依为伴。对于他们来说，读书是一种再好不过的娱乐、休闲和享受。读书的过程是一个修身养性、开启心智的过程，从书中感悟作者深邃的思想，获得人生的共鸣和启迪，拓展视野的同时也增长了知识。读到一本好书，就好像是和一位智者对话，如同心灵的寄托、精神的历险和灵魂的约会，能折射出心灵的疲惫和慌乱，能剖开灵魂深处隐秘之所在，让你在最孤独、最脆弱的时候，懂得没有浮华的生命一样可以精彩动人。

书如香茗。学生时代，就牢记"少壮不努力，老大徒伤悲"的教诲，深恐有那份"白首方悔读书迟"的遗憾，便日日与书为伍；参加工作后，每日辗转于各种材料、计划总结，各类专业书报堆满案头。终日奔波，我养成了在寂寥的深夜，伴着淡黄的灯光，读小说、散文、杂志的习惯。每当这时，犹如品茗一杯香茶，投入其中，便觉清香可口、修身养性；浸润其间，灵魂得以温柔重现。这一读书时光，便成了我日复一日、翘首盼望的神仙般的享受和精神寄托。

书如沙漏。书是无始无终的、无穷无尽的。无论何人在一生中读多少书，也读不到它的最后一页。但书中的知识，会像时间一样越积越多。布洛伊说："我们是一部神奇的书中的章节字句，那部永不结束的书就是世人唯一的东西，说的确切些，那就是世界。"正如人们常说：书山有路勤为径，学海无涯苦作舟。

书如灯塔。生活在我们这个时代，电视、网络吸引了世人的眼球，但读书更使人爱不释手、受益匪浅，书如灯塔照亮人们的前程。随着竞争的日益激烈，读书越来越成为自我保护、自我改良、自我升值和自我超越的手段和方式，越来越成为人们不断拓展生存空间、把握人生机遇、改善生存环境和提高生活质量的渠道与途径。

古人云：三日不读书，便觉语言无味，面目可憎。千里之行，始于足下，让我们把有限的时间用到读书中去，从读书中获得乐趣、获得教益，在与书相伴的旅途上走得更远！

## 党情牵我心

　　火红的7月，穿越岁月时空，和着时代的节拍，舞动着彩旗，激荡着欢歌，迎接着一个激动人心、光荣而自豪的日子的到来。"七一"党的生日，激荡在中华大地，镌刻于中华儿女的心头。

　　弹指间，沧桑巨变。98年前，浙江嘉兴南湖的一艘红船上传出巨人的呐喊，犹如春雷唤醒了沉睡百年的东方雄狮，拨开了笼罩的迷雾，亮出了共产主义的伟大旗帜，点燃了神州大地上的星星之火。70年前，饱经战争沧桑与落后苦难的中国人民终于站起来了！以一个大国的身份重新屹立于世界东方，开启了中国历史的新纪元。41年前，改革开放，创造了一个又一个奇迹，使中国一步步走向繁荣昌盛，实现着强国富民、民族复兴的百年梦想。如今，"中国梦"舞动着信念、精神、爱心的期冀，饱蘸家国情怀，凝聚亿万人民的美好梦想，大气磅礴地勾勒出了美丽中国的蓝图，在祖国的上空打开一扇光芒万丈的窗，闪烁梦想之光，点燃信心之火，开启力量之源，昭示新的辉煌。

　　正值党的98岁生日之际，我这个坚守思想政治工作岗位30多年，有着30多年党龄的人，思绪沾染着比往日更高的温度席卷而来，掠过脑际的一份回忆、一幅幅画面都被暖流包围着，心已沉醉。欢庆的日子纷至沓来，如同黎明的曙光照亮了整个心房：依稀记得我入党的日子，面对鲜红的党旗，我庄严地举起右手宣誓，心潮澎湃、热血沸腾，久久不能平静。我生平第一次的感动如烙印般深深地印在了记忆里；这份激动又化作一份责任、一份荣耀、一份感恩常驻心间。那一年的"七一"，我身着红色的长裙和同事们一起歌唱"党啊！亲爱的妈妈"，歌唱"五十六个民族五十六朵花"，抒发着我们的爱党、爱国的情怀，展示着我们的蓬勃朝气；那一年"七一"，我筹备了"永远跟党走"大型图片展览，品读着艰苦卓绝的成长历程，感受着党的发展壮大，发自心底的自豪无法用语言来表述；那一年的"七一"，我编辑了一本"先锋谱"，每位模范党员的事迹，就是高高飘扬的一面面旗帜，鼓舞我们自强不息；那一年的"七一"，我组织了演讲赛、知识竞赛……多少次的"红歌献给党"文艺演出，我都是参与者、策划者和组织者。

30多年30多个纪念日，活动多种多样，但入党宣誓和表彰会是不可或缺的。一次次看着组织壮大、一次次看先锋模范辈出，欣喜之情和幸福之感油然而生。建党98周年时，作为北方公司优秀党务工作者代表，我荣幸地登上了领奖台，身披红色绶带，从公司领导的手中接过红灿灿的荣誉证书，一种荣誉感、责任感从心头升起，我为生活在一个有着7000多万优秀儿女的、温暖的"大家庭"里而自豪。我无法描摹每位党员在"党的生日"这天的心境，但我们党与生俱来的崇高、伟大的气质，将历史演绎得很从容，把欢乐表现得很淡定，使人感受到亘古不变的追求。

"中国梦"激荡着走向民族复兴之路的中华儿女的爱党、爱国情怀和思绪。于是，我以成为一名"优秀作家"为梦想，以民族的自豪感和自信心，紧跟时代发展、民族复兴的步伐，用接地气的作品，去诠释人间的至真、至善和大美、大爱。不忘初衷，不改信念，不畏艰难险阻，追寻一种幸福和快乐。

天地悠悠，时光荏苒。人可变，世界可变，独有对党的忠诚和爱国之心不可变。

# "葡萄与狐狸"新说

一天,从讲座中,听到一段关于"葡萄与狐狸"的有趣话题,于是引发一些思考。

看到这个话题,也许你和我一样,最先想到的是"狐狸吃不到葡萄,说葡萄是酸的"。我把它作为"新说"中的第一种"阿Q式"。阿Q站在葡萄树下,想:"葡萄是酸的,不吃也罢。"在自我解嘲或安慰中,他寻求到解脱,这颇具"国民性"的"精神胜利法",也是中国式"和谐"中不可或缺的成分。

第二种"李逵式"。李逵站在葡萄树下,想:"我吃不到葡萄,别人也别想吃到。"于是,他用手中的板斧,把葡萄树打了个稀巴烂,解了心头之恨。

第三种"林黛玉式"。黛玉站在树下,多愁善感道:"这么水灵的葡萄,过些时日就会葬身泥土,犹如我身也。"越想越悲伤,拿出三尺白绫,吊死在葡萄树下。

第四种"伊索式"。伊索望着吃不到的葡萄,想到了狐狸,想到了葡萄是酸的。灵感大发,写出了"寓言"故事,成了伟大的文学家。

第五种"袁隆平式"。袁隆平站在葡萄树下,想:吃不到葡萄,是因为葡萄树太高，如果使它由落叶藤本植物转化为灌木，就可以唾手可得了。于是，他写出了专著，终于成为农业科学家。

由此可见，同一件事可以引发不同的结果，这取决于一个人的知识、能力和心态。环境造就人，思维决定人的未来，圣人和魔鬼只在一念之差。你为人处事的态度，支配你的行为，养成一种习惯，培养你的性格，最后决定了你的命运。无论你从事何种职业，请记住：素质和心态是通向成功的门票。

## 喜乐天使

　　赋闲在家每天要做的功课，除了读书写作外，便是遛狗了。

　　早晨，我牵着爱犬钻石走出家门。正月十五过后，尘封在冰天雪地里的春天，才渐渐苏醒过来，只是闻不到几许春的气息。沿着那条红色梅花砖铺成的小路前行，天空如刚刚干洗过的蓝色真丝幕布，没被乌云沾染过。太阳从东边的楼宇间探出头了，炫耀着自己的存在。小区里种着桃树、槐树，居多的当然还是柳树了。钻石穿梭在这些树下，时不时跷起一条小腿，在树坑里或多或少地留下一些"标记"，令人想起游客们在景点显耀的位置留下的"到此一游"的字迹。

　　钻石随儿媳"嫁"到了我家。这个穿着黑白色绒毛皮衣的"客人"初来时，我并不喜欢它，一则怕它太闹影响我读书、写作和休息，二来怕它随地大小便，破坏了家里的环境卫生。有人说：不曾养狗的人，很难想象与狗生活是什么样子；养狗的人，则无法想象没有狗的日子该怎么过。从此，我也体验了有狗的日子。其实，钻石是条聪明、活泼的狗。它的品种属雪纳瑞，是德语的"口吻"之意。它的肩高与体长相等，深褐色的小眼睛，隐藏在长长的白眉之下，铃铛形的小耳朵折叠在头顶，矩形的头部，浓密的白胡须，背部剪成"马鬃"形状，短小的尾巴向上翘起，我戏称它为"小毛驴"。

钻石迈着"盛装舞步"欢快地向前，不知是我牵着它，还是它牵着我。时而有几只麻雀从灌木丛中飞起，惊叫着落在栅栏上、屋顶上，扰乱了周边的宁静，鸟语声、狗吠声，奏出了小区的晨曲。钻石不管这些，它还时不时地窜入草地、树林，用长长的鼻子四处嗅着，选好地形，撒下少量的尿或拉少量的屎，它总是以自己为中心，用自己的气味标出领地。每当与其他小狗相遇，它会昂首挺胸地站立等待，竖起耳朵来听着狗儿们的叫声，肚子里发出某种声音，却并不叫出声来。时有三五只狗围拢过来，钻石镇定自若，我却慌张起来，拉着钻石狼狈逃窜。

我怕狗，是因为被狗咬过。我上小学时，一天放学回家的路上，突然从树林中窜出一条狗，我怕被它咬，拔腿就跑，没想到它追着我跑。我使劲地跑，一会儿就上气不接下气了，狗若隐若现，忽左忽右，弄得我眼花缭乱，神志不清。我怕狗，但狗不怕我。犬牙锃亮，那狗逼近了我，我拾起一块石头砸向它，它扑了上来，我摔倒在地，它咬伤了我的左腿膝盖，从此便留下一块疤。回想起来，那一幕仍历历在目，总觉心有余悸。

十几岁的时候，为了看家护院，家里养了一条狼狗，通体金黄，耳朵直立着，我们叫它"四眼"。起初我很怕它，父亲就用铁链子把它拴在院子里。有一年春节前夕，父母准备了许多年货放在凉房里，没曾想，夜里小偷便在后墙打了洞，四眼听到了动静狂吠不止，姥爷外出查看，开门声惊跑了小偷，我家才幸免于难。4年后，举家搬迁，因为我们居住的地方不准养狗，只能将四眼转送给了很喜欢它的邻居。告别了四眼，我们姐弟四人都很想念它，感觉像离开了一位亲人。一年后，四眼挣脱了大铁链，出人意料地找到了我们的新家。它每次回来，母亲总让它饱餐一顿，拍拍它的头，让它回去。四眼回来的次数越来越多了，后来被几个坏小子捉住活活勒死，成了桌上的美味。一想起四眼的惨死，我心里总会隐隐作痛，再没有勇气养狗了。

一阵狗吠声将我从回忆中唤醒，几只狗将我和钻石团团围住，它们似乎刚洗过"尘土浴"，肮脏的狗毛挂在一副皮囊上，看不出本来的模样。是疯狗吗？我又惊慌起来，生怕它们会扑过来。一个牵着德国牧羊犬的人闻声过来为我解了围。他说："会叫的狗不咬人，都是流浪狗，你不用怕。"狗们渐渐跑远了，我知道这座城市里还有许多这样的流浪狗。你开车在路上行驶时，它们会突然跑出来横穿马路；你在路上行走时，它们会在你的脚边嗅来嗅去。它们无家可归，只能在垃圾箱、臭水沟周围觅食，在管道旁、乱石堆里露宿。有人说，狗是人类最诚实的朋友。驯养好的狗，是十分懂规矩的，他们比有些人还容易相处。狗作为宠物走进千家万户，不仅是因为狗可爱，很萌，而且也是老年人打发日子的最好方式。一个将狗抛弃的人，肯定是一个没有爱心和责任感的人。

早饭后，我坐在书房里，构思那部撩拨了很久的小说。记起法国大作家福楼拜的传世佳话：写作的生活就像是狗过的生活，但却是生命里唯一值得过的生活。细细思量，像一条文明、有教养的狗一样生活，有什么不好吗？钻石这个披着毛皮外套的"喜乐天使"伸直了两条后腿，匍匐在我脚边的木地板上。钻石性情温顺，它不像博美犬那样恃宠生娇、爱发脾气，不像泰迪犬那样成了绒毛玩具，不像蝴蝶犬那样漂亮可爱，也不像金毛犬那样高大威猛。钻石长到一岁多了，还只吃狗粮、蛋黄和少量的水果，它除了每天早晚外出散步时拉尿以外，从不在家大小便。睡觉时，它躺在铺好的垫子上；醒着时，它站在窗口张望外面的世界；外出归来，它站在门口等你拿抹布擦拭它的爪子；听到外面有动静时，它也不在家里乱叫。想听到它的叫声，只有把它关到笼子里去。钻石很会看人脸色、很会用自己的身体语言说话。你高兴时，它会像孩子一样站立起来，在你的身上嗅着，趴在你腿上和你玩耍；有陌生人来家时，它也会起立爬在腿上打招呼。即使它不喜欢洗澡，也十分顺从，不叫也不闹，只有走出浴房，它才会兴奋地楼上楼下狂奔，你担心它会撞上墙时，它总会来个"急刹车"，给你来个虚惊。闲暇时，它会用嘴叼着玩具，碰碰你的腿，找你和它一起玩。难能可贵的是，早晨即使它睡醒了，只要你不起床，它就会安静地守候在门口，绝不吵醒你。钻石最吸引人的动作就是抖毛，那种浑身上下的抖动，传递给人的是神清气爽。钻石这条文明、有教养的狗，就这样在你的生命中舞蹈，陪你疯、逗你笑，带给你最大的开心和快乐。

钻石能赢得人们的喜爱，真的是用它的聪明、活泼、文明、有教养换来的。我万万没有想到，我会像喜欢写作一样，喜欢上了养狗。

# 草原心曲的叹唱

　　艾平是一位生活在少数民族地区的、在写作中磨炼成长起来的、靠灵气和直觉写作的汉族女作家。高洪波（著名儿童文学作家、诗人、散文家、中国作家协会副主席）对她做过这样的评价："艾平似乎不是下笔千言倚马可待的快手，相反她出手慎重，一篇一篇很精心地营造着自己的散文天地。她写得少而精，不以创作丰富自娱，仅以表达真情为乐。从这个意义上说，创作的真诚使艾平赢得了读者。"

　　散文集《呼伦贝尔之殇》是艾平的代表作之一，收录了《我是马鞍巴特尔》《呼伦贝尔之殇》《额嬷格》《肉联厂》《长调》《父亲的老猎枪》《会说汉话的森德玛》等14篇散文，其中大部分是获奖作品。阅读她的散文，无论篇幅长短，都能感到一种经过岁月历练后的传神和美感，吸引你去探究那些隐藏在朴实的文字背后的、作者独有的艺术特色。

# 主题和题材的草原情结

中国现代散文创作的主流始终是对社会、对人生问题的关注。艾平的散文显然是在坚守这种写作准则，诚恳庄重，有感而发，蕴含着深厚的草原情结，凸显民族特色和地域特色。她以其细腻的笔法和悲悯的情怀，讲述草原、山林、人和生灵的故事，观照呼伦贝尔古老命运与变迁，在怀念中拷问生命的意义。

深度书写活生生的草原。作为中国几千年游牧文化的象征之地——呼伦贝尔大草原已经超出了地域本身的概念。在这里，天是长生天，地是大草原。艾平走进草原，闻着花草的芳香，亲近奶茶的温暖，熟知这里的一切，再赋予草原智慧和诗意、胸襟和气度："那草原从森林开始，沿着弯弯曲曲的河流，一直铺向骏马永远跑不到的天边。这就是传说中的呼伦贝尔，一片草尖上挂满珍珠的沃土，一个长生天下万物葳蕤的梦境。"（《萨如拉姐姐》）"夏天绿草和繁花淹没了马蹄，掩映着白莲花一样的蒙古包；冬天大雪覆盖了一切呼吸，只有夕阳、马群和羊群在缓慢地变幻着形态。"家园和亲情应该是所有生命最本能的眷恋。游牧民族在和天地一样辽阔的家园，过着"天下最美"的生活。这里"羊群和天上的白云一起飞，孩子和地上的长风一起舞。"男人们天生就是玛拉沁巴特尔，"一年四季要面对千百匹骏马，不仅要让马吃好草、喝好水、躲开风雨雷电、提防偷袭的恶狼、避免冷热病伤痛，还要按照每一匹马的习惯去养马、套马、吊马、驯马、繁育马。""女人们常年在冰天雪地里劳作，挤牛奶、接羊羔、放羊。"生活在草原上，"小的时候就应该像羊羔那样温顺；人长大了就应该像骏马那样驰骋；人要遇到了相爱的伴，应该像乌兰泡里的天鹅那样一对对形影相随；人要是有了自己的孩子，就应该像母牛那样献出最后一滴乳汁；人到了该走的时候，就应该像骨瘦毛长的老狼，去寻找一个安静的地方，不慌不忙地等待长生天叫你的名字。"（《我的两个额吉》）正如席慕蓉（著名画家、诗人、散文家）所说："草原的存在就是游牧文明对世界的最大贡献。草原是活生生的，艾平的笔道出了这一切。"

观照游牧民族的特质。游牧民族的特质就是"天人合一"，"天人合一"就意味着对自然的敬畏、对自然的顺从。生活在草原上的人们有一种天人合一的生活，有一种视天下生灵为兄弟姐妹的观念。"享受的欲望不能超过天地的恩赐""蒙古包不能扎在没有草的地方，我们不能离开自己的三个母亲：一个母亲是生我们的阿妈，一个母亲是保佑我们的宝格德乌拉山，还有一个母亲就是为我们养育五畜的大草原。"（《额嬷格》）天、地、人、五畜、植物、动物……这一切构成了草原的自然法则，环环相扣相续。草原人"善待天下一切生灵""男人们会把受伤的牛用肩膀扛着回家""女人会用自己的乳汁哺育母羊抛弃的小羊羔""好牧人是会和牛马羊说话的人"；额嬷格学狼嗥叫，救助没有恶意的母狼；金达拉嘎叫小马倌用尿液浇垂死的小黄羊，以保住黄羊妈妈躲过凶猛的老鹰之喙；小斯日古楞用嘴吮出狗眼睛里的喜鹊屎……"天人合一"的草原文化，必然孕育出这些怜悯天下万物的人们。"秋天不能斩草除根，打狼不能断子绝孙，这是天人之间的大道。""没有哪一种生灵，可以做草原永恒的霸主，包括聪明绝顶的人类。"（《金达拉嘎》）如今在这片草原大地上，依然以碧绿的色泽和悲悯的情怀，守卫着"天人合一"的风景，珍藏着人类道法自然的哲学。

对草原现状的思考。《呼伦贝尔之殇》这部来自草原深处的书，让我们感受到的不只是苍凉、陌生、神秘、无奈、圣洁和温暖，更多的是深深的思考："这是为了未来挽留昨天，还是为了今天去寻找明天？"呼伦贝尔草原人是幸福的，也是无奈的，希望与绝望共存。艾平的散文让人越读越觉厚重："人们用铁丝网把呼伦贝尔草原分割成无数块大小不一的私家草场，传统的游牧领地被无情地缩小了，一家家的敖特尔被固定成为草原上的小村庄。""如今草原上的空巢家庭很普遍，牧民的孩子一出去上学，就喜欢上了城里有暖气的房子和昼夜不停的电视连续剧，虽然想念草原上的手把肉，却再也不愿意回草原放牧了，草场上只剩下做父母的在放牧。"（《额嬷格》）"呼伦贝尔大地，再也不是'棒打狍子瓢舀鱼，野鸡飞进饭锅里'的世外桃源了。一夜之间，打猎和挖药材的淘金者以浩劫的方式，冲进了草原和林地，野兽死的死、逃的逃，骑自行车走出城市二十里，满目尽是随风飞舞的白色垃圾，父亲打猎的念头便日渐淡漠了。"（《父亲的老猎枪》）暴风雪、居无定所、干旱、疾病、牧场的失去，加上开采者的介入、他乡文化的冲击、语言被代替，都不是游牧民族的主观意愿。"在大野无垠的草原上，圣主留下的是蒙古男人不屈有性格。""生存的严酷，让蒙古男人的性子因无奈而平和，但是那种一定要赢得胜利的勇气，却无时无刻不从他们的沉默里冲出来。""原野正在无休止的开发中无奈萎缩，我唯一能为这家园做的事情就是继续手中的活计。"（《我是马鞍巴特尔》）艾平为此而奋笔疾书，她的愿望是："许多年以后，马鞍还在马的脊背上，骑手还在马鞍上，骏马还在碧绿的草原上，古老的长调和史诗依然充盈在蒙古人的血脉里。"

## 借鉴小说的艺术形态

典型形象的塑造。文学的发现最终是对人的发现，描写人物是小说的关键所在。艾平在记人叙事的散文中都加强了对人物的着力刻画和描写，写出了众多性格鲜明的草原人物，通过他们饱经沧桑的容颜和游牧民族独有的行为，展示了他们丰美如草原的精神世界。以《我的两个额吉》为例，文中所刻画的"额吉"（蒙古语，母亲）形象，既带有蒙古族女性的独特鲜明的印记，又体现出中国传统女性的性格特征。那位在草原上生养了一生的小额吉，临终前把自己身上藏着的小口袋拿出来，传给了她的女儿。口袋里珍藏的宝贝，是她9个孩子（8个已经送人）落地时剪下的脐带。这9个脐带在小额吉心口珍藏了一辈子，在一个个病痛难熬的黑夜里，抚摸了多少回，亲吻了多少遍。那位为了延续孩子生命的大额吉（小额吉送给她的），每天晚上都要起来一次，给灯加油续捻，用自己的生命在佛灯前守候了15年，直到去世。艾平对人物性格所进行的高度集中、概括、提炼，使得她的散文中的人物成为类似小说人物的"具有整个世界的广大背景"（黑格尔）的典型性格，其审美穿透力绝不亚于一部中篇或长篇小说所刻画的主人公。又如《锯羊角的额吉》中，额吉每天烧好了菜，给阿布预备好中午带的面包和肉干，就跳进羊圈，一把抓住羊耙子的一条后腿，把它放倒，再用一条皮绳捆紧了它的3条腿，自己慢慢地锯羊角。通过一系列的动作描写，刻画出了额吉——普通而伟大的草原母亲形象。她塑造的形象还有制作马鞍的老础鲁、血腥肉联厂的厂长、马场里养马的姥爷、一心为牧民的领导金达拉嘎……这些人物让草原鲜活起来，也让读者久久地感动。

故事情节的完整生动。故事情节是小说的3个基本要素之一，在小说中担负着表现人物性格的重任。从阅读学的角度而言，情节则是吸引读者的文本要素。散文与小说很大的不同点在于有"情"无"节"，或曰重"情"轻"节"。一般的散文只重抒情述志，而不追求情节的曲折和完整，只是为了体现某一主题而截取一些故事片断，把它们组合起来，突显主题。而艾平的散文则不同，她十分注重故事情节的完整性。如中篇散文《呼伦贝尔之殇》，叙述的是一个被岁月尘封在森林草原中的姥爷的人生故事。其叙述结构已经形成了这样的情节主干：在引言的开篇就"揭全文之旨"——瘸姥爷说："你姥爷那人，站在风里头发丝'嗡嗡'响，黑瞎子见了都给他打立正，铿铿的。"接下来的《姥爷的山》《姥爷的犴》《姥爷的马》《姥爷的草原》和《姥爷的死》，5篇相对独立又互为联系的散文，写姥爷的生平、与大青子的诀别等，每篇都有完整的故事情节，其实质在他对马对犴对草原的情感升华上，而不是命运悬念上。《我是骑海骝马的巴特尔》是写蒙古男人的散文。其叙述结构的情节化更为突出：大阿爸把我送到旗里的民族小学读书→为了保护那只饿得肋条一根一根凸出来的流浪狗而和同学打架→离开了学校→回家开始真正的牧马生活→学套马、驯服海骝马→在草原上长成了真正的马拉沁→后去海拉尔当马倌，离开了海骝马→桀骜不驯的海骝马成了打杂的马。情节可谓波澜起伏，"我"与海骝马的感情真实感人。而艾平正是以情节化的叙述结构，引导读者进入她所营造的思想和艺术空间的。

叙述视角的转换。散文集《呼伦贝尔之殇》中的作品，均以呼伦贝尔独特的地域生活为题材，从或平实或素雅或优美或具有哲理的文字中所流露出的作者的思想亮点或者个人魅力或者真性情，这也正是吸引读者的地方。文本中无论长篇还是短篇，都不是背景复杂的事件或重大的题材，作者恰到好处地选用了内视角叙述方式。法国结构主义批评家热奈特称这种叙述方式为"内焦点叙事"。这种内视角叙述方式包括主人公视角和见证人视角两种。在当代小说中，以这种叙述视角叙述的作品大量存在。作者作为叙述者进入故事和场景，既是叙述者，又是主人公，或讲述亲历或转叙见闻，其话语的可信度和亲切性自然超过了全知视角（零视角）叙事。艾平在她的一些作品中采用了内视角。如中篇散文《我是马鞍巴特尔》中，作者作为叙述者和主人公进入故事，化身为一个在草原上长大的男人——做马鞍子的大工匠巴特尔，通过他的叙述，讲述自己的心灵史，讲述他的两个额吉、他的姐姐、他的领导、他的师傅等不同人物的命运。其他3个中篇散文《呼伦贝尔之殇》《额嬷格》《肉联厂》，也采用了这种叙述方式，既强化了作品的真实性，又扩展了作品的表现力。

见证人视角，即由人物（一般线索人物）叙述的视角。采用这种视角可以对所叙述人物和事件做出感情反映和道德评价，这不仅为作者间接介入提供了方便，而且给作者带来一定的政治色彩和抒情气氛。如写牧区人和事的短篇散文《舞魂》《长调》《赫尔洪德》等，都是采用了见证人视角叙述方式的散文。总之，艾平散文的小说化艺术形态使散文具有了小说的强烈感染力。

## 富有蒙古族语感的语言

在呼伦贝尔草原上了年纪的人，不打比喻、不讲故事是不会说话的。艾平在大草原这个特定情境中，向牧民们学习语言。在汲取营养的同时，将蒙古语的华彩浇灌在散文之中，既有阴柔之美，又有阳刚之气，不失为心曲的叹唱。她笔下的人物只要开口，每一句话都具有人物性格特征和草原文化特质，让人从司空见惯、习以为常中走出来，以新的眼光感受生活。正如李敬泽在该书序言中所说的那样："艾平的文章是有声音的，你会在内心念出来，渐渐地，你会找到节奏、语调甚至曲调。你似乎不是在用眼睛和大脑，用的是耳朵和心。

你骑在马上，听远方传来的长调。"

　　词语的不寻常搭配。例如，"天地之间，我孤独如一只离群的黄羊。"孤独之感是无法度量的，艾平却把"孤独"和"黄羊"搭配在一起，从而使抽象的"孤独"具体化了。再如，"你种植的春天在哪里？""种植"怎么和"春天"搭配在一起？因为春天是欣欣向荣、生机勃勃的，"种植"出的植物多是绿色的，所以有了这样的搭配。还有"秋风在我背后的蒙古包外喘息""就像长生天在我们睡觉的时候撒下来一层的小星星，在一望无际的草原上笑。""秋风"和"喘息"的搭配、"小星星"和"笑"的搭配，既形象感人，又充满了诗情画意。

　　多用比喻、通感等修辞。以对草原"母亲"的描写为例："她（大额吉）的双手就像长出了木疖子的树枝一样筋骨嶙峋，两条腿也弯成了马肚子那样的圆圈。"（《我的两个额吉》）作者用了两个比喻"像长出了木疖子的树枝一样"和"马肚子那样的圆圈"就把"常年在冰天雪地里劳作"的"大额吉"的形象，描绘得淋漓尽致。再如，"草原上的女孩子犹如漫山遍野的萨日朗、白芍药、刺玫般美丽，常常被视为花朵，盛开在父母的掌心里。"小额吉去世后，这花一样的女孩儿"变得像南飞北去的鸿雁一样远见卓识，变得像爬冰卧雪的骆驼一样临危不惧，变得像驰骋万里的骏马一样一往无前，变得像白发苍苍的额吉那样慈心柔肠。"（《萨如拉姐姐》）她还把蒙古人的心肠比作"大地上的天下第一曲水莫日格勒河一般柔情绵延"，把皮肤比作"奶豆腐一样洁白细腻"，"小额吉的身体像牛羊啃过的草场"……她还这样感知"四季阳光"的味道："春天的味道在小羊羔的胎毛里；夏天的味道在防风草和萨日朗的花心里；秋天的味道就在高高的草垛上；冬天的味道似有似无，当你推开蒙古包的时候，就在一团牛粪火的热气中涌来。"（《马拉沁的儿马子》）这样感知从未遇到过的坏天气："天上一道闪电，把静静的远山和熟睡的马群涂上一层幽幽的冷光，阴森的景象和逼人的寒冷让我毛骨悚然。"她把散文的语言艺术和思想相容相生、天衣无缝，充分彰显了她扎实的传统语言文字驾驭能力和对自我情感的调控能力，达到了情、理、趣、景相融为一的艺术境界。

擅用富有变化的长句子。艾平擅长使用富有变化的长句，较有规律的停顿，抑扬有致的句调，构成了一种自然、活泼、错落有致的抒情节奏，以抒情散文语言的和谐旋律，烘托出了作者赞美草原的心情。比如，"我的血液和呼吸，我的步伐和歌声，以用我注视万物的眼神，都蕴含来自草原的安详和勇敢。""蒙古人认为风走过的山岗像温暖的母体一般圣洁，那是他们用尽一生寻找到的原乡。"（《我的两个额吉》）再如，"我发现他像一个终于回到了家乡的游子那样如饥似渴，仿佛要把整个草原都装入胃里。"（《姥爷的草原》）写得朴实、激越，具有极大的可塑性和艺术张力。

吸纳了大量的民间言语。在陈巴尔虎蒙古族文化中，谚语、故事、诗歌、传说、祝词浩如烟海，艾平的散文中吸纳了大量的民间言语，滋养其文字的节奏和韵律，既能体现牧民说话的神气、语态和韵味，又是作家自己创造的艺术语言。从《额嬷格》《会说汉话的森德玛》等散文中可以看到蒙古族牧民语言的独特性和趣味性。如"到草尖的露珠被太阳烤干的中午""美丽的小河像银色的长调""天地的呼吸冻僵了，只剩下额嬷格的马蹄声在空旷的世界里飞""河流湍急，仿佛一只手拽着她的袍襟要拽走她""月亮升起来，给浑圆的地平线和白马涂上了一层清寒"等。此外，还穿插了许多蒙古族民谣、谚语，如"让你说出来的是话，让你站着的是地"（陈巴尔虎的老谚语），"孬汉子没有好马骑"（蒙古人的老话），"一匹马只要安静下来，就能多活几年"（古老谚语），"没有孩子的蒙古包是空的，经不住大风刮"，"鸿雁飞得再高，影子还在地上"等，都具有浓郁的民族感和文化味，增加了作品的吸引力。

总之，艾平的散文植根于草原文学的土壤，来源于自然，来源于对生活的历练，来源于个体价值的思考。因此，我们在阅读艾平的散文集《呼伦贝尔之殇》时，不仅被其生动的情节和典型的形象所折服，而且被其涵盖深广的思想内蕴所震撼。正如李敬泽在《呼伦贝尔之殇（代序）》中所说："这个名叫艾平的人，就写了这样一本书——《呼伦贝尔之殇》。这是安魂与招魂的书，那些茫茫苍苍的人和生灵，他们在天边隐现，残阳如血。"

# 半个世纪的家国情怀

这几年，有关影视剧的创作陷入了一个怪圈，弘扬主旋律的作品往往受到冷落，媚俗的作品反而受到青睐。说实话，在观看由著名公仆导演曹桂千任编剧、执行导演的，改编于劳模事迹的主旋律影片《情满人间》之前，我在想：这样的作品能有情感的力度吗？能有生活的深度吗？能有思想的高度吗？《情满人间》以医院为背景，以救死扶伤为核心，讲述了百姓的好医生刘琼芳56年如一日，坚忍不拔、无微不至地为患者治病的故事。没想到随着故事的展开，那带着原始的、坦荡的、骨肉丰满的、动人心魄的情节的张力，像一把带着温情的利剑，直刺你的心底，痛得你泪如泉涌。无疑《情满人间》是一部具有深刻意义和政治内涵的优秀影片，透过它真实感人的现实题材，骨子里讲的是中国人传统的道德观念和价值观，传递给观众的是人性的真实、生命的倔强和人生的追求。在这里，我想称道的是刘琼芳长达半个世纪的家国情怀，正是中国精神的真实写照和最好体现。那么，主创人员是以怎样的艺术手法来演绎主人公刘琼芳的"家国情怀"的呢？我想从以下几个方面谈起：

从主题内容看。一部优秀的影片不仅靠曲折的情节和丰满的人物形象吸引观众，更重要的是通过影片深刻的文化意义和文化内涵引起观众对人生和社会的思考。在中国，说不完、道不尽的还是"家国情怀"。《情满人间》的主人公刘琼芳就是"家国情怀"的忠实践行者：她人生79载，39载受着交叉感染癌症的折磨，却执着而坚强地以责任、良心、良知、医术、医德，实现着"救死扶伤梦"。在她56年的从医生涯中，诊治过11.4万名病人，抢救危重病人1.5万多人，临终时，还为同行留下8000多个病例分析。"多少沧桑付流水，常念家国在心怀"，是她一生的真实写照。她的一生与国家息息相关，把"我"的成长和"国家"的壮大联系在一起，把"我的传奇"演绎成了国家的传奇。从影片看，刘琼芳在女儿的眼中，她是一支蜡烛，燃烧了自己，照亮了别人，她很伟大；在患者家属的眼里，她是一棵小草，冬绿夏青，坚忍顽强，她很强大；在患者的眼里，她就是妈妈，任劳任怨、和蔼可亲，她就是希望，就是阳光。影片中刘琼芳的故事就是一个不断追求"家国情怀"的过程，很好地做到了苦与乐之间的自然转换，在平凡的生命与伟大的梦想之间架起了飞越的桥梁。

从叙事视角、结构看。叙事视角问题是电影的核心问题，它制约和影响着整部影片的镜头组接、时空转换、情节推进、人物形象刻画等，有牵一发而动全身的效果。热奈特在《叙事话语》中，根据聚集主体的不同，将叙事视角分为"零度聚焦""内部聚焦""外部聚焦"3种类型。"零度聚焦"，即全知叙事视角，叙述者是无所不知的；"内部聚焦"，即影片中的人物为叙述者，从某一个或几个角色的视点出发讲述故事，角色不知道的事情，影片也不会展示；"外部聚焦"，即客观的叙事视角，叙述者为摄影机的客观视角，不参与故事，完全置身于故事之外。《情满人间》采用了"内部聚焦"叙事视角模式。影片从开头、过程和结尾，均以主人公的女儿杨欣欣为叙述者，以内部聚焦的方式，从母亲刘琼芳的视点出发，围绕她的4次手术，节选了40岁、61岁、72岁和79岁4个情节点，便把她长达半世纪的"家国情怀"的故事如剥洋葱般层层剥开。就是这种反差处理的几个时间节点让刘琼芳的一生变得曲折、生动。值得称道的是，影片对她的情感并没有过多渲染，即便是告别人世的那一幕，也依旧用平静来打动你。这样讲述故事情节，易于观众对人物形象的理解，接近观众与影片人物的距离，使观众不断了解发生的事件，推动情节发展。

叙事结构，即影片的基本框架，是电影中的视听、时空等元素的排列组合，关系到影片的基本风貌和风格特征。电影叙事结构一般分为因果式线性结构、回环式套层结构、缀合式团块结构、交织式对照结构和梦幻式复调结构。《情满人间》采用的是因果式线性结构，它以故事因果关系为叙述动力，以线性时间戏剧化展开故事（少用闪回、插叙），叙事链单一（无并置、对照、复调，但故事可多线索发展），追求情节结构环环相扣、逻辑严密的完整结局。影片从亲情和友情出发，却给人熟而不俗的震撼，主要分为明、暗两条叙事线索，一条明线为时间线索，是刘琼芳奋斗不息的人生历程；一条暗线是她的女儿杨欣欣的成长过程。两条线的交点是刘琼芳忙于拯救两条性命，没能参加女儿的婚礼，她觉得亏欠女儿的，很内疚；女儿杨欣欣打电话，去医院找母亲，想让母亲参加自己的婚礼，但始终没有等到自己的母亲，她误解自己的母亲心里没有她。后来，在母亲的影响下，她从娇生惯养变得成熟、坚强。两条叙事线索交织进行，时间线索使整个故事情节清晰明了，暗线则起到补充故事情节，为后面的情节做铺垫的作用。最后，这两条线又达到了情理交融，鲜明地突出了影片叙事主题，启发观众更深刻地思考生与死的主题。

从色彩、画面、语言等电影元素看。这是一部用色彩表达感情的影片，颜色为剧中人物的情绪服务。色彩作为影视作品画面造型的语言元素，采取情绪性的色彩，可以把一些难以用语言表达的含义表达得更加贴切。影片中的主色调白色是通过对场景中白色的医院、白色的病房、白色的窗帘、白色的床单、白色的衣帽和手套等物件细节的控制来实现的，从白色中可以看到主人公刘琼芳的心理需要：热情、理解和满足。影片中白色又与黑色形成了鲜明的对比，主人公回家大都是晚上，她在黑色的夜幕下，骑着黑色的自行车回家。在昏暗的灯光下，她拖着疲惫的身体写病例，亲手为女儿缝嫁衣。黑色表明她工作和家庭不能兼顾，又代表着她的内疚、歉意和不满。影片中还有一种出现较多的颜色，就是红色，如影片开始时燃烧的那支红蜡烛、女儿为她编排的舞蹈《燃烧的烛火》、女儿送的红纱巾。红色向来代表东方文化的色彩，在中国人的心目中，它象征着吉祥、喜气、热烈、奔放、激情和斗志。影片中的红色既是女儿对母亲的评价，也是对母亲的祝福。

影片中的画面构图大都以中景和特写为主，将主人公放在一个特定的画面中，体现她和剧中人物的距离。影片中使用较多的是主人公面部的特写镜头，表现的是她的严肃认真或善良慈祥。在刘琼芳病情恶化卧病在床，听说自己的病人又住院了，她去看病人的这场戏中，用了远景、近景、中景和特写这4种表现手法，远景拉开了病房之间的距离，近景展现了她虚弱得连走路的力气都没有了；她给病人看病和她吐血都用了特写，这样的画面给观众以身临其境的感觉。在影片的结尾处，刘琼芳即将离开人世，从视角位置上看，她躺在病床上，中镜头她把呼吸器取下来，接着，在她的学生赵医生读遗嘱时，远景和近景互推，她听着对自己一生的评价，静静地离去。这时镜头拉近，表明她虽死犹生。

在这部影片中，剧中人物的对话不多，但只要出现对话的场面，他们所说的每一句话都是为影片的主题服务的。主人公刘琼芳所说的每一句话都是对人生的总结，在现实生活中显得那么温暖。比如，她开导脱离生命危险的溺水女孩子时说："没事吧，小姑娘，人呐，只能活这一辈子，以后可别这么傻了，这女孩子必须学会遇到特别难的事、解决不了的事，你就痛痛快快哭一场，哭完之后，你就觉得这个难事不难了，眼泪能解毒，这个法子还是我女儿告诉我的。"还有在她病倒以后，对她的学生赵医生说："我们干的是良心活，来看病的都不容易，我们要尊重病人的生命，医生要对症下药，不要看贫富和社会地位下药方。"其实，这些都是一个自己身患绝症，却置生死于不顾，却把"要是身体好再给病人治病多好"的人的经验之谈，也是她一生做人做事的原则。正像她说的那样："癌症欺负了我39年，全身刀痕累累，已经没有一个完整的地方了，可是我胜利了。"是啊！她就是在56载的从医生涯中，不断地为自己也为别人创造着生命的奇迹。

"家国情怀"是中国传统文化中最宝贵、最活跃的精神资源，在近两个世纪驱逐外侮，建构现代民族国家的进程中，发挥着难以估量的积极作用。今天，在培育社会主义核心价值观的过程中，也赋予了"家国情怀"新的内容和意义。影片的主人公刘琼芳，她虽然没有惊天动地的伟业，也没有流传千古的著述，但她用56年的医德医风，向人们堆起了一个道德的高地，对病人无微不至的关爱和奉献，筑起了一座不朽的丰碑。刘琼芳走了，但她长达半个世纪的家国情怀，将影响一代又一代人；《情满人间》这部影片也将激励着每一位追逐着"中国梦"的人。

# 疼痛的记忆

"刘巧玲，快醒醒……刘巧玲，快醒醒……"潜意识中，我听到一声声呼唤，那声音由远及近，由近到远，召唤我从全身麻醉中清醒过来。我缓缓睁开眼睛，手术室的灯光洒在身上，身心被一层温暖包裹着，身上的疼痛消失了。周围的气氛很安详，穿着深绿色手术服的医生站在床边，低头注视着我。我的意识回到我的身体里。

"手术做完了？"

"做完了，你感觉怎么样？"

"温温暖暖的。"

"好，送你回病房。"

我被推出手术室，等在外面的先生、儿子、姐姐，推着我进了电梯。我想：等在外面的亲人，他们不知道有多么担心与焦虑。原来做手术的过程，远没有手术前想象得那么痛苦，那么可怕。"身体是革命的本钱"到什么时候都是至理名言。人生啊！无法预测，没有永恒的痛苦，也没有永远的幸福。

我生平第一次躺着，被人推着走，仰面看到的只有屋顶的那排灯。从13楼手术室到10楼病房，从电梯出来就到了，似乎比一步一步自己走快了许多。

我被抬到病床上躺下，才发现自己左手输着液，右臂带着血压计，鼻子上着氧气，右腹部插着引流管，下身插着导尿管……床边还放着监视器。我像被绑架在床上，不由得向往起那些身体健康、活蹦乱跳的日子。

"你们一定要注意，手术后六小时，不要让她入睡。"医生这样嘱咐着。

"为什么不让睡？我看她现在就很困。"先生问着。他太了解我了，我已经昏昏欲睡了。

"睡着后容易造成血氧量下降，严重的会引起休克。有什么情况按铃叫护士。"医生说完，走出了病房。

为了不让我入睡，先生不停地跟我说话，但我的头脑已经麻木了，听不明白他在说什么。似乎在说，你的胆囊已经水肿了，有正常的一倍大，切出两颗1.5厘米的结石，它们将胆管颈堵死了，所以你才疼了那么久。他还拿出用纸包着的两颗结石给我看，我扫了一眼，花花绿绿的，圆圆的，像两颗糖豆。它们在我的体内寄生了数载，常常突如其来，让我防不胜防地经受越来越严重的疼痛，为了剔除这些罪魁祸首，我只能牺牲了我的胆囊。

晚上10点多钟，我让先生和儿子回去休息，姐姐留下来陪我。病房里的灯不能关，一来关了我会睡着，二来怕看不到输液袋里的液体是否输完。我盘算着，6个小时之后，就是凌晨3点多，在这段时间，我不能睡。姐姐陪我聊了一会儿，头一挨枕头，就响起了呼噜声。她已经是60岁的人啦，坐火车从几百里外赶来给我陪床，已经是姐妹情深了。听着她的呼噜声，我却格外地清醒起来。我努力地睁大眼睛，盯着屋顶那盏灯，人生中曾经受过的疼痛纷沓而至……

疼痛是一种非常不愉快的感觉，严重的疼痛可以引起休克，用来形容"痛"的词有"痛不欲生""痛心疾首"。我记忆中最初的疼痛，是童年的时候生病住院。父亲去办理住院手续，还没有任何治疗。我强忍着疼痛坐在病床上，背靠着墙，后脑勺一下一下撞击着墙壁，心里一遍一遍地祈祷着：老天爷啊！我太疼了，求求您！让我的病快点好吧！后来，打针、输液，在医院里折腾了一个月，我才痊愈出院。但那种疼痛不堪，永远留在了记忆中，至今记忆犹新。

一种"轰隆隆"的声音响起，我的胳膊胀痛起来，是血压计启动了。姐姐从睡梦中惊醒，她一骨碌跳到地上，回过神来，抱歉地说："我还给你陪床呢，不让你睡，我倒睡着了。"我说："我不困，你睡吧！有事我叫你。"姐姐躺下又睡着了。

夜深人静，我的思绪仍在继续……

还有一次疼痛，是在中年的时候。儿子只有8岁，扁桃体肿大，总发炎。有一次，我带他看病，有个大夫说，她进了一台仪器，不用住院就能做扁桃体切除手术，让我给孩子做了。我说："孩子还小，我的扁桃体两侧都肿大，拿我做个试验，效果好，再给孩子做。"我的闺蜜刘燕听说我要切除扁桃体，她非要和我一起做。周六上午，我俩相约来到大夫家里，才花了1000多元。用微波仪器做，手术看似非常简单。我想都没想，先做了。大夫让我张大嘴，用喷壶将麻药喷到咽喉部位，半个小时后感觉麻木了。大夫拿出微波仪器，几下就将两侧的扁桃体切除了，留下了两个创面。我感觉好困，大夫扶我在她家的床上躺下，我睡着了。醒来时，天已近黄昏。刘燕听见我说话，也醒过来了。大夫给我们开了几盒消炎药，说晚上就可以进流食。我俩拿着药回家了。

晚上，麻药劲过后，我的咽喉开始疼痛，就像是有东西勒住了脖子喘不上气来，不停地冒汗，辗转反复，难以入睡。第二天，疼痛尚可忍耐，但绵绵不休。3天以后，疼痛消失了，5天以后创面结痂脱落。我不忍心让儿子再经受这般疼痛，没有给他做。出乎意料的是12岁之后，他的扁桃腺再没有发炎。后来，我才知道，扁桃腺是人体的第一道防线，我却轻而易举地放弃了它。后来，慢性咽炎一直困扰着我，有时候，比扁桃腺发炎还要难受。一去不"回"的东西，最让人心驰神往。

最疼痛的一次，要数此次手术前的胆疼了。2008年，一次体检检出了胆囊炎，医生建议服用"消炎利胆片"。那时候，因为工作忙，只服用了2瓶。医生还嘱咐我要多喝水、多运动。我一忙起来，就全当成了耳旁风。后来，再体检胆囊壁出现了结晶。直到2013年，检出了胆结石，我"带石"生活了5年，它不痛不痒，仍然每天埋头创作，不多喝水，也不多运动。为了能让结石溶掉，听说甩手、打坐能见效，我下功夫练功。再体检时，结石已经1厘米了。

2019年注定是一个多事之春。年前，我受邀写一本报告文学，收集材料、采访、构思，动笔时已是3月。5月，孙子降临人间。也许是过度劳累，整个春天，我都消磨在与胆疼的抗争中。胆疼得越来越频繁，直到连续疼痛三天三夜。端午节前夜，疼得坐卧不安，六神无主，恨不得伸进一只手去，把那胆囊抓出来扔掉。也许只有这般忍无可忍的疼痛，才让人下决心去医院。因为我知道去医院的结果，就是必须接受手术。忍着疼痛煎熬到天蒙蒙亮，先生陪我到医院挂了急诊。我才知道，我前面已经有4人因胆结石挂了急诊。前面的病人刚走，医生端端正正地坐在椅子上。原想，可能进了医院，会给我打止痛针。谁曾想，还要先做彩超，看看胆的状况，再抽血化验，结果出来要一个小时之后。我疼痛难忍，时间像凝固了一般。结果终于出来了，医生见我疼痛难忍，才给我打了止痛针。医院还没有上班，开始挂号了。走出急诊室，一股睡意袭来，似乎疼痛有所缓解，好想有一张床躺下来，好好睡上一觉。先生扶我在医院大厅的椅子上坐下，说："你在这等我，我先去挂号。"先生走了，我坐在椅子上打着盹，三天三夜没有睡好觉，现在坐下来打个盹都感觉很满足。先生扶着我，迷迷糊糊上了楼，在肝胆科的门诊等候。已经等了不少人，原来病找上人，是不管你过节不过节的。医院的大门时刻打开着，不会因过节而关门大吉。终于轮到给我看了，医生从电脑上看着我的彩超结果，说："通过微创手术，将胆囊切除吧。"我说："还是保胆取石吧！"医生说："你的胆囊已经水肿，比正常的大了一倍多，我认为没有保的必要了。"我说："那就切了吧！"医生说："你要确定了，我晚上加班给你做。你先去办住院手续。"

和先生出来，向住院部大楼走去。我问："晚上做，我没听错吧？"先生说："没听错，我们挂的是急诊。"办完了住院手续，没有进病房，就开始了各种检查。又抽了3管血化验，做了心电图。拍个胸片，就排队等了两个多小时，进病房前，先测了血压。护士问："你的血压这么高，平时吃降压药吗？"我说："平时，我的血压很正常，高压不到120，低压不到80。"护士又问："你的胆一直在痛吗？"我说："早晨打了止痛针，现在疼得我都等不到晚上做手术了。"测了血糖9.2。进病房前，护士再三嘱咐，手术之前，不能吃东西，也不能喝水。我告诉她，我已经3天没有好好吃东西了，今天早上连口水都没有喝。她连声说着太好了，太好了……

又一阵"轰隆隆"的声音响过，姐姐紧张地埋怨自己，又睡着了。护士走进来，给我测了血糖。我问她："血压多少？"她说："110、70，再正常不过了。"另一个护士进来，给我换上下午没输完的那袋药，说："你们可以放心地睡一觉了，这袋药输完是明天早晨的事了。"

姐姐清理了导尿袋，放心地躺下睡了。我仍睡意全无，感觉自己变成了守望着沙漠的贝都因人，只能靠着自己的骆驼仰望星空……

下午，进了病房后，手术之前，我一直都在输液。

晚上7点多钟，麻醉师来了。我换上病号服，被推进了手术室外的走廊上。手术室里，刚做完手术的一位老人，不停发出"嗷嗷"的叫声。我问麻醉师："这个手术很痛吗？他叫得很惨。"麻醉师说："他从被推进手术室，一直就这样叫着。"我问他："很痛吗？"他说："这样叫着舒服！"老人终于被推走了。

我被推进手术室，左手就扎上针，开始输液。我问麻醉师："多长时间会被麻醉？"她说："很快的。"之后，我就失去了知觉……

端午节如期到来了。一个简单的手术就把我困在了病床上，所有的喧嚣与忙碌都飘散而去。我在想，为什么会生病呢？因为我的灵魂不够强大，又非常情绪化，动不动火冒三丈？还好我有读书写作的习惯，就像一个好朋友，将我从纠缠不清的生活中拉开，消停片刻，回头看时，什么都成过眼烟云。每个人无论贫富、无论幸与不幸、无论成功与失败，都有自己注定要经历的痛苦和要走的路，没有谁能替你前行一步，必须自己鼓足勇气走下去。人生之路，无论宽窄，只有踏踏实实地走，才能不悔风雨、坦坦荡荡。记得《我的前半生》里有一句台词，说："路要自己一步步走，苦要自己一口口吃，抽筋扒皮才能脱胎换骨，除此之外没有捷径。"

我调整好自己的难民心态，做个小手术，这不叫苦难，这叫返璞归真。只有躺在病床上，才能放下所有，什么都不用做，不去想，静下心来，给自己的精神做一次按摩，让思绪沉静在对往事的回忆中……

# 一蓑烟雨任平生

2019年于我而言，是忙碌而快乐的一年。忙碌是因为我接受了为全国脱贫攻坚模范武汉鼎写报告文学的任务，快乐是因为数十年的坚守，我终于实现了创作一本非虚构文学作品的梦想。从1月16日第一次采访武汉鼎到10月16日收到《汉鼎之光》这本书，整整过去了9个月，这期间经历了采访、收集整理资料、构思、写作、送审、修改、定稿等诸多过程，饱含着期望和等待。虽然已用十几万字来讲述武汉鼎可歌可泣的扶贫故事，但每每看到封面上那鲜红的、引人注目的四个大字"汉鼎之光"，仍觉意犹未尽、回味无穷。我常常问自己，我还想说些什么呢？那些感受和感悟呢？那些警醒和反思呢？是啊！想说的还有很多，恐怕最想说的是关于出身与信仰、学习与创新以及梦想与坚守这三点吧！这也是创作《汉鼎之光》过程中，最令我感动、最能触及我灵魂的闪光点！

## 关于出身与信仰

有人说，出身最好和最不好的往往是信仰最坚定的人。出身是人生的大台阶，它不一定会决定人一生的命运，但却能极大地影响一个人的格局。出身最好的人物质方面太容易满足，他们想的是需要去拯救人类，改变不公平的世界；出身最不好的人，大多顺从命运，因为出身以及伴随而来的一系列生活状态，就像一个大筛子，已经筛掉了许多机会。

武汉鼎虽然出生在清水河县暖泉乡大阳坪村一个地主家庭，但他也没有过上几天好日子。童年时期饱尝了战乱之苦，少年时期跟随父母背井离乡。因为出身不好，他的人生因此而改变，求学深造无望，只能转攻畜牧兽医。但就是这份又苦又累的职业，成了他一辈子挚爱的职业。他立下一个誓言，就是"用自己所学，为老百姓做点实事"。后来，他回归故里，回报家乡，做了许多实事：攻克牛羊疥癣病、进行土种羊改良、合作保畜制度改革、扶贫济困等。武汉鼎无法选择自己的出身，却坚定了自己的信仰。

早在1964年，血气方刚的武汉鼎就有了特别强烈的入党夙愿，他认为，"共产党员"是一个神圣而光荣的称号，也是无数渴望进步的同志所向往和追求的光荣称号。但是，由于自己出身不好，他不敢也不能说出来，不想让人说他"异想天开"，只能深深地埋在心底。直到1970年，他的兽医综合办站工作被评为畜牧行业的典范后，才鼓起勇气向党组织递交了第一份入党申请书。未批、再写、年复一年地写，从未间断过。无论党组织是否批准他入党，他对共产主义的信仰从来没有动摇过。他把信仰当作人生的希望、生命的支柱和灵魂的安放处。1978年改革开放前夕，45岁的武汉鼎终于加入了中国共产党。宣誓只需要一分钟，但他却用自己的一生去践行庄严承诺。对他来说，那不仅仅是一个神圣的符号，党旗、党徽、党章、党的号召，这些都是实实在在的指针；雷锋、焦裕禄……一个个伟岸的共产党员的光辉形象真真切切地抚慰着他，帮助他摆脱苦恼、重塑信心，指引着他前进的方向。他以一名共产党员的名义，成为一颗扶贫济困的种子，深埋在清水河"老少边穷"的黄土地，与贫瘠和苦难抗争，终于开花、结果。他六十年如一日，心无旁骛地做着帮助别人的事情，过着"苦行僧"般的生活，虽然艰辛，因为向着自己的信仰迈进，所以他感到的是高兴和快乐。这就是信仰的力量。

从武汉鼎身上我们可以看到，真正决定一个人命运的，从来都不是出身，而是格局。不同的高度，不同的人生，你是什么格局，就是什么命运。武汉鼎的格局就是，无论出身如何，都要做一个纯粹的、脱离了低级趣味的、有利于人民的人。

## 关于学习和创新

采访过程中，我听到最多的一句话，就是"一个人做点好事并不难，难的是一辈子做好事"。这是毛主席的语录，也是武汉鼎的口头禅，更是他的座右铭。为了一辈子把好事做得更好，他以学习和创新为支撑。由于战乱的影响，他的学习过程几次被打断，没有好好上过学。参加工作后，为了提高技能，他向师父学习，从书本中学习，向群众学习，善于"活学活用"，把学到的知识运用于实践，不断地总结和创新。用兽医知识治牛医马，攻克疑难杂症；用农业知识科学种田，力争增产增收；用畜牧知识科学养殖，找寻脱贫之路。为了帮助贫困乡亲脱贫，找到好方法、好途径，他不仅自己把学习放在首位，而且无论到哪个村，他都办夜校、请专家讲座、自费订报纸，还捐献图书办阅览室。因为没有文凭，就没有了评职称的"敲门砖"，但他的论文成果是用心血和汗水实实在在写在清水河的大地上的，所以被破格评为"高级兽医师"，能为自己挚爱一生的职业正名，是他不断学习和实践的结果。

学习是一种使个体可以得到持续变化的行为方式，这种变化指知识与技能、方法与过程、情感与价值的改善和提升。对武汉鼎来说，学习也是为了更好地生存、发展与适应。处处留心皆学问，关键是要做有心人，抓住任何可以学习提高的机会。观察与研究同行，有观察、有思考，就有收获。他就是在大量学习的基础上，比较鉴别，去伪存真，敢于怀疑一切，富有创新精神。21世纪是知识经济时代，创新已成为民族兴衰存亡的关键。所以，在学习和创新上，武汉鼎也是我们学习的典范。

# 关于梦想与坚守

　　每个人都有梦想，因为梦想能不断激发生命的热情和勇敢。武汉鼎从返乡工作的那天起，在走家串户地给牲畜治病的过程中，目睹了乡亲们过着三餐不继、衣衫褴褛，甚至一家人只有一条裤子可穿的凄惨生活，就有了一个梦想：帮助父老乡亲走出困境，过上有吃、有穿、有尊严的好光景！为了使这一梦想变成现实，他为之奋斗了60多年。那么，他的动力源泉是什么呢？有一次，呼和浩特市文联召开座谈会，邀请我就《汉鼎之光》一书谈一下创作感悟和体会，经过认真思考，我顿悟：心存大爱，方能坚守。我记得，采访武汉鼎的长子武斌时，他说过这样一席话：父亲一辈子舍小家顾大家，不是对家人无情，而是心中有大爱。他的情，他的爱，早已融入家乡父老乡亲身上，父亲这辈子就是为家乡千千万万的父老乡亲活着的。什么是大爱？这是一个很空泛的概念，实际上大爱即博爱，就是对任何事情都存有爱意。小爱，怡情；至爱，无私；大爱，无疆。人间最大的真情，就是大爱，它超越了爱情、友情和乡情，超越了时空和地域，闪烁着人性之光、灵魂之光。大爱是一种处世哲学，是一种生活智慧，也是中华民族的传统美德。人类作为万物之君，无论在工作还是在生活中，都应该具有一颗大爱之心，而武汉鼎就是心存大爱的典范。他的大爱，就是无私无畏地帮助别人。武斌还说：小时候，不理解父亲，是出于幼稚；现在年龄大了，不理解父亲，是出于担心。父亲87岁高龄，还做着扶贫这件事，不能不说"他是用特殊材料制成的人"。我认为，这个"特殊材料"就是大爱的力量，它包含着信仰的力量、忠诚的力量和人格的力量，这些力量让他变得坚强。武汉鼎的大爱和坚守，实现了他的人生梦想，也成就了他的扶贫人生。

　　掩卷长思。路虽远，行则必至；志虽艰，修则必刚。因为把心交给了党和人民，因为对信念的坚定和执着，因为对清水河那片山、那方水爱得深沉，武汉鼎才能在扶贫济困之路上坚守60年，才能把自己幻化作一束生命之光，带着人性的纯朴与善良，带着对美好生活的向往，穿越贫困的崇山峻岭，点亮父老乡亲的心灯，点燃千家万户的希望，让幸福的彩虹洒满山乡……

耄耋之年的武汉鼎成了全国脱贫攻坚模范，成了全国人民学习的榜样。朋友，你想没想过，当你老了的时候，回首往事，你会不会因为虚度年华而悔恨？会不会因为碌碌无为而羞耻？那就守住一颗初心，亦如苏东坡所云：莫听穿林打叶声，何妨吟啸且徐行，竹杖芒鞋轻胜马，谁怕？一蓑烟雨任平生……

# 读典明心，追寻"中国梦"

　　从"中国梦"的提出到"开展全民阅读活动"这一历史性举措的部署，"中国梦"和"全民阅读"这两个关键词，为我们的生命注入了正能量，荡涤着我们的思想和灵魂。"中国梦"已为社会主义理想开启了世人瞩目的曙光，每一位有梦的中国人都要把阅读与实现"中国梦"的共同理想联系起来，为国家和民族的伟大复兴而担当。

## 读史明志　感知"中国梦"

　　以实现中华民族伟大复兴为核心的"中国梦"是近代以来无数仁人志士的共同夙愿和奋斗目标。1840年，鸦片战争爆发，西方列强入侵积贫积弱的中国，打破了中国"地大物博、无所不有、天朝上国"的美梦。不屈的中华儿女在长达170年的发展历程中，不断追寻着民族复兴之梦。从洋务运动的"师夷长技以制夷"到孙中山的"振兴中华"口号的提出，终未找到民族复兴的出路。新中国成立后，从改革开放初期"团结起来，振兴中华"到当前"中国梦"的提出，13亿中国人才得以扬眉吐气。习近平总书记说："我们比历史上任何时期都更接近中华民族伟大复兴的目标，比历史上任何时期都更有信心、更有能力实现这个目标。"那我们必须学习古今中外优秀传统文化、中国近代史和党史，通过读史明志，知古鉴今，感知"中国梦"，踏上寻梦之旅。

## 读典明心　追寻"中国梦"

实现"中国梦"是中华儿女的百年夙愿，这不仅是经济上的强盛、科技上的进步，更主要的是文化上的繁荣。这就要求我们在中华民族五千多年的文化历史长河中汲取养分。我说的"读典"包括两个内容：一是精读古今中外的经典作品。经典作品的魅力在于它有超前的预见性、超强的概念性、深邃的思想性、丰富的哲学内涵和常在常新的生命力，每读一次都有不同的感受。阅读时，要抓住书中的精华和灵魂，深入发现和挖掘，读懂、读通、读透触及自己的思想和灵魂，在潜移默化中，提高个人修养、学识和品味。二是品读"红色经典"。在新中国的文学史上，有句行话叫"三红一创，山青保林"，指的是《红岩》等8部有过重大影响的长篇小说及《太阳照在桑干河上》和《上海的早晨》构成了"红色文学经典"。它们是人类精神文明的结晶和体现，是中国特有的文化图腾和精神皈依。当代青少年，作为未来社会的中坚力量，更应该从红色经典作品中了解中国，坚定信念，树立正确的世界观、人生观和价值观，感受今天的幸福生活来之不易。在实现"中国梦"的征程上，我们的祖国仍面临着许多挑战，少年强则国强，我们要感激前人、学习前人、无愧于前人，积极投身于社会的大变革、大发展中，将"个人梦"融入"中国梦"，踏上寻梦之路。

## 读书明智　践行"中国梦"

"中国梦"是一个科学的、脚踏实地的梦，它的构思体现了新一代中国领导人的治国理念，她预示着伟大中国的腾飞时代的到来。任何梦想的实现，都需要脚踏实地，身体力行，锲而不舍。正如习近平总书记指出："学习是文明传承之途，人生成长之梯，政党巩固之基，国家兴盛之要；而学习的基本方式就是阅读。"阅读不仅仅影响到个人，还影响到整个民族，整个社会。记得有一位学者说过："一个人的精神发育史，应该是一个人的阅读史，而一个民族的精神境界，在很大程度上取决于全民族的阅读水平；一个社会到底是向上提升还是向下沉沦，就看阅读能植根多深，一个国家谁在看书，看哪些书，就决定了这个国家的未来。"在数字化时代，互联网、电子书、诸多社交媒体的迅猛发展，使阅读形式进入了一个多元化的时代，学校、家庭乃至社会都应营造一种科学阅读的氛围，掀起"全民阅读"高潮，在阅读中修身养性、开启心智。全民阅读就要像冰心说的那样"读书好，好读书，读好书"，来汲取知识、传承文明、提高修养，营造良好的社会文化氛围，建设社会主义文化强国，努力实现中华民族伟大复兴的"中国梦"。

梦在前方，人在路上。"中国梦"承载着中华儿女的希望，让我们以学习为信仰，以实际行动，敢于有梦、勇于追梦、勤于圆梦，沿着中华民族伟大复兴之路前进！

## 人生就是一场宴席

　　腊八之后，由一场大雪开启的"过年模式"，就像抛出去的带着鱼饵的鱼钩，在岁月的长河里，击起一朵朵记忆的浪花。最大最美的那一朵，无疑是关于故乡的。在梦里，几度回到久别的故乡……

　　故乡是一个名不见经传的小镇——乌拉山镇，地处河套地区，南临黄河，北靠乌拉山，从东到西不足5公里。山下弯弯曲曲的小河"王六壕子"与包兰线、110国道和G6高速3条平行的交通线路并驾齐驱，穿镇而过，犹如一条飘带点缀在那里。以全镇唯一的火车站为中心，把小镇分成东西两个区域——生活区和厂区。生活区居东，厂区居西，平分秋色。有趣的是，进入生活区时，要经过一个火车涵洞，每当我徒步或骑车经过时，总能联想到陶渊明笔下的《桃花源记》。过了涵洞复行数十步，豁然开朗。虽无良田美池桑竹，阡陌交通，但也土地平旷，屋舍俨然。这片小天地里有住宅楼、商店、学校、医院、礼堂、球场等，俨然是生活设施齐全的小社会。电厂以小镇而冠名，小镇因电厂而闻名。匆匆的过客以为这里穷山恶水，主人们却认为这里人杰地灵。离开之后，我才深切感受到：幸福就像一支饱蘸染料的画笔，把这里的生活涂抹成七色彩虹，把心灵涂成金色，让你总能感到灿烂辉煌。

生活在这里的人们感情纯洁、心灵宁静、品质高尚、亲如一家，久而久之，这里形成了一种特殊的厂风和淳朴的民风，凝聚成一种"和文化"。"和"是中华民族的传统文化精髓，也是炎黄子孙生存的终极目标。这里的"和文化"首先体现在电力生产的过程中。乌拉山发电厂是兵团发电厂，职工也多是来自五湖四海的兵团战士，风俗和饮食习惯各不相同，尤其是那些南方兵，根本吃不惯这里的饭菜。其实，建厂初期，正值"文革"时期，能用玉米面窝头就着咸菜疙瘩填饱肚子，已经是莫大的幸福了。战斗在这片土地上的人们，尽管饥肠辘辘，但丝毫没有减弱干革命的豪情壮志，团结一致的干劲空前高涨。在这个闭塞的小环境里，人们的一句口头禅是：我们不占"天时地利"，靠的是"人和"。为什么这样说呢？一是这个厂诞生于"文革"时期，是生不逢时、先天不足的"畸形儿"；二是厂址受"靠山、隐蔽、备战"的影响，选在了一片盐碱滩上，前不着村、后不着店。从筹建到建成投产，靠兵团战士手挖肩扛，整整用了6年时间。有一年，厂里建了秀水山庄，在110国道边建起几个纪念碑，其中一个就是以"人和"命名的。"人和"体现在哪里呢？日常工作中的"召之即来、来之能战、战之能胜"的团结协作、奋发向上的精神自不必说，单说节庆时的氛围。每逢佳节，为了保证正常生产，好多离家远的员工都回不了家，不能陪亲人过节。留下来的人们便组成一个大家庭，有福同享，有难同当，呈现一片祥和的气氛。

"和文化"还体现在服饰、礼仪与行为上，特别是饮食文化方面。在"和文化"的熏陶、滋润和浇灌下，乌拉山的饮食变得滋味调和周正，荤素搭配适合，氛围温馨和谐，色泽艳丽新鲜，形象饱满完整。在这里生活了近30年，就像参加了一场宴席，享受到的不仅是美食美味，更是一场"和美"的精神盛宴。就拿春节来说吧。正月初一天未亮，阖家老少要一起吃一顿饺子，以此象征新的一年要交好运。有的还在饺子里面包上硬币，谁要是吃到了，便会成为这一年中最幸运的人。接下来，人们成群结队、挨家挨户地拜年，家家户户都备足了好酒好菜好饭。夫妻俩，一个和朋友、同事、邻居相约着去拜年，一个在家里留守，招待前来拜年的朋友。初一拜年喝多酒的比比皆是，出点洋相逗个乐，在喜庆的气氛中加点"料"，人人笑口常开，满座珍馐"和"为上。从正月初二开始，亲朋好友自行组合，轮流做东，在家里坐席，直到过了二月二，年才算过完。乌拉山的主妇们，绝不会让节日失望，总是精心准备着一道道美食，扮靓节日的天空。坚守在这里的员工来自北京、天津、上海、青岛等大城市，因此，乌拉山的兼收并蓄，包含了东西南北风味和独特的蒙古风情，菜品的特点可以用"土、粗、鲜"来概括。一场宴席，少不了热心的召集人和掌勺的大厨、食客，更少不了由猪排骨烩酸白菜、猪肉勾鸡、土豆炖羊肉、清炖黄河鲤鱼组成的"乌拉山四大盘"。这4道菜虽不名贵，但家家户户做出来的味道却不一样，令人垂涎欲滴，停不下筷子来。当地菜味道重，色彩鲜亮，食材取自民间，吃着放心。酒席中备菜的基本原则是有冷有热、有荤有素、有汤有主食。就我这般好吃的主，说起吃来，一时间难以分辨清晰的味道，就会在耳朵、喉咙、眼睛、鼻孔间飘逸，唤起不可抗拒的食欲和味觉，难怪"色香味俱全"历来是"中国菜"的灵魂。对于味的迷恋不再停留在喉咙、唇齿间，而是直接收入胃肠。古人把酸甜苦辣咸定为"五味"，当然味道远不止这些。乌拉山人把"五味"作为基本味道，也透着对味道的孜孜以求。他们认为，再好的菜肴，如果失去了咸味，其他的味道便荡然无存了，所以"乌拉山四大盘"均属重口味。

"拴住老公的心，先抓住老公的胃"是乌拉山媳妇们的共识。尽管这个条件不是唯一的，但能做得一手好菜，让一家人生活得有滋有味，并且在宴客时，给老公挣足了面子，那也是女性值得骄傲的事情。其实，一个好的主妇，围着煤气灶，操着铲勺舞蹈的时候，靠的不是大鱼大肉，也不是香艳味足，而是和风细雨的家常味道。

在烹饪技术层面上，家常味道靠本质取胜，入味到菜品的内核，表里如一。从感情上讲，厨师是靠"手"，高级点的厨师是靠"心"来做，花样百出，吊的是人的胃口，而主妇靠的是"爱"。因为有爱，她们知道每个人在冷热荤素之间的细微差别，懂得他们的身体状况和饮食需要，做出来的菜品，尽管味道不是最纯的，品相不是最好的，形状不是最美的，但一定是最香、最可口、最适合的，也一定是梦中最为牵挂的。尤其是在自己家里，敞开肚皮尽情吃你想吃的，吃到肚圆，松松裤腰带再吃，都无所谓。你可以用双手抱着猪蹄啃得面红耳赤，可以喝汤的时候把碗震得山响，可以喝酒喝到头昏眼花，还可以打着饱嗝，用牙签剔牙……这是美食的至高境界，也使家宴的气氛其乐融融。

一场宴席，是一顿丰盛的大餐，也是一场琳琅满目、色彩缤纷的视觉盛宴，绝非端起碗就吃，放下碗就不想的纯粹和简单。表面上叫吃饭，其实是在吃菜。因为菜是主人忙碌的焦点，也是吃的主题。厨艺如何，关键看五味是否调和。"和"之一，菜要分主次。主菜是大菜，是难得一尝的稀罕菜，也是烹调者最拿得出手的菜。"和"之二，尽管各种菜肴都有自己独特的风味，但荤素菜的味道总体上要协调平衡，要做到有咸有淡、有甜有酸、有麻有辣、有软有硬。"和"之三，菜品要做到陈中见新。"和"之四，萝卜青菜，各有所爱，要根据食者的口味轻重、冷热习惯、素荤爱好，适当调配，让人各取所需。端起美食的同时，还在释放着一种情感、一种生活理念、一种意味和一种相思。

大大小小的宴席，堆积了天下兴衰、家庭愁喜、百姓冷暖。